BACIALA E BASTA

di Clare Lydon

Prima edizione: marzo 2025

Pubblicato da Custard Books

Copyright 2025 Clare Lydon

ISBN: 978-1-912019-32-8

Editor: Francescaabb

Corretorre di bozze: Michela Mattei

Design della copertina: Kevin Pruitt

Composizione tipografica: Adrian McLaughlin

Per saperne di più: www.clarelydon.co.uk

Seguimi su Instagram: @clarefic

Seguimi su TikTok: @clarelydonauthor

Altri libri di Clare Lydon

Prima Di Dire Sì, Lo Voglio
Change Of Heart: Edizione Italiana
C'era Una Volta Una Principessa
Niente Da Perdere
Superstar

Riconoscimenti

Ho iniziato a scrivere questo libro nell'estate del 2023 e ho terminato la prima stesura nel settembre dello stesso anno. Poi l'ho lasciato in pace per sei mesi, cosa molto insolita per me. Tuttavia, averlo lasciato così a lungo mi ha permesso di tornarci sopra con occhi nuovi e di rendere la storia ancora più forte. Questo è senza dubbio uno dei libri più divertenti che abbia mai scritto, e mi è piaciuto molto creare l'enorme cast di personaggi. Il mio editor ha detto che forse ce ne sono troppi, ma io ho pensato: è un matrimonio! Spero che vi piaccia leggerlo tanto quanto a me è piaciuto scriverlo.

Da dove cominciare con i ringraziamenti? Innanzitutto, alle mie prime lettrici, Sophie e Angela, che sono rimaste entusiaste di questo libro e mi hanno detto di aver bisogno di una vacanza in Messico dopo averlo letto. Siete un ottimo termometro. Grazie anche al mio team ARC, che ha individuato tutte le parole mancanti e i refusi dell'ultimo minuto. Mi affido ai vostri occhi per la fase finale e apprezzo molto i vostri sforzi.

Come al solito, grazie alla mia schiera di professionisti che assicurano che i miei libri siano sempre al meglio. Francesca e Michela per l'editing favoloso, Sharn per la sensazionale copertina, e Adrian per l'impaginazione al top. Ci vuole una squadra per portare qualsiasi libro sugli scaffali (virtuali o fisici), e tutti quelli che lavorano per me lo dimostrano ogni volta.

Un ringraziamento sentito alla mia splendida moglie, Yvonne, che pazientemente crede in me anche quando io stessa faccio fatica. Non siamo andate in vacanza in un resort messicano per finire questo libro, ma lo faremo per il seguito. Promesso. Adoro ambientare i libri in una località turistica!

Infine, grazie a voi per aver letto. Spero che vi piaccia e ci vediamo per altre storie d'amore, donne che si innamorano e il lieto fine che tutti meritiamo!

Se desiderate mettervi in contatto con me, potete farlo utilizzando uno dei metodi indicati di seguito.

Facebook: www.facebook.com/clare.lydon
Instagram: @clarefic
TikTok: @clarelydonauthor
Per saperne di più: www.clarelydon.co.uk
Email: mail@clarelydon.co.uk

Capitolo 1

Avevano un accordo e lui non lo aveva rispettato, ma quando mai Noah aveva giocato secondo le regole? Aveva detto a Brooke di vedersi per un drink di compleanno, solo loro due. Quando lei era arrivata, otto amiche la stavano aspettando con facce impazienti e bicchieri pieni.

"Esprimi un desiderio!" Noah le teneva davanti al viso un cupcake rosa glassato, che conteneva più candeline di quante la superficie consentisse. Stava praticamente rischiando di appiccare un incendio, ma fece comunque sorridere Brooke. Non era sicura di come avrebbe condiviso quel cupcake con gli altri invitati: forse avrebbe dovuto mangiarlo lei e mandare al diavolo tutti gli altri?

È quello che avrebbe fatto Claudia.

Lo sguardo speranzoso di Brooke si fece largo tra la folla, scrutando tra i volti sorridenti che avevano fatto lo sforzo di essere presenti in quel bar gay di Soho per il suo ventinovesimo compleanno. Mancava un anno al festeggiamento più importante.

Claudia però non c'era, come sempre.

Un senso di delusione la attanagliò.

Le sarebbe piaciuto essere colta di sorpresa, solo per una volta, ma evidentemente non sarebbe successo.

Invece, Brooke si chinò in avanti, spense le sue mini-candele e regalò alla stanza un sorriso perfettamente in stile, mentre i suoi amici applaudivano. Per un momento, su quel divano in fondo a quel bar dal pavimento appiccicoso, la stavano mettendo al primo posto e si sentiva amata.

Al diavolo Claudia.

"Grazie mille a tutti!" Si passò una mano tra i capelli lunghi fino alle spalle. "Festeggiare il mio compleanno significa molto per me, ed è ancora più speciale avervi tutti qui".

Noah si scostò dal viso la frangia nera come l'inchiostro, stile boy-band. Suo padre era di origine italiana e Noah aveva tratti mediterranei, neri e dorati. "Ti piacciono le mini-candele?"

Sapeva che le piacevano, perché Brooke amava tutto ciò che era in miniatura. I villaggi in miniatura erano una sua particolare debolezza, la nonna ce l'aveva portata per tutta l'infanzia. "Le adoro!"

L'altra sua migliore amica, Allie, le mise un braccio intorno alle spalle e le diede un bacio sulla guancia. "Hai detto che non volevi una torta di compleanno, non hai parlato di un solo cupcake". Guardò Noah e poi Brooke. "Ti stai divertendo? Vogliamo *davvero* che tu ti diverta".

Entrambi la fissarono con serietà. Sapeva a cosa stavano pensando: *è abbastanza per compensare la sua mancanza?*

Brooke prese il cupcake e lo mise sul tavolo mentre Allie liberava uno spazio. "Mi sto divertendo moltissimo". Aveva pensato di festeggiare a casa, ma era contenta di essere lì. "Lo avete reso speciale, e vi ringrazio. Anche di martedì, sotto la pioggia battente".

"Ti meriti tutto, qualunque sia il meteo".

"E se giochi bene le tue carte, più tardi ti faccio anche

salire per un duetto". Noah fece un cenno verso il piccolo palco all'altra estremità del bar, dove una donna stava preparando il karaoke.

"Non pensarci nemmeno", ribatté Brooke, come Noah sapeva che avrebbe fatto.

"Nemmeno 'I Kissed A Girl'?"

"Potrei fare un'eccezione".

* * *

Brooke si appoggiò alla parete esterna del bar e accese la sua quinta Marlboro Light della serata. Tutti gli altri si erano dispersi per Londra, ma Noah era ancora con lei, insieme ad Allie e alla sua ragazza, Gwyneth. Quando Brooke guardò dentro, si stavano sbaciucchiando vicino alla finestra. Uscivano insieme solo da tre mesi, quindi sbaciucchiarsi e scopare erano gli elementi centrali della loro vita. Altre cose irrinunciabili erano gli yogurt proteici al cioccolato bianco (eccellenti dal punto di vista nutrizionale), il malbec argentino (una necessità assoluta) e il gatto di peluche di Allie, Winnie (la tenerezza personificata).

"È bello vedere che nel giorno del tuo compleanno rispetti il proposito di smettere di fumare". Noah sollevò alle labbra il suo bicchiere di pinot grigio con un sorriso.

Brooke gli fece il dito medio. "Non puoi essere cattivo con me. È ancora il mio compleanno per i prossimi", tirò fuori il telefono dalla tasca, "55 minuti. Fattene una ragione, testa di cazzo". Non chiamava spesso Noah con il suo soprannome, ma a volte se lo meritava. "E poi i compleanni mi fanno questo effetto".

La studiò per un attimo, fece per dire qualcosa, poi si

3

fermò. Sapeva cosa significavano i compleanni per lei e perché erano così delicati.

Questa volta però si era davvero divertita, non l'aveva semplicemente sopportato. Era davvero un passo avanti.

"Ho anche un regalo di compleanno in più per te. Una sorpresa".

Brooke si rallegrò. Noah aveva la sua attenzione. "Stai finalmente comprando un'isola in qualche posto caldo con i soldi del tuo fondo fiduciario?" Aveva davvero un fondo fiduciario. Non avrebbe mai pensato di avere amici così ricchi.

"Non proprio, ma ho una proposta da farti".

Brooke tirò un'altra boccata di sigaretta. "Intrigante".

Noah fece un sorriso incerto. "Megan si sposa. In Messico. Tra un mese".

Brooke cercò nella sua rubrica mentale una Megan, ma non trovò nulla. Non aveva mai scopato con una Megan, se lo sarebbe ricordato. Sembrava un nome elegante.

"Una delle mie sorellastre", aggiunse Noah. "La più giovane".

"Giusto". Noah aveva tre sorellastre da parte del padre, ma non aveva grandi rapporti con quel lato della sua famiglia. Brooke non aveva mai conosciuto nessuna di loro, e nemmeno la madre di Noah, se era per quello. Gli piaceva tenere la sua vita a compartimenti stagni, quindi amici e famiglia non si incontravano mai, soprattutto perché era queer e non si era ancora dichiarato alla sua famiglia.

"È un matrimonio importante e mio padre ha speso un sacco di soldi. Sta pagando per tutti un resort all-inclusive a cinque stelle, con tutte le spese pagate. Compresi i voli in business class".

"Significa che ti danno lo champagne quando sali sull'aereo?" Brooke l'aveva visto nei film e avrebbe ucciso per viverlo in prima persona. Aveva volato solo due volte, entrambe per andare in Spagna. La sua infanzia non aveva previsto voli per nessun posto. Era molto lontana da quella di Noah, che era andato a Disneyland a due anni e aveva provato i fagioli edamame al compimento del suo primo compleanno.

"Più di un bicchiere, se gli si sorride gentilmente".

"Pazzesco".

Sulla strada, un'auto passò a velocità sostenuta, il suo rombo scosse la strada ancora per qualche attimo dopo che sparì dalla vista.

"Il fatto è che la settimana scorsa ho scoperto che tutti hanno un "più uno". Nessuno ha pensato di dirlo a me e a mia madre".

"Tua madre ci va?"

Annuì. "Papà ha pensato che sarebbe stato un bel gesto. Porterà la sua migliore amica, Rhian". Guardò direttamente Brooke. "E io voglio portare la mia migliore amica".

"Ti porti lo specchio del bagno?"

Noah le lanciò un'occhiataccia. "Era occupato, così ho pensato a te".

Era emozionata solo a sentirlo. Accidenti, le sarebbe proprio servita una vacanza, soprattutto una vacanza gratuita. Sembrava troppo bello per essere vero.

"E poi, solo la scorsa settimana mi hai detto che avevi bisogno di una pausa. Eccone una su un piatto d'argento. Una pausa super rilassante, per giunta".

Brooke aspettava la fregatura.

"A una condizione".

Ecco. Cosa le diceva sempre Claudia? "Se è gratis, il prodotto sei tu".

"Vorrei che tu facessi finta di essere la mia ragazza". Proprio mentre Noah lo diceva, una donna all'interno scoppiò in un'interpretazione di "I'm Coming Out" di Diana Ross. Lui ebbe la grazia di arrossire.

"Oppure", rispose Brooke, agitando la mano nell'aria tra loro, "potresti renderti conto che siamo nel ventunesimo secolo e che fare coming out con la tua famiglia ti risparmierebbe un mondo di dolore e di bugie".

Ne avevano parlato un milione di volte, ma la risposta di Noah era sempre la stessa. Non era molto legato a suo padre, che era della vecchia scuola e non sapeva quasi nulla di lui. Andava d'accordo con sua madre e le aveva detto di essere bisessuale. Per Noah, era sufficiente. Se le avesse detto di essere gay, lei non avrebbe voluto mentire a suo padre, quindi era più facile tenerli entrambi all'oscuro. Alla fine, si sarebbe dichiarato a entrambi con i suoi tempi.

Avrebbe voluto che fosse più facile per lui. La maggior parte dei suoi amici si era già dichiarata ai genitori, ma Brooke sapeva di non poter insistere.

Quando aveva detto a Claudia di essere lesbica, lei aveva semplicemente annuito. Brooke lo aveva ripetuto, per assicurarsi che l'avesse registrato. "Sì, ho sentito", era stata la risposta di Claudia. "Non è una grande sorpresa". Brooke avrebbe voluto un po' più di rassicurazione sul fatto che Claudia la amava a prescindere, ma questo valeva per ogni fase della sua vita, non solo per il momento del coming out.

"Lo so", rispose. "E sapevo che mi avresti fatto la tiritera sul coming out con mio padre e sul dire a mia madre che sono gay, non bi. Ti farà piacere sapere che ho intenzione di farlo durante questo viaggio, dopo il matrimonio".

Spalancò gli occhi. Non se lo aspettava. "Va bene".

"Ma non posso farlo subito, ho bisogno che mio padre mi veda come un suo pari. Il modo per farlo è presentarmi con una splendida donna al mio fianco". Si chinò in avanti e le baciò la guancia. "Saresti tu".

Le si scaldò lo stomaco. Sì, Noah poteva essere gay al cento per cento e lei poteva essere lesbica a tutti gli effetti, ma a chi non piaceva essere chiamata "splendida"?

"Senza considerare le numerose falle del tuo piano – è piuttosto lacunoso, sia chiaro – pensi che possiamo farcela? Guardaci". Si mise una mano sotto il mento, con le dita distese. "L'ultima volta che ho controllato eravamo piuttosto queer, cazzo".

Lui fece spallucce. "Fingo di essere etero ogni giorno al lavoro, nelle riunioni con i clienti. Tu hai i capelli lunghi. Possiamo passare entrambi per etero". Le rivolse il suo miglior sorriso, perfettamente curvo. Gli spuntò la fossetta sulla guancia sinistra. Poi si scrocchiò le nocche, un'abitudine davvero poco attraente. Brooke non sarebbe mai uscita con qualcuno che lo faceva.

"Non tutte le lesbiche hanno il taglio maschile".

"Per quanto ne sa mio padre, sì". Sospirò. "Non ti sto chiedendo di cucinarmi la cena tutti i giorni o di allevare i miei figli, ti sto chiedendo di fingere che ti piaccio per undici giorni interi". Si portò una mano al petto. "Sono comunque il tuo migliore amico, ricordi? E tutti quei giorni saranno in Messico a prendere il sole, assistiti da personale a cinque stelle, con cocktail in continuazione. Sarà una vacanza fresca e rilassante". Si avvicinò e le prese la mano. "Inoltre, prometto di indossare sempre boxer e maglietta a letto".

Inclinò la testa e, mentre sorrideva, lei si meravigliò di nuovo della sua pelle liscia. D'altronde, aveva solo 26 anni, tre anni in meno di lei. Non fumava. Nemmeno lei, di solito. È terribile per la pelle, come le aveva sempre detto Claudia, ed è per questo che Claudia aveva fumato per oltre tre decenni.

Sentì il telefono che le ronzava in tasca. Lo tirò fuori. Non era Claudia. Lo mise via e tirò un'altra boccata di sigaretta.

Dall'altra parte della strada, la pioggerellina turbinava nel bagliore color pesca dei lampioni. Certo, le condizioni dell'offerta di Noah non la entusiasmavano, ma poteva permettersi di dire di no? Undici giorni al sole. Undici giorni non in ufficio, a fare un lavoro che le stava succhiando via l'anima. Certo, però, che fingere di essere la ragazza di Noah per un periodo così lungo sarebbe stata un'impresa ardua.

"Cosa succede se rimorchiamo qualcuno al resort?"

Noah rimase a bocca aperta e scosse la testa. "Non ti sarei mai infedele", disse con voce dolce. "Sei tutto per me". Riuscì a mantenere una faccia seria per tutto il tempo in cui parlò, poi scoppiò a ridere.

Lei socchiuse gli occhi e gli diede un pugno sul bicipite.

Lui si difese, emettendo un piccolo grido.

Lei lo ignorò. "Sono seria! Se tutto questo stratagemma è per ingannare tuo padre perché hai troppa paura di dirgli che sei gay, cosa succederà quando inevitabilmente andrai a letto con tre camerieri, che serviranno tutti al nostro tavolo proprio quando tuo padre verrà a chiederti quanto manca al nostro fidanzamento?" Brooke era uscita abbastanza spesso con Noah da sapere come andavano le cose.

Questa volta, però, i lineamenti scuri e cupi di Noah si contrassero sul suo volto come una tempesta in arrivo. Era una novità: nei tre anni in cui lo aveva conosciuto, non le era mai capitato.

"Ti assicuro che non succederà". Lui le lanciò un'occhiata che diceva che faceva sul serio. "So che i miei precedenti non sono ottimi, ma questo viaggio riguarda la mia famiglia. Viene mia madre, c'è il matrimonio di mia sorella e voglio passare del tempo con mio padre. Avere te accanto a me come supporto morale sarebbe davvero utile. Spero che, quando vedrà che persona fantastica sono, avrò finalmente il coraggio di dichiararmi. Ma ho bisogno della tua presenza". Il suo sguardo serio e tormentato si fece più profondo. "Con te come fidanzata, papà potrebbe finalmente vedermi come una persona completa e corretta".

"Anche se non è esattamente il modo migliore per dichiararsi a tuo padre". Non lo avrebbe mai sottolineato mai abbastanza. "Ehi papà, ho una ragazza! A proposito, non proprio, in realtà sono gay!"

Noah strinse le labbra. "Questo lo capisco, ma tu non conosci mio padre. Deve vedere che sono proprio come lui, *poi* potrò dirglielo. Se gli dico subito che sono gay, mi vedrà in modo diverso fin dall'inizio". Noah alzò una mano. "L'ho già sentito parlare dei *froci*. Non è stato un granché come complimento".

Brooke prese il bicchiere di vino di Noah. Lei aveva già finito il suo. Ne bevve un sorso prudente.

"Ti prometto che ti metterò al primo posto".

"Non dirlo con leggerezza". Claudia non l'aveva mai fatto. E ancora bruciava, a prescindere dall'età che aveva. "Sai cosa significa per me".

Ma Noah non si tirò indietro. "È vero. Per questo l'ho detto. Hai la mia parola".

Voleva credergli. "Conosci tuo padre meglio di me. Non ho mai incontrato nessuno dei tuoi genitori". E ora si sarebbe presentata come fidanzata di Noah? Non era la fidanzata di un uomo da quando aveva 17 anni. Sarebbe stato molto strano, era abituata a stare con persone senza barba e con le tette.

"Anche se sono d'accordo, sono più preoccupata per tua madre. Non ha forse odiato tutti i fidanzati che le hai presentato? Non è logico che odierà anche me?"

Lui le rivolse un timido sorriso. "Vuole il meglio per il suo unico figlio".

"Mi hai detto che è una sorta di drago".

Noah alzò le spalle. "Un drago amichevole. Sputa fuoco, ma potrebbe anche essere protagonista di un film Disney. Un drago con un cuore".

"Ma potrebbe anche uccidermi con un solo respiro".

"Essenzialmente sì".

Quella vacanza "gratuita" aveva più vincoli di un contratto con la banca. "Se accetto, dobbiamo mettere delle regole".

"Naturalmente". Gli occhi azzurri di Noah scintillarono mentre percepiva la vittoria. Riprese il vino e raddrizzò le spalle. "Per esempio?"

Sul palco dentro al locale due drag queen eseguivano una versione rauca di un brano degli Oasis.

"Per prima cosa, non ti scrocchiare le dita", gli disse Brooke. "Sai che lo odio. Poi, non usare tutti i prodotti del bagno e non monopolizzare lo specchio". Alzò un dito. "E non dire che non lo faresti, perché sappiamo entrambi che è vero".

Noah tenne la bocca ben chiusa.

"Avrei proprio bisogno di una vacanza, quindi mi prometti che potrò rilassarmi quando non farò finta di essere la tua ragazza? Leggere un libro in riva all'oceano?"

"Ti preparerò il lettino e ti farò aria con le palme ogni cinque minuti".

"Detto questo, abbiamo bisogno di due letti. Questi resort lo fanno, no? Un letto matrimoniale, o due letti a una piazza e mezza? A me piace dormire per fatti miei".

"Due letti. Nessun problema". Si leccò le labbra. "Sai che non russo. Abbiamo condiviso il letto un sacco di volte".

Aveva ragione. "Ma la regola più importante: non portare ragazzi in camera. Se vuoi fare cose, vai a casa loro".

"Mi sembra giusto". Sostenne il suo sguardo, non stava scherzando come faceva di solito. Questo la diceva lunga. "Ma sono serio. Questo è un viaggio di famiglia, non una normale vacanza. Ti porto con me come finta fidanzata, non ho intenzione di andare a letto con gente a caso". Fece una pausa. "Che ne dici?"

"Berrai tequila con me?"

Lui odiava la tequila.

A lei invece piaceva molto.

Sarebbe stata la prova decisiva.

"Naturalmente".

Lo fissò. "Significa così tanto per te?" Conosceva già la risposta.

Sospirò. "Significa il mondo intero. Mi faresti un favore enorme che non potrò mai ripagare del tutto. Puoi rinfacciarmelo per gli anni a venire".

"Avresti dovuto aprire il discorso con questo. Quando è il matrimonio?"

"Il primo maggio. Partiremo una settimana prima".

"Nel weekend festivo?"

Noah annuì.

"Io e Allie pensavamo di fare una gita di un giorno a Brighton". Ma Allie poteva anche andare con Gwyneth.

Noah lanciò uno sguardo verso la finestra. "Allie capirà, se mai verrà a prendere aria. E poi, il Messico non ha forse la meglio su Brighton?"

Non aveva tutti i torti.

Brooke fece una smorfia, poi espirò a lungo. "Me ne pentirò, vero?"

Lui sorrise, poi la strinse in un abbraccio. "Ti prometto che non lo farai".

"Sempre che riesca a ottenere le ferie", continuò lei lasciandolo andare. "Chiederò al mio capo, ma mi deve tutte le ore di straordinario non pagate che ho fatto. Un'ultima cosa: se devo baciarti, è solo un bacetto sulle labbra e niente di più. Siamo d'accordo?"

"D'accordissimo". Noah le prese la mano e la baciò. "Grazie. Non vedo l'ora che tu conosca mia madre, penso che andrete molto d'accordo".

Capitolo 2

"È un'ottima scelta, credo che vi piacerà molto. Vi chiamerò quando sarà pronta e organizzeremo il montaggio. Dovremmo concludere in circa sei settimane". Jen strinse le mani di Olly e Greg mentre uscivano dal suo showroom di cucine, con 50.000 dollari in meno dopo aver acquistato una cucina contemporanea nuova di zecca. Con la provvigione ricavata avrebbe potuto fare una bella vacanza, con tutte le spese pagate.

Poi si ricordò che presto avrebbe avuto una vacanza di lusso gratuita, grazie a un uomo con cui aveva fatto sesso 27 anni prima. Non si era mai pentita del sesso, né del risultato: suo figlio Noah. Inoltre, Giovanni era sempre stato generoso con entrambi, invitandola anche a partecipare all'imminente "viaggio di nozze" della famiglia. All'inizio aveva esitato, ma poi Noah l'aveva supplicata. Voleva che venisse. Quando c'era di mezzo suo figlio, non era in grado di opporsi.

Così, entro poche settimane, sarebbe volata in Messico con Rhian per il matrimonio della sorellastra di suo figlio. A volte la sua vita era così moderna che la faceva persino ridere. *Famiglie miste*, come le chiamava Noah. Eppure, andavano tutti d'accordo, quindi perché no?

"Hanno firmato?" Chiese Rhian mentre usciva dall'ufficio

sul retro per entrare nello showroom di cucine, con il suo nuovo taglio di capelli e la frangia laterale che le davano un'energia da "non prendermi per il culo". Il sole di fine marzo entrava dalle grandi vetrate, mentre gli alberi all'esterno creavano ombre artistiche sugli espositori delle cucine. Entrambe amavano quel periodo dell'anno, quando la luce del sole faceva risaltare i colori delle loro unità. Attirava le persone dalla strada, anche quando non volevano davvero una cucina nuova.

Quando Jen alzò lo sguardo, accettò con gratitudine la tazza di caffè che la sua migliore amica e socia in affari le porgeva. Ne bevve un sorso. Macchiato, con due zollette di zucchero, proprio come piaceva a lei.

"Sì, quasi erano in brodo di giuggiole mentre si separavano dai loro 50.000 dollari".

Rhian inclinò la testa da un lato, il suo ultimo tatuaggio faceva capolino dalla manica corta mentre si appoggiava al bancone. C'era scritto *Maddox*. Sull'altro braccio aveva *Dylan*. "Questo perché sei un'ottima venditrice, e loro non hanno mai avuto una possibilità di scamparla. Sei brava e hai una fossetta assassina. Alla fine, hanno scelto una shaker o una contemporanea?"

"Contemporanea, niente maniglie. È stata l'isola a convincerli".

"È sempre così". Fece tintinnare la sua tazza di caffè contro quella di Jen, poi si schiarì la gola.

Jen conosceva la sua amica abbastanza bene da sapere che era un segno. Una freccia di paura le salì lungo la schiena. "Cosa c'è che non va? Perché ti sei schiarita la gola come fai quando ci sono brutte notizie in arrivo?"

Proprio come sapeva che avrebbe fatto, Rhian prese un respiro profondo prima di rispondere.

Jen strinse più forte la sua tazza.

"Riguarda la vacanza". Rhian si spinse gli occhiali sul naso, poi sollevò il telefono. "David mi ha appena scritto per dire che ha avuto una grossa promozione al lavoro e che lo manderanno a Shanghai, porca miseria. Tra tre settimane. Il giorno prima del nostro volo".

Rhian arricciò la bocca su un lato. "Tutto ciò per dire che mi dispiace molto, ma non credo di poter venire. Sai che ci sta lavorando da sempre e che ha bisogno di fare questo viaggio". Tirò fuori il messaggio e mostrò a Jen tre righe con la parola SCUSA in maiuscolo, seguita dall'emoji della smorfia per una decina di volte.

Non faceva alcuna differenza che fosse maledettamente dispiaciuto. Jen aveva voglia di strangolarlo. Non le andava di fare quel viaggio da sola.

"I tuoi genitori non possono tenere i ragazzi?"

"Non per due settimane intere, e non glielo chiederei nemmeno. È troppo da gestire". Rhian gonfiò le guance. "Ci sto malissimo, ma cosa posso fare? I ragazzi hanno bisogno di un genitore qui, ed è importante per la carriera di David".

"Lo so". Il tono di Jen era cupo. Improvvisamente, le due settimane al sole non erano così allettanti. "Ma chi si lamenterà della moglie e della famiglia di Giovanni con me? Per non parlare della nuova ragazza di Noah". Si acciglò. Sembrava ancora strano da dire. "Chi mi metterà la crema solare sulla schiena? Chi si ubriacherà con me sul balcone dopo aver preso un paio di gin tonic da portare in camera?"

Ora che ci pensava *davvero*, era peggio di quanto pensasse. Nessuno con cui fare colazione, avrebbe dovuto fare infinite chiacchiere con persone che aveva incontrato una volta sola. All'inizio aveva pensato che quel viaggio fosse un bonus inaspettato, ora era piacevole come un incidente d'auto. "Forse potrei rimanere in camera mia per tutta la vacanza e ordinare da mangiare in camera. Recuperare tutti i libri che non ho mai letto. Guardare film che mi sono persa".

Rhian si passò una mano ben curata sul fianco arrotondato. "Perfetto, certo". Il suo accento gallese si arricciava intorno alle vocali con aplomb. "Vai fino in Messico e non te lo vivi per niente. Non ci vedo nulla di male in questo piano". Fece il broncio. "Non vedevo l'ora di partire e mi dispiace *tantissimo*, cazzo".

Tese un braccio. Rhian portava sempre le maniche corte, perché aveva sempre caldo. "Guarda la mia pelle: non vedeva l'ora di provare l'insolita sensazione del sole. D'altra parte, forse è un bene che io non venga, potrei spaventare gli altri turisti. Forse non hanno mai visto una pelle così pallida prima d'ora".

Premette un polpastrello sull'avanbraccio di Jen. "Ma tu? Tu andrai, e Noah ti metterà la crema solare. E poi, non si sa mai, potresti incontrare l'uomo dei tuoi sogni mentre sei lì. Potrebbe essere la cosa migliore in assoluto che io non venga con te. In questo modo, potrai sedurre chiunque ti capiti a tiro raccontando che gestisci un'attività in proprio. Le storie sulla vendita di cucine li portano sempre a letto. Almeno con David ha funzionato, ma lui è un po' strano".

David era davvero un guastafeste.

Tuttavia, Jen sarebbe andata lo stesso. Era una donna

forte e indipendente che poteva viaggiare da sola. Lo aveva già fatto in passato, ma in qualche modo farlo *completamente* da sola era stato più facile, senza nessuno da impressionare. Questa volta sarebbe stata giudicata da tutti coloro che la circondavano. Era l'ex sconsiderata di Giovanni, l'adolescente con cui aveva avuto un'avventura, seguita rapidamente da un figlio, mentre era sposato. Lui aveva dichiarato di essere single, naturalmente. Così come lei aveva detto di avere 21 anni e non 17.

Nonostante l'inizio incerto, da allora erano andati d'accordo. Però, quella era la prima volta da molto tempo che lei e Giovanni passavano qualche giorno insieme nello stesso posto. L'unica volta in cui avrebbe potuto davvero sfruttare la sua migliore amica. Doveva essere coraggiosa, non voleva far sentire Rhian in colpa.

Comunque, aveva Noah.

E la sua ragazza, Brooke.

Le si strinse lo stomaco.

Aveva conosciuto solo i fidanzati maschi di suo figlio e tutti le erano stati antipatici. Rhian le diceva che esagerava quando si trattava di Noah, ma qualcuno doveva farlo, visto che continuava a frequentare uomini palesemente ridicoli. Ken, con i baffi a manubrio e l'atteggiamento da guastafeste. Connor, con il suo pessimo gusto per le scarpe. Mark, con la sua ossessione per il biliardo.

Forse era un po' esigente e iperprotettiva, ma era per il bene di Noah. Non aveva dedicato più di metà della sua vita a crescerlo solo perché un uomo inadatto intervenisse e rovinasse tutto. Era un suo diritto. Era sua madre.

Era rimasta sveglia la notte chiedendosi che tipo di donna

piacesse a Noah. Aveva avuto una ragazza a 16 anni, ma era un decennio fa. Lo aveva immaginato un milione di volte quando era piccolo, naturalmente, ma man mano che cresceva non era più così sicura che sarebbe successo.

Per lei andava benissimo così.

Qualsiasi cosa rendesse felice Noah.

Purché lei approvasse.

Inoltre, le piaceva molto essere la donna della sua vita. Non era sicura di essere pronta a essere spodestata dal trono.

Jen aveva visto un paio di foto di Brooke sui social media di Noah, ma nessuna con il suo viso intero o da vicino. Castana, questo era tutto ciò che Noah le aveva detto quando lei aveva chiesto informazioni. Un'amica, di cui si era innamorato per caso. Sembrava sorpreso. Nessuno era più sorpreso di Jen, d'altronde la generazione di suo figlio era molto più fluida di quanto lo fossero mai stati i suoi amici in fatto di sessualità e genere.

Era d'accordo, non era una chiusa. C'era stato chi aveva cercato di buttarla giù quando era diventata mamma a 18 anni, ma lei aveva sfidato tutte le aspettative. Poteva farlo di nuovo in questa vacanza. E sperava che Brooke non avesse dei baffi ridicoli, una stecca da biliardo o delle scarpe orribili. Anche se fosse stato così, però, Jen avrebbe mantenuto la mente aperta. Forse la fidanzata poteva essere l'incaricata della crema solare. Non sarebbe stata totalmente da sola, nonostante le apparenze.

"È meglio che tu risponda subito quando avrò bisogno di te".

Rhian annuì. "Certo. Sempre pronta. Anche se Maddox dovesse cadere in un pozzo, tu verrai prima di tutti".

Sarebbe stato tipico di Maddox. Era il figlio minore di Rhian, incline agli incidenti, che sembrava finire al pronto soccorso almeno ogni due mesi.

"Ma sul serio, come farò senza di te?" Ora era il turno di Jen di tenere il broncio.

"Indosserai quel bikini, ti pavoneggerai su e giù per la sabbia dorata con le tue grandi tette da bomba bionda, e mostrerai a Giovanni e a tutti gli altri nelle vicinanze cosa si stanno perdendo".

Jen ridacchiò. "Non credo che Giovanni abbia più pensato a me da quando mi ha messa incinta. Le sue mogli sono sempre più giovani. Io ho 44 anni, la sua compagna attuale ha solo sei anni in più di Noah".

Rhian batté il dito sul bancone di marmo. Era uno dei loro best-seller, perché la gente se ne innamorava sempre quando entrava.

"Puoi comunque fare una bella figura. Avrai anche 44 anni, ma stai mostrando al mondo com'è fatta una donna d'affari e di successo di 44 anni". Scosse la testa. "E poi, i 40 anni sono i nuovi 30. Lo sanno tutti".

"Tutti mentono". Jen sospirò. "Ma hai ragione, devo affrontare la cosa con un atteggiamento positivo. È una vacanza elegante e gratuita, la userò come occasione per ricaricarmi e passare del tempo con mio figlio e la sua ragazza".

"Prometti di non interrogare la povera ragazza oltre ogni limite? Di non essere troppo brusca e scostante?"

Jen aprì la bocca per formulare una replica piccata, poi la richiuse rapidamente. Rhian non aveva torto. Ken aveva detto a Noah che era "davvero pesante". Mark gli aveva detto che Jen doveva andare a vedere una partita di biliardo prima di criticare il suo passatempo preferito. Connor era semplicemente sparito nel nulla.

"Cercherò di fare del mio meglio per sfoggiare un bel sorriso ed essere una perfetta futura suocera".

"Suocera?" Gli occhi di Rhian erano ampi come piattini.

"Scherzo, dai. Intendo dire che cercherò di essere più accogliente di quanto non sia stata in precedenza. L'ultima volta, Noah mi ha avvertita".

"Stai dicendo cose giuste". Rhian sollevò un sopracciglio. "Forse Brooke può bere troppo gin con te al mio posto".

"Non è certo una degna sostituta".

"Ci puoi giurare. Nessuno può sostituirmi". Gettò un braccio intorno a Jen. "Ma te la caverai benissimo, perché sei resistente. Tieni a mente che ogni giorno che sarai al sole a bere cocktail gratis, io sarò qui nel Kent a piangere sommessamente. Ti divertirai moltissimo. Me lo sento nelle ossa".

Capitolo 3

Messico: Primo Giorno

Il calore della sera si appiccicava al viso di Brooke mentre camminavano lungo i sentieri bordati di bouganville del resort, verso il bar principale. I fiori rosa le ricordavano la nonna. Aveva sempre amato il rosa, e questo era il motivo per cui lo amava. Claudia, invece, lo odiava.

Erano appena atterrati, ma erano già stati convocati per l'incontro di quella sera con la famiglia tramite il loro gruppo vacanze WhatsApp. Fino a quel momento Brooke non si era quasi mai lamentata. La loro camera era una suite completa di patio con vista sull'oceano, salotto e doccia esterna, oltre a un bagno grande come lo stadio di Wembley. L'unico inconveniente? C'era solo un letto. Un letto super grande, ma uno solo.

"Ripassiamo i nomi della tua famiglia un'altra volta, per consolidarli nella mia mente". Brooke abbassò lo sguardo sui suoi nuovi sandali bianchi, sperando che non le facessero male. Non era a suo agio. "A proposito, quando arriva tua madre?"

Noah controllò l'orologio. Un Rolex, ovviamente. Da quando il suo fondo fiduciario era stato sbloccato, era impazzito un po'. Non lo biasimava, ma sua madre gli aveva fatto mettere una parte dei soldi in un conto separato, dove lui non poteva toccarli. Brooke era curiosa di conoscere Jen Egan. Sembrava ammirevole, anche se un po' spaventosa.

"Dovrebbe atterrare tra circa due ore, ma ha detto che sarà tardi e che mi manderà un messaggio domattina. È un peccato che Rhian non sia potuta venire, però così potrai conoscere meglio la mamma". Fece una pausa, infilando la mano nella tasca dei pantaloni blu. Quando aveva aggiunto al suo abbigliamento una camicia bianca perfettamente stirata e un paio di mocassini color sabbia, aveva chiesto a Brooke se avesse un aspetto abbastanza etero.

Lei gli aveva assicurato che sembrava proprio che stesse per giocare a polo con il principe Harry, e lui si era subito rallegrato.

Si soffiò il naso e intascò il fazzoletto, lanciando un'occhiata severa alla bouganville. "Sembra che le mie allergie gradiscano il fogliame messicano come quello inglese". Si strofinò l'occhio. "Torniamo alla mia famiglia. Mio padre è Giovanni, sua moglie è Amber. L'ho incontrata qualche volta. È simpatica, senza fronzoli".

"Sei andato all'addio al celibato di tuo padre?"

"Sì. Una settimana virile nelle Yorkshire Dales guidando quad e bevendo whisky. È stato diverso, ma mi è piaciuto molto".

Gli prese la mano mentre passeggiavano. Non era strano, l'aveva già fatto molte volte. Le mani di Noah erano più morbide delle sue. D'altra parte, lui si idratava come se fosse un rito religioso.

"Fa emergere il tuo lato più macho".

"Qualcosa del genere". Lui le rivolse un sorriso ampio e affascinante.

Cavolo, un osservatore esterno avrebbe sicuramente pensato che erano una coppia.

Girarono l'angolo verso il bar di fronte a loro, illuminato come il suo cupcake di compleanno. Un brivido la percorse e la testa cominciò a pulsare. Stava succedendo davvero. Stava per fingere di essere etero e innamorata. Poteva riuscirci? Non ne aveva davvero idea.

Dagli altoparlanti usciva una musica rilassante, ma Brooke non era per niente rilassata. Piuttosto, era in stato di massima allerta.

"Papà ha tre figlie nate dal primo matrimonio con Serena".

"Quella con cui stava quando è andato a letto con tua madre, giusto?"

"Esatto. All'epoca era sposato e aveva due figlie. Comunque, le mie sorelle si chiamano Georgia, Patsy e Megan. Georgia vive la sua vita come le dice *Good Housekeeping*. Due figli, un marito noioso con un nome non proprio noioso: Casper".

"Amichevole o fantasma?"

"Nessuna delle due, purtroppo. Ma non sono qui, perché Casper è attualmente in ospedale per un'appendicite, quindi Georgia si sta perdendo tutto".

"Ahi".

"Patsy fa ridere, sono andato al suo trentesimo compleanno. Alla fine della festa, ci siamo ubriacati sul balcone con l'intenzione di prendere in giro Amber, che poi però si è presentata con un sacco di champagne, quindi ci ha conquistati".

"Ha avuto un'ottima idea".

"È piuttosto affidabile, ma ha la stessa età di Georgia,

quindi è un po' strano. Megan è una personal trainer, e a volte è un po' troppo insistente sull'allenamento e sull'alimentazione. Però ha un sedere su cui potresti far rimbalzare una moneta da 50 centesimi, da guardare a bordo piscina".

Lo tirò vicino a sé e respirò il suo odore familiare. "Pensi sempre a me, per questo sei il perfetto finto fidanzato".

"Occhio, ci stiamo avvicinando".

Arrivarono al bar, che era enorme. Sotto il tetto spiovente ospitava grandi mobili in vimini e le vetrate su tutti i lati non erano vere vetrate, ma incorniciavano semplicemente il mare che si estendeva oltre il balcone.

"Che altro? Mio padre ha fatto fortuna con i parcheggi per roulotte ed è sempre arrabbiato perché nessuno dei suoi figli è interessato a gestirli".

Ora aveva il suo interesse. "Non me l'hai mai detto. Mi hai detto che gestiva parchi di divertimento. Io adoro le roulotte". Aveva solo bei ricordi delle vacanze d'infanzia trascorse in quelle roulotte con Claudia. Era l'unico periodo dell'anno in cui sembrava che le piacesse passare del tempo con Brooke. Avevano passato ore a risolvere puzzle, a giocare a carte e ad abbrustolire marshmallow su un piccolo fuoco improvvisato. Per Brooke, le roulotte erano un rifugio di cose in miniatura, insieme a un amore difficile da definire. Inoltre, conservavano ricordi vivaci di sua nonna. Erano il punto di forza di un'infanzia più che disordinata.

Noah rise. "Credo che si adatti al tuo amore per tutte le cose in miniatura. Io, invece, preferisco le cose grandi". Fece un respiro profondo. "Ora devo solo individuare mio padre. È un tipo del nord con un nome italiano e un'abbronzatura posticcia e discutibile. Speriamo che l'abbia rifatta o che sia già andata via. C'è anche suo cugino, Romeo, per il quale ho un debole. È un ragazzo simpatico, anche se perennemente sfortunato in amore. È stato fidanzato due volte. Una fidanzata è morta, l'altra è emigrata senza dirglielo".

Brooke si sentiva meglio riguardo alla sua unica relazione seria con Haley, che era andata a rotoli quando Haley si era trasferita e poi era andata a letto con un'altra.

Brooke non aveva avuto grandi modelli relazionali, crescendo. Sua nonna era una madre single che diffidava degli uomini dopo che suo nonno se ne era andato quando Claudia era piccola. Claudia aveva seguito l'esempio, non avendo mai avuto un uomo accanto, compreso il padre di Brooke. Le era stato inculcato fin da piccola di contare su se stessa e su nessun altro. Non voleva emulare Claudia, seguire il suo modello, ma temeva che la sua vita andasse in quella direzione.

"È ironico che si chiami Romeo quando è una tragedia ambulante".

"Mi sa che andrebbe sottolineato".

Ora che erano dentro, la musica pulsava nell'aria. Passarono davanti a un gruppo di dieci persone, con i flutes di bollicine tenuti in alto, a metà del brindisi. Passarono davanti a una donna che indossava una fascia con la scritta "Presto sposa", circondata da un gruppo di damigelle dall'aria sofferente. Brooke ci era passata, aveva indossato la maglietta. Se mai avesse deciso di sposarsi, non avrebbe messo in mezzo le sue amiche. Non avrebbe avuto damigelle, o forse le avrebbe assunte. Aveva letto un articolo su una rivista che parlava di una donna che faceva la damigella d'onore di professione. Brooke vedeva solo lati positivi in questo.

Noah le strinse la mano e si fermò. Lei seguì il suo dito puntato verso un gruppo nell'angolo più lontano. Dovevano esserci almeno 20 persone intorno al tavolo.

Brooke boccheggiò e le si seccò la bocca. Le cose si stavano facendo serie.

Noah impallidì. "Non ho più avuto una ragazza da quando avevo 16 anni. Mi sento improvvisamente impreparato".

"Benvenuto nel club". Si portò le nocche di lui alle labbra e le baciò leggermente, combattendo l'impulso di voltarsi e scappare.

Erano a migliaia di chilometri da casa.

Non sarebbe andata da nessuna parte, se non nella tana del leone.

"Possiamo farcela, insieme. Siamo una squadra". Le sue parole sembravano molto più sicure di quanto si sentisse. Deglutì un nodo in gola. "Pronto?"

Noah fece un cenno di assenso e fece strada.

Quando il padre lo vide, un ampio sorriso gli si allargò sul viso. Si alzò, si avvicinò e prese Noah tra le braccia in quello che Brooke poté solo descrivere come un abbraccio da orso. Non era il padre scostante e omofobo che aveva previsto. Piuttosto, quell'uomo sembrava entusiasta di vedere suo figlio. Quando ebbe finito, rivolse la sua attenzione a lei. Le sue guance erano rosso fuoco, ma la sua camicia color limone era immacolata, come se fosse appena uscita da una pressa.

"E questa splendida visione in rosa deve essere Brooke. Non ho sentito parlare di te perché Noah è un uomo di poche parole, ma non vedo l'ora di conoscerti in questa vacanza. Io sono Giovanni". Allungò una mano e Brooke fece per stringerla. Tuttavia, Giovanni allontanò la mano all'ultimo momento. "Penso sempre che le strette di mano siano per gli incontri di lavoro, non è vero?" Non attese la risposta e la strinse in un abbraccio. "È un piacere conoscerti", aggiunse sopra la sua spalla, prima di lasciarla.

"Anche per me". Brooke sfoggiò il suo miglior sorriso.

Giovanni era uno a cui piacevano gli abbracci, così come Noah. Aveva pensato che avesse preso dalla mamma, visto che era cresciuto con lei, ma forse i fine settimana e le vacanze occasionali con il padre avevano lasciato il segno. O magari era una caratteristica di tutta la famiglia e Noah non aveva mai avuto alcuna via di scampo. In ogni caso, non era quello a cui era abituata. Gli abbracci non erano stati frequenti a casa sua, da ragazza. Forse avere soldi significava avere maggiore propensione per gli abbracci?

"Da bere!" Giovanni gridò e poi indicò un cameriere di passaggio. "Cosa prendete?"

"Del vino bianco, se possibile", rispose Noah. Il cameriere era sexy. Brooke capì che Noah cercava di non guardare.

"Brooke?"

"Anche per me".

Una brunetta magra come un tubo di scarico apparve al fianco di Noah, con un top grigio che metteva in evidenza le braccia e le spalle tese. Lui si girò e la abbracciò. "La donna del momento!" Quando si tirò indietro, fece un cenno a Brooke. "Questa è la mia ragazza, Brooke".

Brooke sbatté le palpebre. Sentirlo dire era ancora strano.

Poi Noah girò la mano verso la donna. "Questa è la futura sposa, mia sorella Megan".

Megan tese la mano e Brooke la strinse. Chiaramente non era una che abbracciava.

"Mi fa piacere che siate venuti, e sono contenta di conoscere la donna che ha preso il nostro Noah". Fece a Brooke un sorriso tagliente che non le arrivava agli occhi, poi cercò nella borsa e tirò fuori un foglio plastificato. "Ho mandato a Noah il programma l'itinerario sull'app del matrimonio, ma per sicurezza ho fatto in modo che tutti ne abbiano uno nella loro stanza. È facile da controllare ogni volta che si vuole sapere cosa succede".

Un programma? Quella era una novità. "Che pensiero gentile". Brooke prese il foglio dalle mani di Megan.

"Ci sono molte cose da incastrare, ma voglio sfruttare al massimo questa settimana. Naturalmente non è obbligatorio, ma spero che siate pronti!" Indicò la parola venerdì, che era in grassetto e sottolineata. "Ho aspettato fino a domani, quando tutti saranno qui, perché il programma entrasse davvero in vigore. Come puoi vedere, domani dopo colazione cominciamo con il mini-golf".

Brooke lasciò scivolare lo sguardo sul piano. Zumba, tennis, kayak, tiro con l'arco, aqua spin, preparazione di taco, degustazione di tequila... Poteva essere d'accordo con l'ultimo, ma era tanta roba. Riportò lo sguardo su Megan. "Settimana piena e favolosa. Puoi contare su di noi, vero, Noah?"

"Certo che sì", rispose Noah, con il volto mortalmente neutro.

Accanto a loro, il padre di Noah batteva la chiave della sua stanza sul lato del bicchiere di birra. "Tutti quanti, conoscete già questo brutto ceffo accanto a me". Diede una pacca sulla spalla a Noah, prima di rivolgersi a Brooke. "Ma questa è la sua ragazza, Brooke. Vieni a presentarla, falla sentire la benvenuta".

Noah le afferrò la mano, poi la tenne sollevata come se fosse appena stata dichiarata campionessa mondiale di boxe. Brooke voleva che la terra la inghiottisse.

"E ricordate tutti: cena tra 15 minuti, seguita da una degustazione di cioccolato nel bar principale!" Aggiunse Megan.

Brooke diede un'occhiata al programma: la degustazione di cioccolato non c'era. Si voltò verso Noah quando lui le lasciò la mano. "Non avevi detto che sarebbe stata una vacanza rilassante?", sussurrò.

"Leggi sempre le clausole scritte in piccolo".

Capitolo 4

Jen fece un respiro profondo, poi rivolse alla donna dietro la reception un sorriso serrato. Anche lei lavorava a contatto con il pubblico, quindi non aveva intenzione di fare la difficile. Il cartellino della donna diceva che si chiamava Gabriela, aveva una chioma di capelli neri che le ricordava Rhian. I paragoni, però, finivano lì. Quella donna aveva almeno 20 anni in meno della sua amica, con una pelle olivastra che Rhian non avrebbe mai potuto sperare di ottenere. Stava anche facendo del suo meglio per trovare la stanza di Jen, che il sistema aveva in qualche modo smarrito. Se Gio non le aveva prenotato una stanza, lo avrebbe ucciso.

"Vuole sedersi, signora? Sistemerò tutto il prima possibile". L'inglese di Gabriela era impeccabile.

Jen si avvicinò al balcone per vedere cosa stava succedendo sotto l'imponente reception piena di lampadari. Nel bar che si affacciava sull'oceano c'era un ricevimento di nozze. Era ovvio. Era il motivo per cui era lì, e immaginava che si svolgessero ogni giorno, puntuali come un orologio. La festa era in pieno svolgimento, le risate e la leggerezza attraversavano l'aria calda della notte. Avvistò la sposa che ballava in un cerchio di persone e le tornò in mente il giorno del suo matrimonio. La sua relazione con Michael era durata solo tre anni ed era finita molto tempo prima.

Non era tagliata per il matrimonio, ma le andava bene così. A differenza di Giovanni, che era al terzo. Per lei un matrimonio era stato più che sufficiente: era single da oltre cinque anni e ci sarebbe voluto qualcuno di molto speciale per farle prendere in considerazione l'idea di cambiare. Le piaceva vivere da sola, stava cominciando ad accettare l'idea che non fosse necessario avere un compagno per avere una vita felice. Aveva un buon gruppo di amici e questo le bastava.

Pensò a Rhian, sempre in secondo piano rispetto a David, e quel viaggio ne era un esempio. Jen era infastidita, ma sapeva bene che non doveva intromettersi nelle relazioni altrui. Odiava quando lo facevano con lei.

Quando la mamma di Jen era viva, era stato il suo sport preferito. Era stata molto chiara quando aveva detto a Jen che Michael, secondo lei, "non era alla sua altezza". L'aveva affermato durante l'addio al nubilato di Jen. Avrebbe dovuto ascoltarla. Probabilmente Jen avrebbe detto qualcosa se avesse notato che Brooke non era giusta per Noah. Lui aveva 26 anni, dopotutto. L'età in cui si pensa al matrimonio.

Si portò una mano alla fronte e chiuse gli occhi. *L'età in cui si pensa al matrimonio?* Le sembrava di essere in un romanzo dickensiano. Non si dice che alla fine si diventa come i propri genitori, indipendentemente dalle intenzioni? Jen scosse la testa, poi passò la punta delle dita sulla sommità del balcone in pietra elaborata. Fino a quel momento, tutto ciò che aveva visto di quel posto era grandioso. Se lo aspettava, visto che lo aveva scelto Gio.

"Pronto? Claudia? Pronto?"

Un accento britannico. Jen alzò lo sguardo per vedere una donna che toccava il telefono con un dito, se lo accostava all'orecchio e poi lo fissava di nuovo. I suoi capelli erano quelli che le riviste avrebbero descritto come luminosi. Quando si girò e la vide in volto, Jen stimò che avesse intorno ai 30 anni. Le sembrava familiare… Forse era una delle figlie di Gio. Noah le aveva mostrato un paio di foto sul suo telefono.

Si avvicinò a Jen, ancora accigliata mentre era al telefono. "Perché mi chiami?", disse sottovoce. "Non mi chiami mai, cazzo".

Jen cercò di non fissarla. Non voleva che la donna pensasse che stesse origliando.

"Pronto? Porca miseria, Claudia".

Non ebbe molta fortuna. Pochi istanti dopo, Jen sentì l'odore distinto del fumo. Quando si voltò, una sigaretta era tra le dita della donna. Poggiò un pacchetto di Marlboro Light sul balcone, ancora accigliata. Sbatté le palpebre quando vide che Jen la stava guardando. "Scusa". Si spostò lungo il balcone, poi sollevò la sigaretta. "È un brutto vizio, lo so". Con l'altra mano agitava il telefono. "Tendo a fumare solo nei momenti di stress. Il telefono mi sta stressando".

Jen scosse la testa. "Nessun problema".

"Mi scusi!"

Si voltarono entrambe e videro Gabriela che si avvicinava. "Non si può fumare nell'area della reception", gridò, agitando le mani sopra la testa come se dirigesse un aereo. "Solo nelle aree designate".

La donna alzò una mano, poi spense la sigaretta sotto il piede. Fece un cenno di scuse a Gabriela. "Mi dispiace, sono arrivata solo oggi!" Si voltò di nuovo verso Jen. "Ho bisogno di bere".

"Anch'io. Giornata difficile?"

La donna inclinò la testa e fece un sorriso ironico. "Voglio dire, c'è gente che ha avuto vita più dura, e noi siamo in paradiso".

"Un paradiso dove non riescono a trovare la mia prenotazione".

"Ahi", rispose la donna, il cui sguardo si posò su Jen in un modo che le fece pizzicare la pelle.

"Mi scusi, signora!" Era di nuovo Gabriela.

La donna si voltò e alzò entrambe le mani. "L'ho spenta!"

"No", Gabriela scosse la testa. "Ho la sua prenotazione".

Ora era il turno di Jen di espirare. "Menomale, cazzo". Sorrise alla donna. "Spero che tu abbia un'ottima giornata".

La donna le rivolse un sorriso acceso. "Altrettanto".

Pochi minuti dopo, Jen attendeva in cima alla grande scalinata che dalla reception scendeva verso il resort sottostante. Sopra di essa giravano ventilatori giganti e il lampadario scintillava nell'aria notturna.

Un fattorino le consegnò il bagaglio, lei ringraziò e si chinò per controllare la cerniera. In qualche modo si era rotta durante il trasporto e i suoi effetti personali spuntavano qua e là dove la cerniera era completamente rotta. Passò le dita sulla zip. Sperava che avrebbe retto fino all'arrivo in camera, perché non avrebbe mai affidato la consegna a qualcun altro. Prima però doveva trovare l'ascensore.

"Pronto? Mi senti? Mi arrendo".

Jen si voltò alla voce familiare.

Era la donna di prima, di nuovo al telefono. "Ancora niente?" Chiese Jen.

Scosse la testa e mise il telefono nella borsa. "Ho ufficialmente smesso di cercare di contattarla". Fece una pausa. "Posso darti una mano con i bagagli?"

"Volevo trovare un ascensore".

La donna valutò le scale, che erano molte. Scrollò le spalle. "Potremmo farcela". Fletté i bicipiti. "Vado in palestra". Indicò Jen. "Sembra che anche tu ci vada".

Jen era contenta che la donna la pensasse così. E poi, in due potevano sicuramente trasportare la sua valigia. "Va bene. Ma io prendo…"

"Ci penso io", rispose la donna, raccogliendo la valigia più grande e rotta.

"Stai attenta", aggiunse Jen, mentre la donna la faceva battere sul primo gradino.

Un'espressione di disagio attraversò il suo volto.

"Cosa hai qui dentro? Pesa una tonnellata".

Secondo passo. Bum!

"La cerniera non è del tutto…"

Bum! Bum! "Mi dispiace". La donna sbirciò più da vicino. "La cerniera è rotta da questo lato".

Ma dai.

Jen doveva prendere il controllo. "Vuoi fare a cambio?" Prese la valigia più grande.

La donna scosse la testa. "Va bene così", la sollevò con entrambe le mani. "Prometto che non sbatterà più sui gradini". La sollevò ancora più in alto.

"È solo che la cerniera…"

La donna allungò il piede per trovare il gradino successivo, ma inciampò. Come al rallentatore, perse l'equilibrio e si ribaltò in avanti.

Jen si sentì avvampare dal senso di allarme. Allungò una mano davanti alla donna, spingendola all'indietro. Riuscì a fermarne la caduta, ma quando atterrò con un tonfo sui gradini di marmo, in qualche modo lasciò andare la valigia di Jen.

Jen guardò con gli occhi sbarrati mentre la donna si affannava per riprendere la presa sulla valigia, ma era troppo tardi. Colpì il gradino successivo e balzò in aria.

Le si svuotarono i polmoni e rimase immobile, fissandola. La valigia aveva preso una strada tutta sua. Ora doveva impedire che si abbattesse sulla giovane coppia che si teneva per mano e che stava salendo i gradini.

"Attenzione!" Le sue parole trafissero l'aria mentre la valigia atterrava su un altro gradino, la cerniera si apriva nell'impatto e i suoi effetti personali cadevano fuori, scivolando e rovinando giù per l'enorme scalinata, insieme alla valigia aperta. La giovane coppia riuscì a saltare via all'avvertimento di Jen. Lei chiuse gli occhi. Poi, dopo qualche istante, ci fu il silenzio.

Lo shock la colpì in pieno. Sbatté le palpebre, ansimò, poi aprì gli occhi e sperò che fosse solo un brutto sogno. Poi però il volume si alzò di nuovo e la sua roba era ancora sparsa sui gradini, sotto gli occhi di tutti.

Quando guardò a sinistra, la signora NonCosìdiAiuto era ancora ferma sul posto e si massaggiava il gomito. Doveva averlo sbattuto cadendo all'indietro. Aveva gli occhi spalancati e la bocca contorta.

"Oh, cazzo, mi dispiace tanto..." Saltò in piedi come se qualcuno le avesse appena messo delle batterie nuove e iniziò a raccogliere le cose di Jen. Prima i reggiseni, due neri e uno rosso, poi la pochette da bagno. Almeno quella non era caduta e la crema idratante e il dentifricio non erano stati spalmati sulle scale. Ma un'estranea aveva ancora in mano i suoi reggiseni, e le sue mutandine erano ancora sparse per le scale.

Una volta che il cervello di Jen si riaccese, appoggiò la valigia più piccola e poi recuperò quella più grande.

"Sono terribilmente..." disse ancora la donna, mentre prendeva uno dei tacchi di Jen – "Kate Spade, bello" – insieme a un mucchio di top.

In risposta, Jen lanciò alla donna uno sguardo esasperato. Se non si fossero conosciute al piano di sopra, a quell'ora le avrebbe già urlato contro. Però non l'avrebbe aiutata a raccogliere le sue cose e a fare in modo che l'intero resort vedesse la sua biancheria intima. Doveva rimanere calma.

"Vuole una mano?" chiese l'uomo della giovane coppia che era scampata alla morte per puro caso. Indossava una maglia dei Kansas City Chiefs.

Accanto a lui, la sua ragazza asiatica con una maglietta di Taylor Swift offrì a Jen un sorriso. "Vi aiutiamo volentieri".

Sentì un'ondata di sollievo. Non avrebbe pianto per la gentilezza di alcuni sconosciuti la sua prima notte nel resort.

"Sì, grazie", disse, e la coppia iniziò a trasportare le sue cose su per le scale. Sorprendentemente, non ci volle tanto quanto Jen aveva previsto. Quando guardò in basso, la donna e la gentile coppia stavano raccogliendo i numerosi assorbenti che erano fuoriusciti dalla loro scatola. Ti pareva.

Jen si accovacciò in cima alle scale, ripiegando i vestiti nella valigia. Per fortuna teneva i suoi oggetti preziosi nel bagaglio a mano più piccolo. Se i suoi gioielli fossero volati giù per l'enorme scalinata, quella donna avrebbe potuto subire la sua ira.

Pochi minuti dopo, ringraziò la coppia.

Nel frattempo, la donna che aveva causato tutto il trambusto la raggiunse in cima alle scale, consegnandole due paia di pantaloncini da vacanza nuovi di zecca.

"Anch'io ne ho comprato un paio da John Lewis. Ottima scelta". Poi si diresse all'indietro verso la reception, alzando un dito indice, come se Jen fosse un cane e lei le stesse insegnando un nuovo trucco. "Torno subito. Non muoverti".

Jen scosse la testa, troppo stanca per discutere. "Sto ancora facendo la valigia, nel caso non l'avessi notato".

Alla fine, la donna tornò alla scala dove Jen era seduta, con le valigie accanto. Aveva in mano due bicchieri pieni. "Ho preso due gin tonic. Ho pensato che a tutti gli inglesi piace il gin, no?"

Jen accettò il bicchiere mentre la donna si sedeva accanto a lei. "Grazie". Osservò i suoi capelli, del colore dei tramonti autunnali, con colpi di sole sulle punte. Aveva anche degli zigomi notevoli, o un'ottima capacità di fare contouring. Forse entrambe le cose. All'angolo delle palpebre c'erano scintille di trucco argentato. Le davano un'aria ultraterrena.

"Di nuovo, mi dispiace molto". Il suo sguardo si soffermò sul viso di Jen. Era stranamente gradito.

Jen la fissò, poi distolse lo sguardo. "Non è colpa tua". Non del tutto, ma era gentile. "La valigia era rotta. Stavo cercando di dirtelo prima che tu la prendessi ".

"Di nuovo, scusami". La donna sorseggiò il suo drink, prima di ruotare il corpo verso Jen. "Da dove sei arrivata in aereo?"

"Londra".

"Anch'io. Un po' prima, oggi. Sono a corto di energie. A quest'ora dovrei essere a letto, ma stavo cercando di mettermi in contatto con qualcuno e poi ci siamo incontrate". Scrollò le spalle. "Probabilmente dovrei tornare a cercare il mio ragazzo".

Lei trasalì, poi scosse la testa. "Ragazzo", ripeté, quasi sottovoce.

Jen si accigliò. "Il tuo ragazzo ti ha già fatta arrabbiare?"

La donna gonfiò le guance, poi catturò Jen con il suo sguardo caldo. "È complicato. Potrei dirtelo, ma poi dovrei ucciderti e ho già fatto abbastanza danni stasera. Inoltre, sospetto che l'omicidio sia contro le politiche dell'hotel". Accarezzò la borsa. "Proprio come fumare. Sembra che non gli piaccia per niente".

Quella donna era divertente. Distruttiva, ma divertente. Jen si rilassò. "Non me lo dire, così posso rimanere viva. Se può servire, anche la mia permanenza qui è complessa. Sono qui a causa del mio ex".

La donna sollevò le sue sopracciglia perfette e folte. Solo ora Jen si accorse che aveva una macchia scura sopra il labbro superiore.

"Se me lo dicessi, dovresti uccidermi? O sei ancora legata al tuo ex?"

Jen sbuffò. "Dio, no. È stato molto tempo fa. Sono qui per il sole, tra le altre cose". Bevve un sorso del suo drink. Il ghiaccio tintinnò contro il lato del bicchiere. "Se posso permettermi, hai una macchia di qualcosa sul labbro superiore". Socchiuse gli occhi. "Potrebbe essere cioccolato?"

La donna cercò un fazzoletto nella borsa, ne inumidì un angolo con la bocca e si tamponò entrambi i lati del labbro.

Si voltò verso Jen. "Andato via?" Il suo sguardo era intenso, come una melassa ricca e scura.

Jen annuì. "Sì".

"Mi hanno fatto fare una degustazione di cioccolato dopo cena, anche se non sono nemmeno una grande fan del cioccolato". Alzò una mano. "Di nuovo, non chiedere". Ma poi continuò. "Stasera ho cenato e bevuto con il mio ragazzo e la sua famiglia. È la prima volta che li incontro, e sua sorella non è certo timida". Scosse la testa, rivivendo qualcosa nella sua mente.

"Dove sono ora?"

"Lui è andato al bar per stare un po' con suo padre, e io sono qui con te". Si avvicinò. "Ma mi piace stare qui con te. Non c'è pressione. Inoltre, hai un ottimo gusto nel vestire. Lo so perché indossi una camicia fantastica, e poi ho visto quasi tutti gli altri tuoi vestiti".

"È vero", disse Jen ridendo.

Le unghie della donna erano dipinte in diverse tonalità di pastelli forti. Il blu la faceva pensare alla culla di Noah quando era piccolo. Sembrava passato solo un battito di ciglia. Ora forse si stava per sposare.

No, era quello che pensava la voce di sua madre.

Ma d'altra parte, perché mai avrebbe portato una donna a conoscere tutta la sua famiglia? Non l'aveva mai fatto con un fidanzato. Ora era più vecchio, forse far conoscere i partner era una cosa che veniva con l'età? Le prime esperienze relazionali di Jen non erano mai state da manuale, perché aveva sempre avuto Noah al suo fianco.

Sorrise alla donna. Forse in questo viaggio si sarebbe fatta una nuova amica. Rientrava nel suo proposito di non inseguire l'amore, ma di valorizzare le amicizie. Alzò il bicchiere. "A una vacanza in cui incontrerò persone nuove e interessanti. Anche se mi buttano le cose giù per le scale. Domani incontrerò la ragazza di mio figlio, è la prima volta. Ho paura di odiarla, o che lui voglia sposarla. Ho odiato tutte le altre persone che ha portato a casa". Jen fissò la donna. "Se tutto va a rotoli e lei è un vero incubo, possiamo vederci qui per bere un drink di consolazione?"

La donna gettò indietro la testa e rise. Illuminò la notte.

"Assolutamente sì", disse, con una sicurezza che fece sorridere Jen. "Se va male, torniamo a bere qui verso la stessa ora? Tu puoi farmi sapere se tuo figlio ha scelto una antipatica e io posso farti sapere se sopravviverò a questa settimana o se impazzirò in paradiso".

Jen tese la mano. "Affare fatto".

La donna sorrise, poi la strinse.

Capitolo 5

"L e lesbiche non dovrebbero essere brave a giocare a golf?" Noah si tolse un insetto dalla maglietta color pesca mentre camminavano sotto il sole cocente del mattino. I suoi capelli erano ancora bagnati dalla doccia e profumava di arance fresche.

"Te l'ho già detto, sono una lesbica terribile, a parte che per le cose importanti. Ho giocato due volte a minigolf, stanno ancora cercando le palline".

Brooke si era appena sistemata nel patio con l'ultima commedia romantica del suo autore preferito, quando Noah le aveva sventolato in faccia l'itinerario laminato e le aveva detto che non voleva far arrabbiare Megan il primo giorno. Quella mattina c'era un torneo di mini-golf. Brooke aveva dovuto cedere, nonostante ogni parte di lei urlasse in protesta.

L'appuntamento con il suo nuovo libro era spostato al pomeriggio, a meno che Megan non avesse organizzato un workshop sulla creazione di braccialetti messicani o qualcosa di altrettanto terribile. Aveva l'impressione che la ragazza non riuscisse a stare ferma, una di quelle persone che in vacanza si iscrivono a tutte le gite e le attività. All'università, era sicura che Megan fosse quella che parlava sempre durante le lezioni. Brooke, invece, non lo era affatto.

Quando arrivarono, un gruppo di parenti di Noah era già lì. Lui ne salutò alcuni, così come fece Brooke, ma era sicura solo dei nomi delle sue sorelle, Megan e Patsy, oltre che del padre di Noah e di sua moglie Amber. Fece un sorriso e infilò una mano nella tasca dei pantaloncini, poi la tirò fuori di nuovo. Infilare la mano in tasca era una cosa molto queer, e lei non era queer lì.

Si lamentò internamente. Non era mai stata etero, nemmeno nel grembo materno. Quando era nata e l'ostetrica l'aveva sorretta, aveva detto a Claudia: "Congratulazioni, è lesbica!" O almeno, questa era la storia che Brooke amava raccontare. Claudia sollevava sempre un sopracciglio. Stare al braccio di un uomo, anche se quell'uomo era Noah, andava contro tutto ciò che lei sosteneva. Ma aveva accettato, quindi doveva sopportarlo.

Si riunirono allo stand dove si prendevano le mazze, le palline, i cartellini, i tee e le matite minuscole (che Brooke adorava, ovviamente). Doveva anche ammettere che quello era di gran lunga il campo da minigolf più pittoresco che avesse mai visto. Davanti a lei, l'oceano brillava e, nelle vicinanze, un uccello cinguettava. Un uccello del paradiso, forse? Questo le fece pensare alla sera prima e alla bionda misteriosa. Era stato bello chiacchierare con lei, anche se le cose erano andate un po' a rotoli nel mezzo. Quella donna aveva la fossetta più bella che avesse visto e gli occhi del colore dell'oceano.

Megan batté le mani per attirare l'attenzione di tutti. "Ok, siamo in 23, tanti partecipanti, grazie a tutti quelli che si sono impegnati. Volete dividervi in sei squadre da quattro persone, in modo da mantenere le cose in movimento? Ovviamente una squadra avrà solo tre persone, ma va bene così".

Patsy apparve accanto a Brooke. "Posso stare in squadra con voi?" I suoi pantaloncini e il suo top giallo crema erano in perfetta sintonia.

"Certo", rispose Noah, poi si rivolse a Megan, tenendo in mano il telefono. "Anche la mamma sta arrivando, quindi saremo una squadra di quattro persone. Ci metterà al massimo cinque minuti, quindi andremo per ultimi".

Patsy gli afferrò il braccio. "Perfetto. Faccio un salto al bagno. Non vedo l'ora di rivedere tua madre, la adoro!"

Ma che cazzo? La mamma di Noah stava arrivando adesso? *Proprio adesso?* Era vestita bene? Aveva ancora pezzetti di spinaci tra i denti dalla colazione? Poteva passare per una fidanzata etero per la donna che conosceva meglio Noah? Stava per scoprirlo.

"Mi hai detto che non pensavi che sarebbe venuta stamattina", sibilò Brooke a Noah.

"Non pensavo che sapesse del minigolf, ma a quanto pare Megan ha lasciato un programma plastificato nella sua stanza".

Ovviamente.

Brooke si lisciò il top e prese fiato. Sarebbe stato un gioco da ragazzi. Forse la mamma di Noah era adorabile così come sosteneva Patsy. Forse era ironica come suo figlio. Sì, sembrava protettiva nei confronti di Noah, ma Brooke lo trovava accattivante. Claudia non l'aveva mai fatto.

Inoltre, se Jen era una suocera infernale, Brooke aveva sempre la donna della sera prima con cui lamentarsi più tardi. Le sarebbe piaciuto molto rivederla e scoprire la sua storia. Finora erano stati tutti accoglienti, ma la conoscevano come la ragazza di Noah. Con la donna non doveva essere così. Questo faceva la differenza. Anche il fatto che fosse di bell'aspetto aiutava.

Il cervello di Brooke smise di elaborare e sbatté le palpebre.

Gli diede un calcio interno finché non si riavviò. Ovviamente, in *quella* vacanza non poteva accadere nulla con un'altra donna, perché lei aveva un fidanzato. Che era in piedi accanto a lei e la fissava con preoccupazione.

"Stai bene? Perché hai appena fatto un'espressione molto strana". Si avvicinò. "Sei nervosa?"

"Certo che sono nervosa!" Secondo la sua esperienza, lei e le madri erano come olio e acqua. La madre di Haley le aveva parlato a malapena quando si erano conosciute. Aveva tralasciato quella storia quando aveva accettato l'offerta di Noah.

"E se mi odia?"

Cavolo, persino le madri delle sue amiche sembravano sospettare di Brooke. Forse perché non aveva avuto una madre presente?

"Chiamami Claudia. Mamma mi fa sentire vecchia", aveva insistito sua madre quando lei aveva solo sei anni. Da allora Brooke aveva vissuto ai margini del mondo di Claudia.

"Mia madre ti amerà. Davvero. Sei simpatica, intelligente, bellissima". Abbassò lo sguardo con un sorriso sornione. "Questo top ti mette in risalto le tette".

"Smettila di guardarmi!" La cosa la fece ridere, spezzando la tensione, ma non impedì che le sudasse la schiena. Brooke impugnò la mazza che le veniva passata, cercando di non concentrarsi sui germi presenti sul manico di gomma nera.

"Riesci a tenere anche le quattro palle?"

Brooke le prese tra le mani mentre Noah intascava i cartellini nei suoi jeans, insieme ai quattro tee, e si destreggiava con tre mazze.

"Ok, tutti quanti, si parte con la prima buca, il Taco Tunnel", annunciò Megan. "Ci vediamo sul campo". Il suo fidanzato, Duke, la seguì insieme a un'altra coppia per formare il quartetto.

"Guardate chi ho trovato tornando dal bagno!"

Brooke alzò lo sguardo per vedere chi avesse con sé Patsy. Poi guardò una seconda volta. Era la donna misteriosa della sera prima. Sembrava serena, con una maglietta bianca e dei pantaloncini color kaki (che Brooke aveva recuperato durante il grande salvataggio dei vestiti). Inoltre, aveva ancora quelle braccia toniche e quei capelli biondi scompigliati. Non erano scomparsi da un giorno all'altro. Ma cosa ci faceva lì?

La donna guardò Brooke con uguale sorpresa, ma non disse nulla finché non lo fece Noah.

"Mamma! Sono felice che tu ce l'abbia fatta".

Mamma? La donna misteriosa era la mamma di Noah?

No. Cazzo. Incredibile.

Il cuore di Brooke fece un salto carpiato. Sinceramente, ora era ascesa alla galassia successiva, molto lontano da lì. Non aveva idea di come fosse ancora viva. Ma guardò meglio e, alla luce del giorno, Noah e sua madre avevano gli stessi occhi blu-verdi color oceano. E sì, erano affascinanti. La stessa mascella. La stessa fossetta assassina.

Brooke rimase a bocca aperta, poi le caddero prontamente

tutte e quattro le palline da golf. Una le finì sull'alluce. Faceva più male di quanto pensasse. Saltellò su un piede mentre il dolore la attraversava. Era rotto? Sperava davvero di no. Come cavolo faceva la donna misteriosa a essere la mamma di Noah?

Claudia non le assomigliava affatto.

"Stai bene?" Chiese la mamma di Noah, mettendo una mano sul braccio di Brooke.

La calmava e la faceva agitare insieme, un'impresa non da poco. Soffocò, poi annuì. "Sopravviverò". Corse dietro alla palla gialla, mentre Patsy afferrava la rossa e Noah aveva già salvato la blu e la verde.

Si misero in cerchio, tutti sorridenti. Brooke non aveva idea di cosa dire. Aveva detto a Noah che poteva innamorarsi della sua fossetta, ma mai di lui. Ora che quella fossetta era attaccata a una donna, lo scenario era completamente diverso.

Noah era uno schianto.

Anche sua madre lo era.

Il suo finto fidanzato le mise un braccio intorno alle spalle e la strinse.

Brooke strinse forte la sua palla gialla. Una lunga mattinata era appena diventata molto più lunga.

"Mamma, questa è la mia ragazza, Brooke. Brooke, questa è mia madre, Jen".

"Ma puoi chiamarmi mamma, se è più facile". Jen tese una mano a Brooke.

Davvero? Brooke sbarrò gli occhi.

Jen lo notò. "Sto scherzando".

"Menomale, cazzo". Brooke si passò una mano sulla bocca. "Cioè, grazie al cielo". Strinse di nuovo la palla, quasi facendola cadere una seconda volta. Noah le strinse la spalla un po' più forte.

Brooke doveva ritrovare il suo fascino.

"Piacere di conoscerti". Avrebbe dovuto aggiungere "di nuovo" alla frase? Avrebbero detto che si erano già incontrate? O avrebbero fatto finta che la notte precedente non fosse mai accaduta?

Tese una mano e Jen avvolse le dita intorno a quella di Brooke. Un brivido di calore la attraversò, facendola raddrizzare.

"Anche per me è un piacere conoscerti. Sei la prima ragazza di Noah che incontro".

Ok, aveva deciso di ignorare la sera prima.

Brooke si lambiccò il cervello, cercando di ricordare se avesse detto qualcosa di troppo incriminante. La sua mente lavorava velocemente. Se l'aveva fatto, era troppo tardi per rimangiarselo, no? Sperava che Jen avesse una memoria debole. Anche una memoria selettiva sarebbe stata sufficiente. Aveva detto che la relazione tra lei e Noah era strana?

Cazzo, forse l'aveva detto.

Ma poi Jen le aveva detto che avrebbe incontrato la nuova ragazza di suo figlio e temeva che l'avrebbe odiata come tutte le altre.

Era lei.

Le orecchie di Brooke si scaldarono fino a diventare nucleari. Succedeva sempre quando era stressata.

Noah pensava che le sue bugie fossero solo per il padre, non aveva idea che anche sua madre fosse nel panico. O peggio, che stesse scegliendo cosa indossare al loro matrimonio.

Per fortuna intervenne Patsy. Grazie, cazzo, Patsy. "È il nostro turno, gente. Siete pronti ad affrontare il Taco Tunnel?"

Jen lanciò un'occhiata a Brooke e poi a Noah. "Mai stata più pronta".

* * *

Avevano superato le prime due buche e Brooke si era comportata come previsto: era una pippa. La sua palla si era bloccata nel Taco Tunnel, poi aveva fatto un giro ed era rotolata giù per la Collina del Sombrero. La terza buca era il Corridoio Cactus e non nutriva molte speranze nemmeno per quella.

Però, non era sul golf che si stava concentrando. Piuttosto, stava facendo del suo meglio per non concentrarsi su Jen, sulle sue braccia scolpite da film hollywoodiano e sul suo sedere stretto nei pantaloncini.

Era un'idea perturbante.

Perché stava avendo quei pensieri sulla madre del suo ragazzo? Era del tutto inappropriato.

Però Noah non era davvero il suo ragazzo.

Patsy stava raccontando la volta in cui Noah aveva fatto i capricci su un campo da minigolf e se ne era andato infuriato quando aveva nove anni, cosa di cui Brooke era molto grata. Anche Jen sembrava felice di lasciarla parlare. Forse anche lei era rimasta colpita dal fatto che Brooke fosse chi era.

"È sempre stato il bambino della famiglia. L'unico ragazzo. Viziato è il termine giusto". Patsy lanciò un'occhiata alla sua destra, dove Megan e il suo gruppo si stavano facendo strada fino alla buca otto, Piñata Swing. "Naturalmente, una volta arrivata Megan, Noah ha dovuto darsi una regolata, perché lei non accettava le sue stronzate". Proprio mentre lo diceva, Megan tirò una palla che andò a finire nella Piñata e una pioggia di dolciumi piovve sul pavimento. Nella cabina, l'addetto al chiosco suonò il campanello. Megan lanciò le mani in aria e gridò.

"Vai, Megs!" gridò Patsy, e la sorella agitò un pugno in aria.

"Sto vincendo!", rispose.

Accanto a Patsy, Brooke si lasciò sfuggire una risata strozzata. "Se riesce a centrare le buche, sta andando meglio di me".

"Non dirlo a me", aggiunse Patsy, facendo ridere Brooke e Jen.

Noah lanciò uno sguardo stanco verso di loro, poi giocò il suo colpo. La palla rimbalzò tra i cactus e poi tornò indietro.

Dietro di lui, Patsy sbuffò. "Bella mossa, fratello. Sono contenta che Megan non sia nel nostro gruppo, ci farebbe rimanere tutti indietro ad allenarci". Patsy fece il suo tiro, colpì il secondo cactus e la palla si bloccò a metà strada. Fece spallucce e si appoggiò alla mazza.

"Tocca a te, mamma", disse Noah.

Jen guardò la buca, impugnò la mazza come se l'avesse già fatto in passato – era già la leader del loro gruppo – e poi tirò un colpo che passò attraverso i cactus e girò intorno al bordo della buca. Trattenne un respiro mentre tutti guardavano la palla girare e poi cadere in buca.

"Sì!" Jen tirò un pugno in aria.

"Hai competizione qui, Megs!" Patsy gridò.

"Non mi sorprende affatto, dovresti vederla giocare a biliardo. È uno squalo", disse una voce burbera del nord.

Giovanni. Saltò oltre la buca 6 – qualcosa che aveva a che fare con enormi peperoncini – e avvolse Jen in quello che sembrava essere il suo caratteristico abbraccio. "È bello vederti. Sei splendida come sempre e sono sicuro che stai battendo Noah a questo gioco. Non ha mai preso l'attitudine dei suoi genitori per i giochi con le palle, vero?"

Brooke aveva così tante battute. *Tante*. Ma non poteva a dirne nemmeno una. La vita è crudele a volte.

"Non andrebbe bene se fossimo tutti uguali, vero Gio?" Replicò Jen.

Accanto a lei, Noah si tese.

Cosa avrebbe fatto una fidanzata? Brooke allungò la mano e gli accarezzò la schiena.

Lui le rivolse un sorriso tirato.

Brooke scrutò i genitori di Noah per vedere cosa aveva ereditato il suo finto ragazzo. L'altezza e la folta chioma di Gio; la fossetta, gli occhi verde-azzurri e il sorriso di Jen. Non aveva ancora ereditato la leggera pancia di Gio, ma forse quella veniva con l'età.

"Non dargli retta, Noah", gridò Amber con il suo accento del nord, mentre si chinava anche lei sull'enorme peperoncino. Aveva curve nei punti giusti e, con i suoi capelli biondi ondulati, assomigliava a Dolly Parton nel fiore degli anni. Se Dolly fosse venuta da Bradford.

"Gio è l'ultimo del nostro gruppo, quindi non è Rory McIlroy. Comunque, stiamo aspettando che faccia il suo tiro, quindi torna qui".

Al Corridoio Cactus fu il turno di Brooke. "Ricordi cosa ti ho detto?" Disse Noah. "Impugna la mazza con una mano sopra l'altra e abbassa l'impugnatura rispetto all'inizio".

Lei strinse i denti e alzò un sopracciglio nella sua direzione. Per essere un torneo divertente per conoscersi, si stava rivelando più competitivo di quanto avesse immaginato.

Mise il tee nel tappetino di partenza, posizionò la palla e guardò il labirinto di cactus. Era un gioco stupido. Perché la gente dava tanta importanza a portare una palla da A a B? Fece oscillare la mazza e mancò completamente la palla. Ci riprovò, con lo stesso risultato. Quando alzò lo sguardo, Noah stava facendo un cenno di incoraggiamento. Per qualche motivo, questo le fece venire voglia di prenderlo a pugni. Era in vacanza in Messico, faceva un caldo torrido. Avrebbe dovuto essere su un lettino a bere una piña colada, non a sudare su un campo da minigolf.

"Posso offrirti un piccolo aiuto?" Chiese Jen.

Brooke non aveva una risposta, ma non poteva dire di no. "Certo".

Jen si avvicinò a lei. Profumava di limoni e questo le fece venire voglia di avvicinarsi.

"Quello che devi fare", spiegò Jen impugnando la sua mazza per dimostrarlo, "è assumere la giusta posizione. Testa sopra la pallina da golf, ginocchia leggermente piegate e sguardo dritto verso la mazza". Lo dimostrò con il suo corpo. "Tieni le spalle sciolte e arrotondate e fai un piccolo arco con il corpo. Non colpire troppo forte, perché la pallina potrebbe finire nella buca successiva. O in mare. Ma non essere troppo timida, altrimenti non arriverà mai da nessuna parte. Occhi sulla palla, sempre".

Le spalle di Brooke si tesero all'inverosimile. Non si trattava di un colpo qualsiasi, era per impressionare la mamma di Noah e farle partire con il piede giusto. Aveva già fatto cadere la sua valigia dalle scale e le palline da golf poco prima, Jen doveva ritenerla un'imbranata suprema. Brooke guardò le mani di Jen, poi cercò di imitare la sua presa. In pochi secondi era così vicina che poteva sentire il suo respiro sulla pelle.

Allungò la mano e risistemò le dita di Brooke per correggere la sua presa.

Qualcosa si agitò in lei e, quando abbassò lo sguardo, notò solo quanto fossero lunghe e delicate le dita di Jen. Come erano calde sulla sua pelle.

Qualcuno mi porti fuori di qui, subito.

"Ora rilassati e gioca". Jen si allontanò.

Era facile per lei dirlo.

Brooke guardò il buco attraverso i cactus, lanciò un'occhiata alla sua palla gialla e si augurò che andasse tutto bene.

Qualsiasi posto vicino alla buca andava bene.

Attraversare il corridoio sarebbe un piccolo miracolo.

Superare la palla di Noah era l'obiettivo minimo.

Da quando era diventata così competitiva? Da quando voleva impressionare Jen, a quanto pare.

Brooke raccolse tutta la sua energia positiva, la spinse lungo la mazza, fece un mini-arco come da istruzioni di Jen e colpì la palla. Una striscia gialla passò attraverso i primi due cactus, colpì il terzo, rimbalzò sul quarto, oltrepassò il quinto e si lanciò nell'aria fresca oltre il punto in cui si fermò a pochi centimetri dalla buca.

Quando alzò lo sguardo, Noah era rimasto a bocca aperta.

Nel frattempo, Patsy si complimentava con un pollice in su.

"Brava, Brooke", disse Jen, appoggiandosi alla sua mazza come una professionista.

Brooke abbassò la testa e si morse il labbro. Compiacere Jen era una bella sensazione.

"La fortuna del principiante", aggiunse Noah. "Vediamo come te la cavi alla prossima buca, Tequila Trap".

Si lasciò andare a una risata di scherno. "Se c'è qualcuno che vince con la tequila, sono io".

Capitolo 6

Il mini-golf di quella mattina non era andato come Jen aveva immaginato. Si era preparata a incontrare Giovanni e la sua nuova "moglie trofeo", come l'aveva definita Noah, insieme alla nuova ragazza di Noah. Tuttavia, la moglie di Gio, Amber, si era rivelata una donna del nord senza peli sulla lingua che a Jen era piaciuta subito; quindi, forse Gio aveva finalmente trovato la sua partner. E la nuova ragazza di Noah era la donna che aveva buttato la sua roba giù per le scale... non vedeva l'ora di dirlo a Rhian.

Aveva intenzione di farlo dopo la partita di golf, ma la cosa era sfociata in un pranzo a buffet con tutta la famiglia, dove forse aveva venduto una cucina a uno dei cugini di Gio. Non aveva esitato quando lei gli aveva detto il prezzo, e si era segnata di parlargli di nuovo in settimana. Quando si ha un'attività in proprio, si è sempre attivi.

Ora era pomeriggio ed era in piscina. Guardò a sinistra, dove Brooke era sdraiata sul lettino accanto. Qualunque cosa stesse leggendo sul suo telefono, aveva tutta la sua attenzione. Jen aveva appena finito un romanzo saffico che le aveva consigliato Rhian: Rhian aveva avuto una fidanzata prima di sposare David e i suoi gusti di lettura erano ampi.

Jen sapeva dalle sue amiche lesbiche che le donne erano

difficili da frequentare quanto gli uomini. Non aveva mai avuto una ragazza, ma, se avesse incontrato la donna giusta, non l'avrebbe escluso. Soprattutto se il sesso fosse stato spettacolare come sembrava in quel libro.

Brooke aveva mai letto un romanzo saffico?

Jen allungò il collo per vedere se riusciva a scorgere il materiale di lettura.

Brooke sembrava insensibile al trambusto che c'era intorno. Ogni cinque minuti qualcuno chiedeva una crema solare, un cocktail, un caricatore per il telefono, un pettegolezzo. Jen non era l'oggetto di quest'ultimo, grazie al cielo. Al momento, l'onore spettava a Casper, il cognato di Noah, e a quanto Georgia, la sorella di Noah, stesse pensando di ucciderlo, dopo la sua emergenza medica. L'opinione comune era che l'appendice scoppiata fosse l'ultima delle preoccupazioni di Casper. Nessuno sembrava preoccupato per la sua salute. Poveretto.

Jen era grata che nessuno si stesse concentrando su di lei e sul suo nuovo bikini verde oliva. Però era piuttosto soddisfatta del suo aspetto, aveva lavorato sodo con il suo personal trainer e aveva messo a freno la sua ossessione per le Krispy Kreme in vista delle vacanze. Era sicura che Noah e Brooke le avrebbero fatto la predica sull'accettare il proprio corpo, ma loro non avevano vissuto una vita intera e partorito un essere umano. Inoltre, sdraiata accanto a Brooke, era contenta di aver fatto uno sforzo.

La fidanzata di Noah era tutta angoli di pelle liscia e chilometri di pelle perfetta. Non avevano avuto un momento per parlare della sera prima. Aveva pensato di rivelarlo a Noah, ma in qualche modo era qualcosa che voleva tenere per sé. Aveva fatto una specie di amicizia con Brooke prima di sapere chi fosse. Questo significava qualcosa. Avevano un vero legame. Guardò gli invitati al matrimonio sparsi per la piscina. Quanti avrebbero fatto le vacanze tra loro se non fossero stati costretti?

Circa un'ora dopo, il sole batteva ancora. Jen controllò l'orologio, erano quasi le 16.00. Era ora di tirare la sua sdraio al sole, prima non poteva sopportare il caldo feroce. Aveva ancora bisogno di qualcuno che le spalmasse la crema sulla schiena. Accanto a lei, Brooke aveva gli occhi chiusi e i lati della bocca leggermente abbassati. Qualche letto più avanti, Amber chiacchierava con la prima moglie di Gio, Serena. Poteva chiedere a una di loro? In piscina, Noah e suo padre stringevano birre e ridevano. Jen non credeva di aver mai visto Noah bere birra. Per quanto riguardava suo figlio, quella era sicuramente la vacanza delle prime volte.

Si leccò le labbra, fece per chiamare Amber, ma le parole non uscirono. Non la conosceva abbastanza per chiedere. Fece una smorfia. Era qui che le mancava Rhian. Sospirò.

"Noah!"

Si prese qualche istante per rispondere. "Cosa?"

"Puoi spalmarmi un po' di crema sulla schiena?"

"Solo se non ti dispiace che ti sgoccioli addosso", gridò lui.

Non proprio.

"Posso farlo io", rispose una voce gracchiante accanto a lei.

Jen si voltò, proprio mentre Brooke si strofinava gli occhi e si passava una mano tra i capelli castani.

"Può farlo Brooke!" Noah gridò.

"Scusa se ti ho svegliata". A Jen si seccò la gola.

"Nessun disturbo. Stavo solo riposando". Brooke lanciò un'occhiata alla piscina. "È bello vederli chiacchierare". Fece un cenno a Noah e Gio. "Anche se è la prima volta che vedo Noah bere birra".

"Stavo pensando la stessa cosa". Jen frugò nella borsa alla ricerca della crema solare. "È come se Giovanni facesse scattare la versione "macho" di Noah. Tra un po' andranno a giocare a calcio".

"Non esageriamo".

Jen era pronta a reagire se la ragazza di Noah avesse parlato male del suo caro figlio, ma Brooke aveva tranquillamente bloccato i suoi piani. Non c'era nulla da disprezzare in lei. Brooke era la definizione di bellezza, anche se era un po' goffa.

Studiò il viso perfetto di Brooke fino a quando non fu scortese continuare. Poi si schiarì la gola, mentre le guance le bruciavano. Cavolo, odiava la peri-menopausa. Il suo corpo aveva una mente tutta sua.

Brooke scese dal lettino con le sue lunghe gambe. Aveva una voglia marrone scuro che le avvolgeva la parte posteriore della coscia sinistra e poi serpeggiava lungo il fianco. Quasi come un fulmine.

In qualche modo, le stava bene.

Ogni pelo del corpo di Jen si mise sull'attenti quando Brooke si avvicinò.

Che strano.

Era del tutto normale e positivo che la ragazza di suo figlio si offrisse di farlo.

Fai finta che sia Rhian.

Tuttavia, Rhian non aveva le sopracciglia così belle.

Jen smise di respirare per un attimo.

Cosa diavolo erano questi pensieri? Quelle storie d'amore saffiche stavano giocando brutti scherzi alla sua mente.

"Solo sulla schiena, per favore".

Brooke sostenne il suo sguardo e un brivido di qualcosa percorse la spina dorsale di Jen.

Lei lo ignorò.

Porse a Brooke il suo Ambre Solaire e, quando le loro dita si sfiorarono, Jen sussultò. Il suo sguardo risalì al viso di Brooke, ma quando lo incontrò, Brooke distolse lo sguardo, con le guance arrossate.

Jen fece un respiro profondo. Brooke aveva fatto lo stesso?

No, probabilmente se lo stava immaginando.

"Come mi vuoi?" Suonava strano. "Voglio dire, sdraiata o in piedi?"

Ancora più strano.

"Ehm, sdraiata va bene". Brooke sbatté le palpebre sorpresa. "Se è quello che vuoi".

Jen si sdraiò sul lettino prima che la situazione diventasse più strana.

"Devo slacciarti il pezzo di sopra?" Chiese Brooke.

Avrebbe dovuto farlo lei stessa. "Sì, per favore". Jen chiuse gli occhi.

Non pensare alle lunghe e abili dita di Brooke che ti accarezzano la pelle.

E poi, naturalmente, *non riusciva* a pensare ad altro.

Proprio in quel momento, la coscia di Brooke si avvicinò alla sua perché si era seduta sul lettino accanto a lei. Slacciò il costume e spostò la stoffa su entrambi i lati.

La temperatura corporea di Jen aumentò.

Brooke si chinò dietro di lei e iniziò a spalmare lentamente la crema solare sulle sue spalle.

Un flash della scena di sesso di quel romanzo saffico le attraversò la testa.

Jen non era una che pregava. Non credeva in Dio. Ma se ci avesse creduto, avrebbe potuto inviare una preghiera di aiuto proprio ora, perché le mani di Brooke sul suo corpo le mandavano onde di piacere in tutto il cervello. Era maledettamente sicura che non le sarebbe successo se fosse stata Rhian ad applicare la crema solare. D'altra parte, Rhian avrebbe chiacchierato dieci volte tanto.

Non era questo il caso.

Piuttosto, c'era un silenzio carico che incombeva su quella interazione. Le dita di Brooke erano come seta e spalmavano la crema solare con delicata precisione. Quando arrivarono sotto l'ascella e toccarono il lato del seno, Jen dovette concentrarsi al massimo per non emettere un piccolo gemito. Era bello essere toccata.

Quando Brooke spruzzò altra crema e la massaggiò sulla parte bassa della schiena di Jen, fino alla parte superiore dello slip del bikini, Jen non pensava di essersi mai goduta tanto l'applicazione della crema solare in vita sua. Di solito era un lavoro di routine.

Farlo fare a Brooke era tutt'altro.

Quando il suo palmo scivolò sulla schiena di Jen e le massaggiò l'altro lato, il fuoco corse tra le scapole di Jen e un ricco desiderio divampò tra le sue cosce.

Chiuse gli occhi. Perché stava accadendo? Perché lo stava permettendo?

E con Noah, in piscina, ignaro? Il senso di colpa le

attanagliava il cuore, ma non si mosse. Non poteva. Era troppo intenso.

Troppo piacevole.

Troppo diverso rispetto a qualsiasi cosa fosse mai accaduta prima. Se quella era l'ultima volta che Brooke la toccava, voleva ricordarla nei dettagli, registrare ogni sfregamento, ogni passaggio dei pollici. Ogni pressione del palmo della sua mano.

Era una pessima madre.

"Grazie, e mi dispiace di aver interrotto la tua lettura e il tuo sonnellino". Sembrava una frase da madre del suo fidanzato, no? Però il dolore tra le cosce non lo era. Non poteva ancora voltarsi verso Brooke, doveva raccogliere i suoi pensieri.

"Nessun problema. Mi sono addormentata dopo aver letto un articolo deprimente su quanto sia difficile uscire con qualcuno al giorno d'oggi. Mi hai distratta".

Jen si acciglìò sul suo lettino. "Allora è un bene che tu non sia single".

"Sì". Brooke sembrava incerta. "Certo. Solo in via ipotetica". Trasse un respiro udibile, con le dita ancora distese sulla schiena di Jen. "Hai una pelle favolosa".

Ok, Jen non se lo aspettava. "Grazie". *Non dire quello che il tuo cervello ha appena pensato.* "Anche tu". Troppo tardi!

Per essere una donna intelligente, a volte era molto stupida.

Un altro lungo momento si concluse quando Brooke passò le dita sulla parte bassa della schiena di Jen, poi la accarezzò come se stesse ammirando il suo lavoro.

"Sei pronta. Pronta per tutto ciò che il Messico ha da dare. Aspetta che…" Le dita di Brooke trovarono il laccetto del bikini di Jen e rifecero il fiocco.

Non aveva mai provato dei polpastrelli così morbidi sulla sua pelle. "Grazie", sussurrò Jen nel suo lettino, ringraziando di non doverla guardare in faccia.

Il lettino scricchiolò quando Brooke si alzò. Jen si girò e si alzò a sedere. Socchiuse gli occhi, riparandosi dal sole pomeridiano.

"Lo faccio per le mie amiche quando andiamo in vacanza". Le guance di Brooke si colorirono di rosso pomodoro. "Amiche nel senso di amiche", disse, usando le virgolette. "Non amiche come *amanti*".

Una strana precisazione.

"Non che ci sia qualcosa di sbagliato nell'essere gay. O lesbica. O queer. O checcazzo". Il petto di Brooke si alzava e si abbassava sempre più rapidamente, man mano che scendeva nella spirale della conversazione. Il panico le salì sul viso quando lo sguardo le cadde sulle labbra di Jen, poi più in basso. I suoi occhi erano intensi, un misto di miele e bourbon invecchiato. Jen capiva ciò che Noah vedeva in lei. Brooke era un pacchetto completo: bellissima, intelligente, con occhi in cui ci si poteva perdere volentieri.

Jen sbatté le palpebre. Doveva allontanare quel treno di pensieri. Cercò di calmarsi per cambiare argomento. Non era mai così quando meditava, non riusciva a impedire che la sua mente si agitasse. Ora, le uniche cose su cui voleva meditare erano gli occhi di Brooke e quello strano legame che avevano.

"Volevo anche dire: quante probabilità c'erano che

fossi tu?" Jen abbassò la voce, assicurandosi che nessun altro potesse sentire. "Voglio dire, dopo il nostro incontro di ieri sera. Sono rimasta piuttosto sorpresa quando ti sei presentata stamattina".

Brooke si morse il labbro, poi incontrò lo sguardo di Jen.

Il respiro di Jen si fece affannoso. Non le andava giù il modo in cui stava reagendo alla ragazza di suo figlio.

"Lo so. È pazzesco. Non mi sarei mai aspettata che tu fossi la mamma di Noah. Voglio dire, sei…" Brooke agitò una mano su e giù per il corpo di Jen, cercando parole che non arrivavano. Passarono alcuni istanti. Il panico le attraversò di nuovo il viso. Si avvicinò al lettino e prese gli occhiali da sole.

Jen colse l'occasione per ammirare la sua pelle liscia. Si chiese come sarebbe stato passarci sopra la mano.

Smettila!

Brooke si schiarì la gola prima di parlare. "Quello che sto cercando di dire è che non sembri una madre". Poi scosse la testa. "Non abbastanza grande per essere la mamma di Noah, almeno. Sei troppo… poco mamma".

Jen aggrottò le sopracciglia. "Grazie, credo. Comunque, sono contenta che sia tu. Che tu stia con Noah. Anche se spero che tu sia più attenta al suo cuore di quanto non lo sia stata con i miei bagagli o con le palline da golf stamattina".

Produsse quello che sperava fosse un sorriso amichevole. "Ma è bello avere qualcun altro che non conosce molte persone. Non che non siano accoglienti, ma temevo di essere un'estranea".

"Rimarremo unite, allora". Brooke si avvicinò di più. "Ora sai che non sono antipatica e che non dobbiamo incontrarci in cima alle scale più tardi per discuterne".

Jen rise. Un'amica era ciò di cui aveva bisogno. A patto che riuscisse a superare quei pensieri ridicoli, forse quella vacanza non sarebbe stata così scoraggiante.

* * *

Non si era scottata, grazie all'aiuto di Brooke. Tuttavia, impedire alla propria mente di vagare su ciò che era accaduto nel pomeriggio si stava rivelando più difficile di quanto Jen volesse, nonostante fosse in videochiamata con Rhian. Doveva pensare ad argomenti adatti a una donna della sua età.

A vendere cucine.

A quel bicchiere di Chablis freddo che aveva gustato a cena mentre cercava di parlare con chiunque tranne che con Noah e Brooke.

Non al modo in cui la ragazza di suo figlio odorava di sole e di alba.

Jen imprecò sottovoce e si sintonizzò di nuovo su ciò che Rhian stava dicendo.

"E poi Maddox è corso in strada ed è stato quasi falciato da un furgone dei gelati. Mutilato da un gelataio sarebbe un epitaffio fantastico, no? Ma alla fine il furgone ha sterzato in tempo, lui è scoppiato in lacrime e io ho dovuto comprargli il gelato più grande che c'era, con zuccherini e tre gusti. La tua giornata, anche se hai avuto qualche incontro equivoco con il tuo ex e la sua nuova moglie trofeo, non può essere così brutta come la mia. Più precisamente, hai incontrato la nuova ragazza? E hai fatto la brava?"

Rhian si infilò gli occhiali e si sedette. Bevve un sorso di tè da una tazza con la scritta "Dirty, Flirty, Forty". Sua madre gliel'aveva comprata per il suo compleanno, all'inizio dell'anno.

Rhian aveva giurato di non usarla mai, ma evidentemente la lavastoviglie era piena.

"L'ho incontrata ieri sera da sola e non avevo idea di chi fosse".

Rhian sbiancò. "Oh, cavolo. Non hai detto nulla di incriminante, vero?"

Jen si era posta la stessa domanda per tutto il giorno. "Non credo, ma anche se fosse, sta a lei fare colpo su di me, no?" Cosa che aveva fatto, ma non nel modo in cui Jen si aspettava. "Diciamo che nessuna di noi due si trova nella propria zona di comfort. Siamo entrambe esposte, entrambe attaccate a Noah".

"Si sta comportando bene?"

"Vuole fare una buona impressione, lo sai". Rhian pensava che Noah non potesse sbagliare agli occhi di Jen. Forse aveva ragione. "Ma questa ragazza è *normale*. Mi piace. È intelligente, divertente e bella".

"Sembra che ci debba uscire tu, non Noah".

Uno squarcio al petto. Una freccia di desiderio da qualche parte più in basso.

Si ricompose e sperò che Rhian non se ne fosse accorta.

"Non è proprio come me l'aspettavo".

È affascinante.

Oh, e dai, ancora?

"Noah ha finalmente messo la testa a posto e ha incontrato una persona normale e simpatica. Sto aspettando la fregatura, perché deve esserci".

"Credo che la conclusione sia che tuo figlio gay ora non è più così gay".

"È sempre stato bisessuale". E il figlio bisessuale aveva una ragazza che Jen voleva conoscere meglio.

Che trovava interessante.

Afferrò il telefono con più forza e cercò di impedire che il sangue le defluisse dal viso mentre la realtà dei suoi pensieri la colpiva. L'avevano tormentata per tutto il giorno, ma era riuscita ad allontanarli, a ignorarli. Ora la cruda verità era sempre più pressante.

Tutti quei pensieri sul toccare la pelle di Brooke. Sull'ammirare i suoi occhi e il suo sorriso.

Le piaceva la ragazza di Noah *in quel senso*?

Il senso di colpa le punzecchiò il cervello come un bastone appuntito.

No, non poteva essere vero. Jen era etero. Aveva avuto un marito, e poi dei fidanzati. Non aveva mai avuto una ragazza al suo fianco. Non era mai uscita con qualcuno con i capelli fluenti, la pelle morbida, le curve. Ci aveva pensato un paio di volte, ma non l'aveva mai considerato veramente.

Senza contare quella volta in cui si era presa una cotta per l'attrice di *Twilight*. La seguiva su tutti i suoi social, era ossessionata dalle sue foto, comprava le riviste quando il suo volto compariva in copertina. Ma quella era solo una stupida cotta per una celebrità, tutti ne avevano.

"Stai bene? Negli ultimi secondi, il tuo viso ha cambiato espressione almeno dieci volte".

Jen sbatté le palpebre, poi scosse la testa. Si era costretta a sorridere, quando in realtà voleva solo terminare la telefonata e rinchiudersi in bagno per la settimana successiva.

"Sto bene".

Sembrava che stesse bene?

Non si sentiva bene.

"È stato molto difficile da assimilare. E poi, ho ancora

il jetlag. Stasera sono scappata dopo cena, dicendo a tutti che dovevo andare a letto presto. Ma ora sono qui, con un bicchiere di vino in mano, a parlare con te".

"È come se fossi lì con te, solo che sto bevendo del tè. Sono le due del mattino". Alzò la tazza. "Ma dimmi di più su Brooke. Già solo il nome fa pensare che dovrebbe essere una star del cinema. Ne ha l'aspetto?"

Un lento sorriso si insinuò sul volto di Jen prima che potesse fermarlo. Lo cancellò prima di parlare.

Rhian agitò un dito. "Stai facendo di nuovo quella strana espressione".

Jen scosse la testa. "Sì, la risposta è sì. Ha i capelli lucidi come solo i giovani".

"La odio già".

"Un corpo che non è stato messo a dura prova dai bambini e dalla vita, e poi è piuttosto divertente".

Il corpo di Jen ebbe un sussulto quando improvvisamente ricordò una cotta che aveva avuto per un'altra madre quando faceva parte dell'associazione genitori del liceo di Noah. Anche lì si era eccitata ogni volta che erano state vicine e aveva avuto difficoltà a ricordare quello che diceva. Aveva sognato a occhi aperti come sarebbe stato baciarla. E ora...

No, no, no.

Stava succedendo di nuovo, ma questa volta con qualcuno che era decisamente fuori portata?

Non aveva abbastanza imprecazioni per esprimere appieno quello che stava provando.

Porca puttana.

O forse sì.

"Oggi abbiamo chiacchierato in piscina".

Era in bikini ed era sexy.

Grazie al cielo quella era solo la sua voce interiore.

"È matura come nessuno degli ex di Noah è mai stato e sembrano molto a loro agio insieme. Anche se l'ho notata tesa quando Noah stava chiacchierando con un tizio al bar".

Il cuore le batteva forte al pensiero. Un rullo insistente di tamburi nel suo petto.

"È ancora presto. Probabilmente sta ancora cercando di capire qual è la sua posizione. Ma lui l'ha portata in vacanza, questo deve contare qualcosa".

Jen annuì.

Doveva piacergli davvero.

"Fa emergere un lato di Noah che non avevo mai visto prima. È decisamente a suo agio con lei".

Purtroppo, non poteva dire lo stesso di sé.

"Sono contenta per Noah". Rhian si voltò, poi guardò di nuovo lo schermo. "Ascolta, devo andare. Devo dormire un po'. Quand'è il matrimonio?"

"Tra qualche giorno, ma ci sono attività in programma quasi ogni minuto. A volte sembra più un gioco di sopravvivenza che una vacanza. Domani c'è aqua spin, ma Noah e Brooke hanno promesso di esserci".

"Guardati, già leghi con la tua futura nuora. Sono orgogliosa di te. Non la odi, anzi, ti piace. Chiamami quando puoi!" Salutò, poi lo schermo si oscurò.

Jen si appoggiò allo schienale del suo morbido divano e premette la testa contro i soffici cuscini. Sì, le piaceva proprio. Un po' troppo, ma poteva farcela. *Doveva* farcela. Stringere i denti e dedicarsi completamente a Noah. Sarebbe stata una cotta passeggera, ci avrebbe ripensato tra qualche mese e avrebbe riso. Tuttavia, per sicurezza, poteva cercare di fare in modo che lei e Brooke non rimanessero sole. Forse sarebbe diventata la migliore amica di Amber. Erano successe cose più strane.

Almeno, Amber non le piaceva.

Capitolo 7

Messico: Terzo Giorno

"Spin bike subacquee. Pensi che sottacqua sia meno faticoso?" Amber si aggiustò il laccetto attorcigliato del suo costume da bagno a fiori mentre fissava la piscina, con file di biciclette nere allineate sul fondo.

"Credo che lo scopriremo presto". Mancava poco alle 11 e il sole era già abbastanza caldo da far sudare i cactus. Alla loro destra, un paio di uccelli presero il volo, apparentemente non influenzati dal calore. Brooke avrebbe voluto poter dire lo stesso. Con la valanga di attività e Jen, la mamma sexy di Noah, quella vacanza la stava facendo sudare in tutti i modi immaginabili.

"Terzo giorno della vacanza di sopravvivenza, altrimenti nota come il brillante matrimonio di Megan", mormorò Amber sottovoce, in modo che solo Brooke potesse sentire. Poi a voce più alta: "Comunque, non vedo l'ora che arrivi il White Party di domani sera".

"Anch'io", le disse Jen. "Finalmente potrò vivere la giovinezza che ho sprecato crescendo Noah".

Amber sorrise. "Hai fatto un ottimo lavoro. E guardiamo il lato positivo: tornerò a casa un po' più in forma rispetto alle mie normali vacanze. Avete mai fatto spinning prima d'ora?"

Jen annuì. "Vado spesso in palestra. Non faccio mai sport acquatici, però".

"L'ho fatto una volta, ma sulla terraferma", rispose Brooke. "La mia amica Allie mi ha costretta e ho giurato di non farlo mai più. Non ho potuto camminare per una settimana. Non riuscivo nemmeno a sedermi sul water senza gemere come se fossi una pensionata".

"Che ci fai qui, allora? Avresti dovuto piangere e inventarti un'emicrania o qualcosa del genere". Amber sorrise, poi si avvicinò. "Io ci ho pensato, ma Gio mi ha pregata di venire. Comunque, è meglio del torneo di tennis di domani mattina, per il quale avrò sicuramente un'emicrania".

"Deve essere una caratteristica di famiglia", rispose Brooke. "Noah ci ha iscritti entrambi, ma poi se n'è andato per giocare di nuovo a minigolf con suo padre".

"Sta cercando di legare con lui, credo", aggiunse Jen.

Brooke annuì. Dopotutto, era il punto chiave di quel viaggio, ma significava anche che avrebbe passato più tempo con Jen. Cercò di non concentrarsi su di lei e sulle sue braccia perfette. Non era facile.

Mentre facevano la fila per ritirare le scarpe subacquee da un uomo fatto esclusivamente di muscoli e lycra, salutarono il resto del gruppo, che comprendeva entrambe le sorelle di Noah e la loro mamma, insieme ad altri dieci amici assortiti. L'unico maschio era Romeo, anche detto l'Innamorato Sfortunato. Forse pensava che fosse un buon posto per rimorchiare una donna. Anche se, se questo era il suo piano, sarebbe stato consigliabile indossare qualcosa di più di un costume a slip rosso.

Amber guardava attonita Romeo mentre chiacchierava con Megan, ma l'attenzione di Brooke non era rivolta a loro. L'onore spettava a Jen, che indossava un bikini nero e pantaloncini neri, abbinati a infradito nere avana. Con la sua pelle abbronzata e il caschetto biondo disordinato che le incorniciava il viso, era la definizione di MILF.

Da quando Brooke pensava alle MILF? Da quando aveva conosciuto Jen, a quanto pareva.

Qualche istante dopo, Mister Muscolo consegnò loro delle scarpe di gomma flosce. Brooke trasalì, percependo già che erano cariche di verruche. Jen indossò le sue senza preoccuparsi, così seguì il suo esempio. Non voleva che la mamma di Noah pensasse che era una maniaca dell'igiene.

Nel giro di cinque minuti, tutte le biciclette erano state occupate – più della metà della classe apparteneva alla loro festa di nozze – e il Mister Muscolo delle scarpe aveva infilato i piedi nei pedali. Non c'era scampo, a meno che Brooke non fosse caduta e affogata. Che modo tragico di morire.

Quando la musica partì, l'acqua intorno a lei iniziò a muoversi. Brooke guardò Jen alla sua sinistra, in piedi sui pedali, con un sorriso sul volto. Alla sua destra, nonostante le proteste, Amber stava facendo lo stesso. Brooke voleva che entrambe pensassero che era capace. In forma. Poteva fingere per un'ora?

Quando il ritmo si fece sentire – boof boof boof! – Brooke si alzò e iniziò a pedalare.

Immediatamente si rese conto che sarebbe stata l'ora più lunga della sua vita. Pedalare in acqua era più difficile che all'asciutto, perché nessuno si era preoccupato di dirglielo? Si sforzò di più e, in pochi istanti, le mancò il respiro. Mancavano solo 59 minuti.

Se non fosse affogata, avrebbe avuto un infarto.

"Ok, aumentiamo la resistenza dal 50% al 70%. Facciamo salire la frequenza cardiaca!" Era l'istruttore, Brooke non aveva capito il suo nome. Decise di battezzarlo Eric, come il suo responsabile a lavoro che voleva sempre di più, nonostante tutto quello che gli dava. Ignorò con fermezza le sue ultime istruzioni.

"Come va?" Gridò Jen, muovendo le spalle a destra e a sinistra, piegandosi all'indietro e poi in avanti.

"Sopravvivo", rispose Brooke, ed era vero. Non capiva da quanto tempo stessero andando avanti. Forse cinque minuti? Sembravano cinque giorni. Non era possibile che riuscisse a finire quella cosa, ma non poteva nemmeno fallire. Strinse i denti e si sistemò sul sellino.

Anni, o forse decenni dopo, mentre il sole saliva più in alto nel cielo blu, Eric spense la musica, li ringraziò per essere venuti e tutto finì. Brooke provò timidamente a liberare i piedi, poi scese dalla bici, sapendo che il suo fondoschiena e l'interno coscia non sarebbero stati più gli stessi. Si sistemò il costume e uscì lentamente dalla piscina. Le sue gambe erano fatte di cemento. Quando arrivò agli asciugamani, una mano si posò sulla sua spalla. Brooke si voltò. Amber.

"Sai cosa, mi è piaciuto molto!"

Brooke rivolse ad Amber un sorriso tirato. "Mmmh".

"Come stanno le tue gambe?"

"Ancora attaccate al corpo".

Megan si avvicinò alle loro spalle mentre tutti raccoglievano un asciugamano da Mister Muscolo, alias Eric. "Grazie mille per essere venute, è stato molto divertente!" La futura sposa si infilò i sandali e fece un passo avanti. "Andate a riposare e ricordate che la prima sessione di zumba è oggi pomeriggio alle 15.00. Ci vediamo lì!"

Brooke aveva reso la missione della sua vita non fare mai Zumba, ma Noah ne era entusiasta. Si sarebbe impegnato per farle cambiare idea a pranzo. Sicuramente però si meritava un po' di pace dopo quella mattinata.

Quando si voltò, Romeo stava chiacchierando con Jen, e per fortuna aveva avvolto un asciugamano attorno al suo costume bagnato. Indossava costosi occhiali da sole, che spinse tra i suoi riccioli color liquirizia mentre chiacchieravano. Il suo obiettivo era Jen? Brooke pensò che avesse senso. Erano entrambi single ed etero. Lui disse qualcosa, Jen rise e lui le sfiorò il braccio.

Brooke trasalì al contatto. Ancora di più quando lui si avvicinò.

Reazione interessante. Deglutì, mentre Amber le dava una gomitata. "Pensi che Costumino voglia Jen?"

Non era solo Brooke a pensarlo. "Forse".

Amber sollevò le spalle con allegria. "Adoro le storie d'amore in vacanza", continuò, con il suo accento del nord che ondeggiava nella fresca brezza marina. "Sono un'inguaribile romantica". Strinse la spalla di Brooke. "Proprio come te e Noah!"

Jen le raggiunse e tornarono verso la piscina principale.

Almeno, loro camminavano. Brooke si sentiva come se fosse appena smontata da cavallo, con le gambe in fiamme.

"Ecco le mie ragazze!"

Brooke alzò lo sguardo per vedere Noah e Giovanni che camminavano verso di loro. Fu nuovamente colpita da quanto si somigliassero.

Noah le fece un sorriso mentre si avvicinava e le dava un

bacio sulla guancia. "Com'è andata la lezione?" Rivolse la domanda a Jen.

"Micidiale, ma divertente. Brooke è stata fantastica, considerando che non si allena regolarmente".

Nonostante il dolore, Brooke era raggiante.

"È molto determinata quando vuole". Noah passò un braccio disinvolto intorno alle spalle di Brooke.

Lei si tese quando la strinse.

Non scrollarlo di dosso. Non scrollarlo di dosso!

"È per questo che sei stata attratta da me, vero?" Lei strinse i denti e si appoggiò al corpo solido di Noah. Era la sua ragazza ed era determinata a recitare il ruolo.

Finché il corpo di Noah non si irrigidì.

Che strana coppia.

"Com'è andato il golf?" Chiese Jen.

Giovanni sgranò gli occhi e scosse la testa. "È davvero ridicolo. Non capirò mai come si fa a far passare la palla tra quei cactus".

"Hai perso, allora?" lo punzecchiò Amber.

"In modo pesante", confermò Noah. "Ora andiamo al bar della piscina per una birra. Offre papà, ovviamente".

Noah non tolse il braccio mentre si avviavano dietro Gio, Amber e Jen. "Ho un segreto da raccontare", sussurrò, avvicinando la bocca all'orecchio sinistro di Brooke. "Papà è dovuto andare a sbrigare una faccenda di lavoro per venti minuti prima di giocare. Mentre aspettavo, ho chiacchierato con un ragazzo che ho conosciuto ieri al bar. È bellissimo, ha un taglio di capelli come se si fosse appena arruolato nell'esercito, ha degli occhi azzurri in cui potrei annegare e mi sono innamorato. Ci vediamo più tardi per un drink".

Brooke smise di camminare e lo fissò con uno sguardo deciso. "Mi sembrava di ricordare che avessi detto che questo non sarebbe successo durante la vacanza... Che eri qui per legare con tuo padre... E invece, ti lascio con tuo padre per una mattina e ti innamori?" Pensava che avrebbe aspettato almeno qualche altro giorno.

Lui alzò entrambe le mani e si girò verso di lei, camminando di lato. "E non è cambiato nulla. Ma ho ancora gli occhi, e un cuore". Si mise entrambe le mani sul petto. "Domani viene al White Party, quindi potrei essere un po' distratto. O assente".

Brooke sgranò gli occhi, smise di camminare e mise le mani sui fianchi. "Ascoltami bene, testa di cazzo", gli disse, con tutta l'autorità che riusciva a mettere in campo a basso volume. "Abbiamo un accordo. Hai promesso di non rubare tutti i prodotti nella stanza, patto che hai sorprendentemente rispettato. Hai anche promesso di mettermi al primo posto. Non voglio correre per il resort a coprirti. Capito?"

Noah scosse la testa e fece gli occhioni.

Conosceva quello sguardo. Con lei non funzionava.

"Sono il tuo ragazzo, lo sai. Ma avresti dovuto vedere il culo di Chad..."

"Forza, voi due!"

Brooke alzò lo sguardo per vedere Jen e Giovanni che guardavano verso di loro. Erano una bella coppia. Era un peccato che avessero cresciuto un figlio così incapace.

"Arrivo!" Ingoiò il suo malumore, agganciò il braccio a quello di Noah e lo tirò verso i suoi genitori.

***

"Devo dirtelo", disse Brooke, davanti al suo piatto di tacos di pesce. "Ho sempre amato i camper".

Questo attirò l'attenzione di Giovanni. "Sì? Non trovo mai nessuno che li apprezzi, compresi mia moglie e tutti i miei figli. Li tollerano, al massimo. Forse sei la mia figlia perduta da tempo, o forse questo è un segno che non lo sei affatto". Sorrise alla sua stessa battuta. "Perché ami i camper?"

"Che difetti hanno? Sono un'avventura che aspetta di essere vissuta. Quando ero piccola, non potevamo permetterci di andare all'estero, ma potevamo permetterci un parcheggio per le roulotte". Le loro vacanze annuali erano l'unica cosa fuori dal personaggio su cui Claudia insisteva. Anche lei le amava e lo aveva trasmesso alla sua unica figlia. Le roulotte rappresentavano la fuga e la libertà, era il motivo per cui sua madre viveva in una casa mobile.

"Sei lontano dal tuo ambiente normale", continuò, con le mani che si animavano mentre parlava. "Di solito ti puoi mettere in riva al mare, e io *adoro* il mare. Spesso c'è un furgoncino di cibo sul posto, così puoi mangiare pesce salato e caldo nel cartoccio. Poi, all'interno delle roulotte tutto è piccolo ma perfettamente formato. Capisco che per un adulto potrebbero non essere la fuga che desidera, ma io non l'ho mai pensato da bambina e non credo che lo farei nemmeno ora che sono cresciuta. I camper ci dimostrano che non abbiamo bisogno di tutto ciò che pensiamo nel mondo moderno. Semplificano la vita".

"Wow, ti piacciono proprio". Giovanni sbatté le palpebre. "E sei come me. I miei genitori erano immigrati italiani trapiantati dalla Sicilia nello Yorkshire. Non potevano permettersi di tornare a casa o di fare vacanze costose, ma potevano permettersi una roulotte". Si portò una mano al petto. "Mi piacciono ancora. Qualcuno potrebbe dire un po' troppo".

"Decisamente troppo", intervenne Amber.

Gio agitò una mano verso il bar della piscina. "Questo posto? È un paradiso, quello è certo, ma molti non possono permetterselo. Tutti hanno bisogno di cambiare aria, ed è quello che offrono i nostri parcheggi per roulotte. Un posto dove prendere fiato, resettare, passare un po' di tempo insieme. Questo è sempre il piano". Schioccò le dita e indicò Brooke. "Tu hai capito".

Lei annuì. "È vero. Li ho sempre trovati magici".

"Sei piena di sorprese. Se avessi scritto una lista di previsioni per questa settimana, non ci sarebbe stata la ragazza di mio figlio amante delle roulotte". Sorseggiò il suo sauvignon blanc. "Di cosa ti occupi?"

"Lavoro in ambito finanziario". Con un tiranno come capo.

"Ti piace?"

"Non proprio". Eufemismo dell'anno. Era sottovalutata e sottopagata. Trovare un nuovo lavoro era la prima cosa che avrebbe fatto una volta tornata a casa. Quello, e chiamare Claudia.

Gio la valutò. "Mandami il tuo curriculum quando torniamo e facciamo due chiacchiere. Siamo sempre alla ricerca di persone valide che lavorino con noi, e, se ti piace il mestiere, tanto meglio".

Il morale di Brooke salì alle stelle. Poteva essere la svolta che cercava? Com'è che dicevano? Non è importante cosa sai, ma chi conosci? Lavorare per una società di parcheggi per roulotte non sarebbe stato il lavoro dei sogni di tutti, ma per lei sì. E poi, Claudia ne sarebbe rimasta molto colpita, cosa che finora nella sua vita Brooke non era mai riuscita a fare.

"Ho un buon presentimento su di te, e mi affido sempre al mio istinto". Guardò Noah, che stava ridendo con la mamma. "Spero che anche Noah capisca il tuo valore".

Brooke arrossì. Per una frazione di secondo pensò a quanto sarebbe stato facile se fossero stati entrambi etero. I suoi genitori erano carinissimi, lei avrebbe potuto lavorare al fianco di suo padre, avrebbero avuto un paio di figli, la vita perfetta, quella descritta in tutte le riviste.

Ma non era la loro vita.

Noah aveva una cotta per Chad, il ragazzo del golf.

E Brooke aveva una cotta per la madre di Noah.

* * *

Quando tornò alla villa – Noah era andato a comprare delle patatine Lays al gusto pollo – Brooke tirò fuori il telefono dalla tasca. C'era un messaggio di Claudia. Buttò la borsa sul divano, si mise comoda sul letto e ci cliccò sopra.

Mi dispiace di essermi persa il tuo compleanno, ero sulle Highlands e non c'era campo. Possiamo vederci quando torni? Ho delle novità. Spero che tu stia passando una bella vacanza in Messico.

Brooke avrebbe voluto che il rapporto tra lei e Claudia fosse meno complesso. Anche se aveva avuto la nonna come modello di riferimento, Claudia non aveva mai avuto la minima idea di come essere una madre. Questo non impediva a Brooke di desiderare disperatamente che lo diventasse.

Da quando sua nonna era morta, quando Brooke aveva

dieci anni, aveva desiderato che qualcuno la mettesse al primo posto, proprio come aveva fatto la nonna. Sebbene sua madre le avesse fornito cibo e riparo come meglio poteva, non era mai stata presente. Non c'era mai dopo la scuola, ed era sempre a lavoro nei fine settimana. La nonna aveva colmato il vuoto. Quando era morta, però, il vuoto si era allargato. Tutti gli altri che conosceva avevano dei parenti, ma sua madre era figlia unica. Quando la nonna era morta, c'erano solo Brooke e Claudia contro il mondo. La figlia e l'anti-madre.

Che non si era mai ricordata del suo compleanno.

Non voleva risponderle per il momento.

Invece, inviò un messaggio ad Allie.

Devo dirlo a qualcuno, o potrei morire. Potrei avere un debole per la mamma di Noah.

Potrei. Andava bene, non c'era bisogno di esagerare.

Ovviamente non succederà nulla. Ma non è pazzesco che il mio finto fidanzato sia a caccia di un ragazzo e che io abbia una cotta per sua madre?

La sua amica non avrebbe risposto subito; non guardava il telefono quando era al lavoro. Ma anche se non l'avesse fatto, si sentiva più leggera dopo averlo messo per iscritto.

Com'era il detto? Un dolore condiviso è un problema dimezzato.

Una cosa era certa.

Dopo aver visto Jen in pantaloncini neri e bikini, non era un dolore.

Capitolo 8

Messico: Quarto Giorno

"Sono così piena dalla cena a base di bistecche che potrei non mangiare più". Jen si accarezzò lo stomaco leggermente gonfio.

"Fino a domani mattina, quando farai la tua colazione preferita: *huevos rancheros*", rispose Noah.

"Non si trova cibo messicano come questo nel Regno Unito. Devo mangiarlo finché posso". Percorsero il perimetro della piscina e Jen sorrise al ricordo dell'aqua spin. Guardò Brooke, chiedendosi se anche lei ci stesse pensando. Noah si era presentato da solo al tennis quella mattina, lasciando Brooke a leggere il suo libro nel patio. Jen capiva, ma le era mancato vederla.

Davanti a loro, lontano dalle luci del resort, l'oceano era un mare di grigi e neri. Il riflesso delle stelle sulla sua superficie era magico, e si illuminava come una lucciola, facendo rallentare il passo a Jen. Era ipnotico. Amava l'acqua, era il motivo per cui si era trasferita nella sua città di mare nel Kent quando si era stancata di Londra. Anche se la spiaggia vicina non era proprio come il Messico, soddisfaceva comunque il suo bisogno di mare. Era un'attrazione che aveva fin dall'infanzia.

Ecco perché una notte in spiaggia al White Party era proprio quello che faceva per lei. La sabbia tra le dita dei piedi, la brezza dell'oceano sul viso. Se poi c'erano anche un drink e un ballo nelle vicinanze, sarebbe stato perfetto.

Brooke e Noah camminavano davanti a lei mentre giravano intorno alla piscina principale, con le teste unite in una conversazione. Si tenevano per mano e sembravano innamorati. Jen era contenta. Sì, Brooke era attraente, ma Jen sapeva controllarsi e l'avrebbe superata. Anche se Brooke era sensazionale nei suoi pantaloncini di jeans bianchi e nella camicia bianca aderente. I capelli castani le ricadevano sulle spalle e il cappello Trilby bianco con una piuma bianca sul lato era perfetto.

Jen si era assicurata di non guardarla troppo durante la cena, perché ogni volta che lo faceva Brooke sembrava catturare il suo sguardo. Era il terzo incomodo e loro erano stati gentili a includerla. Aveva intenzione di fare uno o due balli e poi di andarsene. Da quando erano arrivati non avevano quasi mai avuto tempo per stare da soli, e sicuramente lo volevano ora.

Mentre camminavano lungo il sentiero che si allontanava dalla piscina, notarono un enorme falò sulla spiaggia, insieme a una folla di almeno un paio di centinaia di persone, luci e musica. Avvicinandosi ancora di più, Jen individuò mangiatori di fuoco, ballerini su podi e due DJ dietro le pedane del palco. Alla loro destra, un bar era gremito di gente che faceva festa. Alla loro sinistra, la sabbia era stata spianata per creare una pista da ballo, con la folla che divorava i classici della house. Le tornarono in mente gli occasionali fine settimana trascorsi a Ibiza, quando Giovanni aveva Noah e Jen era andata via con gli amici, fingendo di non avere responsabilità. Era stata benissimo, finché non le era mancata la sua vita e Noah. Lui la riportava sempre indietro.

Noah si voltò, con la fronte aggrottata e una mano sullo stomaco.

"Non mi sento molto bene, credo che dovrò tornare in camera e sdraiarmi. C'è qualcosa che non va". Mentre parlava, trasalì.

Accanto a lui, Jen non riusciva a leggere bene il volto di Brooke.

"Torneremo con te". Jen gli accarezzò il braccio. Era pur sempre sua mamma.

Ma Noah scosse la testa. "No, rimanete. Potrei tornare presto. Mi serve solo mezz'ora per capire di cosa si tratta. Scusate". Si avvicinò, baciò la guancia di Brooke, poi quella di Jen e se ne andò in fretta.

Quando Jen girò la testa, Brooke la fissò. Non riusciva ancora a leggerla.

"Dovremmo vedere se riusciamo a trovare gli altri?" Chiese Jen. "O andiamo a bere qualcosa?"

Entrambe fissarono l'enorme massa di persone al bar.

"O potremmo semplicemente ballare?"

Brooke annuì, poi afferrò la mano di Jen e la trascinò tra la folla.

L'atmosfera sulla sabbia era di pura euforia e la musica ad alto volume le trasportava lontano. Ballare sulla sabbia era sempre un'emozione. L'aveva fatto solo quando era in vacanza. Come in quel momento. Il rumore del basso, il ruggito della folla, la carezza riscaldata dell'aria notturna.

Jen si tolse le scarpe, gettò le braccia in aria e si lasciò andare a un urlo involontario. Non le importava il suo aspetto. I suoi 44 anni le avevano insegnato che quando c'era un'opportunità di ballare, andava colta.

Notti come quella erano perfette per fare cose che non si dovrebbero fare. Per liberarsi dai dubbi e dai nervi, per essere liberi.

Di fronte a lei, Brooke seguì il suo esempio per le scarpe, poi alzò anche lei le braccia, incrociando lo sguardo di Jen.

Entrambe erano raggianti e rimbalzavano a tempo di musica, come se i ritmi avessero liberato qualcosa dentro di loro. Avrebbero ballato così se Noah fosse rimasto? Ne dubitava. Era una madre terribile perché era contenta che lui se ne fosse andato? Se lo era, non le importava. Non era una cosa normale nella sua vita. Quella sera avrebbe ballato come se nessuno la stesse guardando.

Quasi nessuno.

Tranne Brooke.

Ma Jen desiderava che la guardasse.

Il DJ mixò il brano successivo, un pezzo old-school, ma tutti, di qualsiasi età, sembravano conoscerlo. L'ondata di applausi e di braccia in aria le rallegrò entrambe. Mentre si muovevano a ritmo, Brooke non staccava mai gli occhi da Jen e viceversa. Un senso di calore si insinuò lungo la schiena di Jen, per lo sforzo fisico e mentale. Lo accolse con piacere.

Pochi istanti dopo, Brooke si avvicinò, entrando nel suo spazio personale, fino a quando i loro corpi si toccarono. I loro sguardi si incrociarono ancora una volta e a Jen si mozzò il respiro. Avrebbe tanto voluto abbracciare Brooke e unire i loro corpi mentre ballavano a ritmo. Ma doveva farsi bastare quella vicinanza. Sopra la spalla di Brooke, l'oceano scintillava. Jen risplendeva dall'interno, carica dell'adrenalina di quel momento.

In quel momento, c'erano solo lei, Brooke e la musica, insieme al costante e trionfante rimbombo del suo cuore.

Non esisteva nient'altro.

Finché il ritmo non si esaurì e Brooke la fissò. Aveva una linea di sudore sul labbro superiore.

Jen voleva leccarlo via. Fece letteralmente un passo indietro per fermarsi.

Come se avesse percepito la necessità di ridurre i toni, il DJ abbassò la musica e iniziò a parlare.

Le guance di Brooke bruciavano.

Jen voleva allungare la mano e passarci sopra la punta delle dita. Era sexy in un modo che Jen non aveva mai pensato prima: era bella, ma anche forte e serena. Era diversa da qualsiasi donna con cui Jen fosse mai entrata in contatto.

Ed era comunque la fidanzata di suo figlio.

"Ehi! Ci chiedevamo dove fossi. Il torneo di tennis di stamattina ci ha aiutate a scioglierci, vero?"

La voce stridula di Megan squarciò il momento, facendo trasalire Jen. La futura sposa era circondata dal suo solito gruppo di amici, con i loro sorrisi bianchi come i loro vestiti.

"Assolutamente!" Non si poteva fare nulla in quel resort senza che apparisse qualcuno della festa di nozze.

"Vi siete liberate di Noah?"

"Abbiamo deciso di fare una serata tra donne", mentì Jen.

Si schiarì la gola. L'ultima cosa che voleva era chiacchierare. Le era piaciuto il momento in cui erano sole. Lanciò a Brooke una rapida occhiata e prese una decisione.

"Vuoi prendere un po' d'aria?" Sì, erano già all'aria aperta, ma Brooke annuì all'istante, raccogliendo le scarpe. Sembrava aver capito cosa intendeva Jen.

"Non dimenticate il corso di street food messicano domattina. Venite, perché lo chef è venuto apposta per noi".

Jen fece un saluto a Megan. "Non me lo perderei mai".

Si allontanarono dalla folla, verso l'oceano. Brooke trascinò due lettini più avanti sulla spiaggia. Poi, miracolosamente, Jen prese due Corone fredde da un uomo che circolava con un carrello pieno. Ne diede una a Brooke, sorrisero e si sdraiarono l'una accanto all'altra.

"A proposito, bella fuga".

"Grazie", rispose Jen.

"A cosa brindiamo?"

La voce di Brooke era graffiante. Il solo suono fece scintillare una scossa di elettricità dentro Jen.

"A ballare sulla spiaggia?" Lei alzò la birra.

Brooke la toccò con la sua ed entrambe bevvero. Qualche istante dopo, tirò fuori un pacchetto di Marlboro Light. Lo offrì a Jen.

Jen esitò, poi scosse la testa. "Non fumo da quando avevo quasi vent'anni. Quando ho deciso che non volevo che Noah prendesse le mie cattive abitudini".

Brooke strinse gli occhi, poi mise via il pacchetto. "Mi tratterrò stasera, allora".

Jen le rivolse un sorriso di apprezzamento. "Noah fuma? Il mio sacrificio ha funzionato?"

"Non fuma. Hai fatto un buon lavoro".

"Mi fa piacere". Alzò la birra e ne bevve un altro sorso. "Ha un sapore incredibile stasera".

"L'ambientazione aiuta. E la compagnia". Era come se

la voce di Brooke avesse una consistenza. Le leccava la pelle, la faceva sentire vulnerabile. Era pericoloso.

Si scambiarono un sorriso complice. Jen chiuse gli occhi e si rilassò. Sapeva già che avrebbe rivissuto quel momento più volte nella sua testa.

"Balli spesso in Inghilterra?"

Jen sorrise e girò la testa. "Vuoi dire: 'esci molto pur essendo così vecchia'?"

Ma Brooke scosse la testa. "Non penso che tu sia vecchia. Niente di quello che hai detto o fatto finora in questa vacanza me lo ha fatto pensare. L'età è solo un numero. E poi, la gente dice spesso che sono un'anima vecchia".

"Lo vedo". Al di là del bel viso e del sorriso disarmante, Brooke sembrava spesso avere il peso del mondo sulle spalle. Forse era così.

"Penso che tu possa essere un'anima giovane", aggiunse Brooke.

Le piaceva quella descrizione. "Forse so che momenti come questi sono fugaci, quindi voglio godermeli appieno. Assorbire tutto quello che posso". Jen si sollevò un po' e fissò Brooke. "Capisci cosa voglio dire?"

Brooke le fece un cenno appena percettibile. "È vero. A volte le cose non sono perfette, tutt'altro, ma si può comunque trovare qualcosa da conservare in quel momento. Come sedersi su una spiaggia perfetta con una compagnia perfetta".

Jen non capiva se fossero o meno sulla stessa lunghezza d'onda, ma non importava. Se Brooke pensava che fosse una *compagnia perfetta*, non aveva intenzione di discutere. Si sarebbe goduta quella birra, quella notte, con quella bellissima donna.

"A proposito, il bianco ti sta bene", aggiunse Brooke. "Mi piace il vestito. E la catena d'oro".

Jen guardò in basso, sperando che il cielo notturno coprisse il rossore che le invadeva le guance. Voleva ritagliare quel momento dall'universo e appuntarlo sul frigorifero. La sera in cui una donna le aveva fatto un complimento e lei lo aveva sentito ovunque.

In una notte diversa, in una situazione diversa, forse avrebbe potuto girarsi verso Brooke ed essere audace.

Ma non vivevano in quel mondo.

Anche se ogni vertebra del suo corpo le diceva che lo desiderava disperatamente.

"Grazie. Anche tu stai benissimo".

Quando i loro sguardi si incontrarono, Jen ebbe un sussulto fisico. Come se qualcuno l'avesse appena raggiunta e avesse scagliato un fulmine sulla sua anima. Prese un'enorme boccata d'aria, ma non riuscì a staccare lo sguardo da quello di Brooke.

Nemmeno lei si muoveva.

Il cuore di Jen iniziò a battere forte. Lo stomaco le si rivoltò. Aveva bisogno di parlare di qualcos'altro, smettere di fissare gli occhi di Brooke e le sue sopracciglia perfette. Qualunque cosa per distogliere la mente dal fatto che lo sguardo di Brooke la stava facendo scaldare in un modo in cui nessun altro era riuscito da tempo.

Con tutte le sue forze, distolse lo sguardo e alzò la testa verso le stelle. Ce n'erano così tante lì, le mancava vederle quando era nel Regno Unito. Meno inquinamento luminoso significava vedere il mondo più chiaramente.

Stranamente, passare del tempo con Brooke aveva lo stesso effetto.

"Andavi spesso all'estero quando eri piccola? Giovanni ci regalava ogni anno una vacanza in un posto caldo, così Noah è sempre stato viziato. Una volta ho provato a portarlo in un parcheggio per roulotte, ma anche da bambino non si divertiva". Sperava che le vacanze fossero un argomento sicuro.

"Immagino. I parcheggi per roulotte non sono l'ambiente di Noah, mentre nella mia infanzia lo erano sicuramente. Io e la mamma non andavamo mai all'estero, non potevamo permettercelo. Ogni tanto facevamo una gita a Southend, ma io adoravo andare nei parcheggi per roulotte. Erano la mia oasi da bambina".

"Anche a me sono sempre piaciuti molto. Quando ho scoperto che Giovanni possedeva una delle catene più conosciute, sono rimasta stupita".

"Impressionante", concordò Brooke.

"Vai d'accordo con tua madre?"

Qualcosa nel viso di Brooke si contrasse. "Non direi proprio. Crescendo, aveva sempre così tanti lavori che era difficile trovare del tempo solo per noi. Si occupava di me mia nonna, per questo amavo le nostre vacanze. Claudia lavora molto anche adesso e si sente in colpa perché non è stata presente durante la mia infanzia. Ai miei compleanni in particolare. Ma commette sempre gli stessi errori, ancora oggi". Sospirò. "Vorrei vederla di più, ma è difficile. A volte penso che voglia chiudere quella parte della sua vita – cioè me – e guardare solo avanti, mai indietro. Ma le famiglie non sono mai lineari, bisogna *sempre* guardare indietro".

Jen girò la testa e la fissò. Era sicura che Brooke si sentisse vulnerabile dopo aver detto quella frase. Voleva che sapesse che con lei era al sicuro.

"È dura essere una mamma single. Se i soldi non sono un problema, lo è sicuramente il tempo, quando si cerca di essere tutto per una sola persona. Sembra che tua madre abbia fatto del suo meglio con gli strumenti che aveva".

"Parli come rappresentante del sindacato delle madri?" Brooke fece una smorfia ironica.

Jen scrollò leggermente le spalle. "Mi viene naturale". Fece una pausa. "Era lei che cercavi di contattare quando ci siamo conosciute?"

Un cenno esitante. "Non mi chiama mai, ma non ha fatto altro che cercare di mettersi in contatto da quando ho lasciato il Paese. Messaggi e telefonate. Il che è molto strano".

"È chiaro che vuole dirti qualcosa. I genitori ti rovinano qualsiasi cosa facciano, ma forse vuole cambiare. Forse è per questo che ha chiamato. Vivete vicine?"

Brooke bevve un sorso del suo drink. "Non vive in nessun posto in particolare". Si prese un attimo di tempo, evidentemente soppesando la frase successiva. "Vive in un camper".

Jen si raddrizzò di scatto. "Come quei programmi in TV? Sono sempre così invidiosa. Può andare dove vuole, essere libera".

"La realtà non è così, purtroppo per Instagram. Siamo state sfrattate così spesso, quando era giovane, che ora odia gli appartamenti. La vita in camper le si addice. La maternità no".

"Mi sembra che abbia trovato la sua strada perfetta. E deve aver fatto qualcosa di giusto, perché tu non sei venuta male, no?"

Questo, finalmente, portò un sorriso. "Immagino di no".

"Parlando da madre, mi sento in colpa per tutto quando si tratta di Noah. Ma so che gli è andata piuttosto bene". Si tolse un po' di sabbia dal ginocchio, poi si avvicinò e posò le dita sul braccio di Brooke.

Brooke le guardò la punta delle dita.

Nel petto di Jen, una farfalla sbatteva le ali. Dopo qualche istante mosse la mano. I suoi polpastrelli brillarono di luce calda.

"Non è viziato, è solo molto amato". Brooke alzò lo sguardo, prima di fissare il mare. "Avrei dato tanto per esserlo anche io. Lo sono stata fino alla morte di mia nonna. Claudia parla, ma i fatti parlano più delle parole".

Dopo qualche altro istante, saltò in piedi, interrompendo bruscamente la conversazione. "Comunque, basta con le storie. Vogliamo finire le birre e tornare alla festa?" Tese una mano e Jen la prese, tirandosi su senza fare un rumore che potesse far capire la sua età. Era straordinariamente orgogliosa di sé.

Si mise di fronte a Brooke, respirandola a fondo. Poteva farsi trasportare dalla sua intensità. Perdersi nel suo sguardo.

Si guardarono negli occhi e lo sguardo dolce come il miele di Brooke le fece salire la temperatura.

Il cuore di Jen batteva forte.

Brooke scosse la testa in modo appena percettibile. "Non so cosa ci sia in te", sussurrò. "Ma mi fai venire voglia di aprirmi. È una cosa che succede raramente".

Jen era perfettamente consapevole di quanto fosse piccolo lo spazio tra loro. Delicato. Fragile. Era come se un solo movimento potesse causare una frana.

Fu Brooke a muoversi. Senza dire una parola e senza distogliere lo sguardo da Jen, fece scorrere il pollice sui suoi zigomi, si chinò in avanti e la baciò.

Proprio così.

La testa di Jen girava mentre qualcosa di nuovo scintillava dentro di lei, una mini-esplosione che scosse la sua anima e il suo mondo. Era stata una mossa coraggiosa e inaspettata, eppure, da qualche parte nel profondo, Jen sapeva che sarebbe successo. Forse quella sera, forse il giorno dopo o quello dopo ancora. Quella sera si sentiva audace. Le labbra di Brooke erano su di lei, non aveva fretta di spostarle.

Si sentiva come se la luce del sole la stesse attraversando. Un ronzio insistente partì dal suo ventre e si fece strada nel suo corpo. Premette le labbra su quelle di Brooke, che gemette nella sua bocca. La libido inviò una scarica di emergenza al suo cervello. Tutto il suo corpo si illuminò.

Cazzo. Stava baciando Brooke. Brooke era la ragazza di Noah. E a Brooke piaceva chiaramente anche lei.

Non se lo era immaginato.

Porca puttana.

C'era un mondo da qualche parte in cui tutto questo andava bene, dove avrebbe preso Brooke tra le braccia e l'avrebbe baciata fino alla settimana seguente. Il White Party si sarebbe concluso, i DJ sarebbero andati a casa e la bocca di Jen sarebbe stata ancora premuta su quella di Brooke, in un bacio stordente.

Ma non erano in quel mondo.

Sobbalzò, poi si allontanò, scuotendo la testa e inciampando nella sabbia. Ora la sentiva tagliente, non più setosa come prima. Si girò di scatto. Qualcuno le aveva viste? Non aveva molta importanza. *Lei* le aveva viste. E con una pressione delle labbra, Brooke l'aveva disfatta. Ma perché? Che cazzo stavano facendo?

"Non possiamo". *Ma lo voglio davvero tanto.*

Anche Brooke scosse la testa. "Mi dispiace". Ma i suoi occhi non sembravano dispiaciuti. Sembravano affamati. "È stata colpa mia. Ti ho baciata io".

Lo stomaco di Jen ebbe un sussulto e mise le mani sui fianchi, cercando di riprendere fiato. Voleva disperatamente avvolgere le mani intorno al collo di Brooke e baciarla di nuovo. "Ho ricambiato il bacio".

Entrambe si fissarono.

"Allora chiudiamola qui. È stata la situazione, la notte, mi sono lasciata trasportare". Brooke espirò e alzò la testa verso il cielo, con l'aria di chi vorrebbe che l'oceano la inghiottisse.

"Penso che siamo entrambe colpevoli".

Jen tirò fuori le parole dalla gola, anche se non voleva parlare. C'erano cose molto migliori che la sua bocca avrebbe potuto fare, come baciare le labbra delicate di Brooke. Ora che sapeva come reagiva tutto il suo corpo quando lo faceva, voleva provarlo di nuovo. Nonostante tutto, però, aveva bisogno di riempire l'aria di suoni.

"Mi stavi dicendo che tua madre non era una grande madre. Non credo che baciarti mi renda la madre dell'anno". Jen mise le mani sui fianchi. Un'energia folle le percorreva il corpo. Ora che aveva pronunciato quelle parole, si rendeva conto che erano vere. Come si era permessa di baciare Brooke? E soprattutto, se era così sbagliato, come mai era così bello?

"Possiamo dimenticare che tutto questo sia mai accaduto?" Chiese Brooke, quasi supplicando.

Jen non ne sapeva molto, ma sapeva che era quasi

impossibile. Tuttavia, in quel momento, desiderava con tutto il cuore di poterlo fare. Annuì. "Torniamo indietro. Domattina le cose sembreranno più tranquille".

Lo disse con tale autorità che quasi se ne convinse.

Capitolo 9

Messico: Quinto Giorno

Brooke amava il cibo messicano, soprattutto i tacos che servivano in quel resort, nel ristorante di pesce con vista sull'oceano. Ma quella mattina, l'ultima cosa che voleva fare era imparare a farli. Con Noah, la sua famiglia e sua madre. Che aveva baciato la sera prima. Non c'era modo di evitare quel particolare fatto.

Fece un respiro molto profondo e si conficcò le unghie nei palmi delle mani. Poteva farcela: aveva affrontato situazioni più mortificanti nella sua vita, Claudia se ne era assicurata. I ragazzi in classe la chiamavano Broke invece di Brooke, perché si presentava a lezione con un'uniforme poco aderente e vecchie scarpe da ginnastica. Il sequestro dei loro beni da parte dell'ennesimo esattore, che le rivolgeva sempre un sorriso di compatimento. Haley che le diceva di aver conosciuto un'altra Le piaceva cancellare tutto questo dalla sua vita, fingendo invece di essere all'altezza. Erano stati momenti decisivi, e lei li aveva superati. Se ci era riuscita, poteva superare qualsiasi cosa, anche il bacio alla madre di Noah. Non importava quanto fosse stato bello.

Digrignò i denti mentre si avvicinava allo spazio dove era

prevista la lezione. Voleva trovare Jen già lì, o voleva che non ci fosse affatto? Entrambe le cose. Ma continuare a chiedersi se sarebbe venuta le stava quasi facendo venire un infarto.

Aveva pensato di fingere un'emicrania, come aveva suggerito Amber l'altro giorno, ma era troppo onesta. E poi, lo chef era stato chiamato appositamente.

Sentiva la voce di Allie che le urlava contro. "Non sono problemi tuoi! Hai il diritto di mettere te stessa al primo posto e di fare quello che vuoi, non quello che pensi sia la cosa giusta". Brooke però aveva passato tutta la vita a cercare di accontentare tutti: Claudia, il suo capo, persino Noah. Era il motivo per cui si trovava lì. Era nel suo DNA continuare a provarci.

Anche Noah avrebbe dovuto presentarsi. La sera prima non era rientrato e lei gli aveva mandato un messaggio quella mattina per dirgli che lo avrebbe ucciso se non fosse venuto. Lui le aveva risposto con un pollice in su. Significava che era felice di essere ucciso? Forse, conoscendo Noah.

Entrò nella stanza con un'enorme isola da cucina bianca, arredata con piatti, coltelli, ciotole, mattarelli, pestelli e mortai, oltre a taglieri di colore giallo brillante. Al centro c'erano pannocchie di mais e ciotole di metallo con peperoni, avocado, cipolle rosse, coriandolo e una serie di peperoncini. Tutto sembrava delizioso e il suo stomaco brontolava. Non era andata a fare colazione per paura di incontrare Jen, eppure era andata a fare i tacos invece di nascondersi nella sua stanza. Forse Allie aveva ragione.

Megan, Patsy, Serena e le amiche di Megan erano già lì e le salutò con un sorriso stretto, prima di dirigersi verso il tavolo alla sua destra che esponeva caffè, frutta e pasticcini.

Le tremava la mano mentre sollevava la caffettiera. Non credeva di essere così nervosa dalla sua ultima avventura di una notte. Non era nemmeno andata a letto con Jen, si erano solo baciate brevemente. Come sarebbe stato il sesso con lei?

Un senso di calore la inondò.

Arricciò le dita dei piedi nelle infradito e regolò il respiro. *Pensa a qualcos'altro. A ieri sera prima del bacio.*

Quando Noah se n'era andato, la situazione aveva preso una piega incredibile. Solo lei e Jen, a chiacchierare, a conoscersi. Era stato tutto ciò che Brooke desiderava, fino a quando non l'aveva baciata. Sì, aveva voluto anche quello, ma non era stata la sua decisione più ponderata.

Jen però aveva ricambiato il bacio. Non si era ancora concessa di elaborarlo.

Aveva detto troppo quando avevano chiacchierato? Di solito non si apriva così tanto, ma qualcosa in Jen le faceva venire voglia di farlo. Cercava di non vergognarsi delle sue origini, ma era difficile di fronte a legami familiari così stretti e amorevoli. Non voleva la pietà di Jen, aveva imparato da giovane a non rivelare mai i propri segreti. L'unica cosa che non poteva cambiare erano le sue radici, ma poteva coprire le crepe.

Guardò il telefono. Claudia le aveva inviato altri due messaggi chiedendo se potevano parlare. Lei non aveva ancora risposto. Perché la stava cercando proprio ora, dopo anni di contatti mancati? Non poteva occuparsi di sua madre, aveva già abbastanza da fare.

Il suo telefono conteneva un altro messaggio recente di Allie. Brooke poteva vedere la prima riga dall'anteprima: *CHE CAZZO?! Dimmi che stai scherzando…*

Voleva aprirlo, leggere il resto e chiamare subito Allie, ma non poteva rischiare lì.

Proprio in quel momento, sentì una mano sulla spalla. Il suo cuore ebbe un sussulto e si voltò.

Noah.

Ho baciato tua madre.

Era forse tatuato come il senso di colpa sulla sua fronte? Sperava di no.

"Buongiorno, raggio di sole!" Il sorriso di Noah era ampio come l'oceano che scintillava alla loro sinistra attraverso le porte a soffietto aperte.

"Dal sorriso che hai sul viso, immagino che tu abbia scopato ieri sera", sussurrò.

"Shhhh!" Noah si portò un dito alle labbra. "Ci sono troppe orecchie qui", sibilò.

Lo sapeva bene. Si girò e diede un'occhiata alla stanza. "Pensano tutti che siamo innamorati, quindi non preoccuparti".

Come a dimostrare la sua tesi, Patsy si avvicinò. "Ci siamo tutti chiesti dove fossi quando Brooke è entrata da sola". Versò un caffè, prima di baciare Noah sulla guancia. "Ma ora sei qui, il panico è passato. Nessun problema in paradiso". Mimò di asciugarsi il sudore dalla fronte, fece un occhiolino a entrambi e se ne andò.

Noah aspettò che Patsy fosse immersa nella conversazione prima di voltarsi.

"Comunque, la risposta alla tua domanda è no. Non ho scopato. È stato anche meglio".

"Meglio?"

Un'espressione sognante si affacciò sul suo volto. "Siamo

stati svegli tutta la notte a parlare, poi ci siamo addormentati sul suo letto. Ci siamo baciati, niente di più", sussurrò.

Strano. "È romantico".

Brooke sapeva tutto sul romanticismo. La sera prima era scoccata la scintilla in lei anche prima del bacio. Mise da parte quel pensiero e si sintonizzò di nuovo su Noah.

"Abbiamo guardato le stelle insieme. Abbiamo parlato delle nostre vite. Lui vive a St Albans, quindi non è a un milione di chilometri da me. Potrebbe funzionare".

Brooke alzò una mano. "Rallenta. Stai diventando un po' lesbica, ti vuoi trasferire ancora prima di esserci andato a letto".

Si portò una mano al petto. "Abbiamo dormito insieme e basta, ed è stato piuttosto sorprendente".

Bevve un sorso di caffè e poi diede un morso a un pasticcino prima di rispondere. "Se da un lato sono entusiasta che tu sia protagonista di un film romantico, dall'altro non sono contenta che tu mi abbia abbandonata ieri sera". Una bugia bella e buona, ma non aveva intenzione di sottolinearlo. "Ricordi quando hai detto che potevi tenerlo nei pantaloni?"

"L'ho fatto!", urlò.

Entrambi si guardarono intorno, ma nessuno li ascoltava.

"Controlla il volume". Tacquero per un po' quando una delle amiche di Megan venne a prendere un caffè e un pasticcino. Sembrava che avesse festeggiato un po' troppo la sera prima. Le sorrisero entrambi mentre tornava al gruppo.

Brooke si avvicinò a Noah prima di continuare, sussurrando. "Odio vivere nella menzogna, ma per farlo bene ho bisogno di te al mio fianco. Devi essere un finto fidanzato se vuoi una finta ragazza".

"Avevo intenzione di tornare, ma è stata una di quelle notti magiche in cui ti siedi e parli con qualcuno con cui hai davvero legato". Si alzò in piedi e si tastò il petto. "Ma l'ho sentito qui, sai?"

Brooke lo sapeva, perché aveva avuto un assaggio di una notte magica simile, seduta sulla spiaggia a guardare le stelle con Jen. Ricordava quando Jen aveva posato le dita su di lei. Cosa avrebbe provato a sentire quelle dita altrove? Oddio, non poteva pensare a quello mentre Noah le lanciava un'occhiata strana.

Stava pensando di scoparsi sua madre.

Stava pensando a cuori e fiori.

"Credo che questo possa essere l'inizio di qualcosa di speciale". Si scrocchiò le nocche. Aveva promesso di non farlo, così come aveva promesso di non rimorchiare nessuno.

Brooke chiuse gli occhi. Non voleva rovinare il buonumore di Noah, ma non poteva rimandare l'innamoramento a dopo il matrimonio? "Sono felice per te, ma hai ancora un accordo da rispettare", sibilò, probabilmente a voce troppo alta. "Questo significa passare del tempo con me, la tua finta fidanzata".

"E lo farò, te lo prometto. Ma sii felice per me, finta fidanzata. Credo che Chad possa essere quello giusto".

"Buongiorno a tutti e due".

Noah e Brooke si girarono e videro Jen.

Come era possibile che non la avessero sentita avvicinarsi?

Il sangue defluì dal viso di Brooke.

Noah si bloccò, come se fosse stato appena scoperto.

Forse era così.

Cosa aveva sentito Jen?

* * *

"Brooke". Patsy posò il libro e si schermò gli occhi dal sole in quel primo pomeriggio, anche se indossava degli occhiali enormi. Accarezzò il lettino accanto a lei mentre Brooke si avvicinava. "Vieni a sdraiarti con me. Questo lettino è libero".

Il corso di cucina era stato un disastro. Aveva lavorato troppo l'impasto; il suo guacamole conteneva così tanto peperoncino che aveva dovuto bere un litro d'acqua prima di riuscire a parlare di nuovo; la sua tinga di pollo al chipotle però era stata commestibile. Tuttavia, per tutto il tempo, aveva solo cercato di sfuggire alla presenza di Jen, per troppe ragioni.

Noah aveva coperto lo spazio parlando ininterrottamente, sperando che la madre non avesse sentito nulla. Brooke non era sicura che funzionasse così, ma era disposta ad assecondarlo finché non fosse riuscita a scappare. Tornarono insieme alle camere, ma Jen disse che si sarebbe sdraiata perché aveva mal di testa. Brooke poteva ben capire. Tuttavia, se Jen aveva intenzione di sdraiarsi sul suo patio, era ancora troppo vicina per sentirsi al sicuro. Per quello Brooke era andata in piscina. Noah era via per il resto della giornata per l'addio al celibato di Duke, che a quanto pare prevedeva snorkeling e poi un sacco di alcol.

Brooke poggiò la sua borsa da piscina verde brillante accanto al lettino e si mise comoda.

"Di te so solo che sei la ragazza di Noah e che stai benissimo in bikini".

Se anche Patsy avesse iniziato a flirtare, Brooke si sarebbe barricata in camera sua. Probabilmente era solo amichevole. Lo sperava davvero.

"Parlami di te. Di cosa ti occupi?"

"Non di cucina, ho fatto dei tacos terribili".

Patsy sbuffò. "Sono sicura che non erano così male come pensavi. Megan, ovviamente, l'ha resa una gara, anche se io sono una chef professionista. Deve vincere in tutto, mia sorella". Socchiuse gli occhi. "E quando non fai tacos impegnativi?"

Brooke mosse le dita dei piedi e si stiracchiò, rilassandosi per la prima volta quel giorno. "Lavoro in ambito finanziario. Diciamo che non era quello che sognavo di fare a dieci anni".

La risata di Patsy danzò nella piscina. "Benvenuta nel club. Pensavo di essere destinata alla fama e alla fortuna, finché non ho deciso di fare la chef. Mi ha rimessa al mio posto, sai". Spinse gli occhiali da sole sulla testa e si mise a sedere più dritta. Con il suo sottotaglio e il suo carisma, sembrava che potesse diventare famosa, ma Brooke se la immaginava anche a sbraitare ordini e a lavorare in cucina.

Patsy poggiò il suo thriller sul tavolo tra loro, la cui parte superiore era ricoperta di sabbia anche se non erano vicine a una spiaggia. Sul tavolo c'erano anche un cocktail color arcobaleno bevuto per metà e una crema solare protezione 20. Si era fatta coraggio.

"Dove sono gli altri?"

"Le famiglie sono con i bambini nell'altra piscina. Megan e alcune sue amiche stanno organizzando qualcosa per il matrimonio. Mia madre e le sue sorelle sono in piscina". Patsy indicò il punto in cui si trovava Serena con altre due donne dall'aspetto simile.

Brooke scrutò di nuovo il resto della piscina per controllare che Jen non fosse lì.

Un misto di sollievo e delusione le si depositò nello

stomaco quando si rese conto che non c'era. Prima o poi avrebbe dovuto affrontarla. Le sarebbe piaciuto scegliere il momento giusto.

"Come ti sta sembrando questa vacanza? Ti stai divertendo finora?"

"È tutto straordinario". Fece un gesto verso l'ambiente circostante. "Siamo in paradiso, giusto?" Più o meno.

"A quanto pare. Anche se, se dovessi andare di nuovo in paradiso, forse non porterei tutta la mia famiglia". Patsy fece un sorriso a Brooke. "A proposito, come vanno le cose tra te e Noah? Devo dire che conosco Noah da molto tempo, come te". Rivolse a Brooke uno sguardo complice. "E tu sei una sorpresa".

"Non sei la prima persona a dirlo". L'onore era toccato a Jen, la persona che conosceva Noah da più tempo di tutti.

La persona che Brooke non riusciva a togliersi dalla testa.

"Sei la prima ragazza che ha portato a casa, quindi devi essere davvero molto speciale".

In un'altra vita, Brooke vedeva Patsy come una delle sue amiche. Odiava mentirle.

"È ancora presto, ma vedremo come andrà a finire". Aveva lasciato aperta la questione. In questo modo, sperava che Patsy non si sarebbe arrabbiata troppo quando tutto sarebbe venuto fuori più tardi.

"Un tempo desideravo trovare un uomo splendido e gentile come Noah. Ora ho rinunciato agli uomini e vivo la mia vita come viene. Se l'amore accade, accade".

"È un piano perfetto".

"È difficile fidarsi degli uomini quando mio padre è

stato così assente nella nostra infanzia, era un donnaiolo di prim'ordine".

"Si è sistemato con Amber, no?"

Patsy fece spallucce. "Per ora, finché non si stuferà di lei. Sembra un film già visto, sai cosa intendo?" Patsy lanciò un'occhiata alla sua sinistra. "Parlando del diavolo".

Amber si avvicinò con un ampio sorriso. Quell'evento non doveva essere facile per lei, ma non sembrava, dal suo modo di fare rilassato.

"Brooke, è bello vederti con noi mentre gli uomini sono fuori a bere e a cercare di non annegare allo stesso tempo". Si passò una mano tra i lunghi capelli biondi e si sedette sull'estremità del lettino di Patsy. "Ho detto a Gio che doveva essere un adulto responsabile e dare il buon esempio, ma non sono sicura che abbia capito. Hai fatto lo stesso con Noah?"

Brooke scosse la testa. "Noah farà quello che vuole, qualunque cosa io dica. Gli ho solo detto di cercare di tornare tutto intero. Il minimo sindacale. È un addio al celibato, dopotutto".

Amber studiò il volto di Brooke, prima di schioccare le dita. "È una cosa intelligente, vedi. Non gli hai detto direttamente cosa fare. Una buona tattica. Credo che voi due durerete a lungo".

Il sorriso di Brooke si tese, come se qualcuno stesse girando una vite.

"So che Giovanni ci spera. Aveva solo belle parole da dire dopo aver pranzato con te l'altro giorno". Amber si avvicinò un po'. "Non lo direbbe mai, ma credo che sia leggermente sollevato. Pensava che Noah preferisse gli uomini. Gli ho detto che non faceva differenza, ma sai come sono i maschi".

La vite si strinse ancora un po'.

"Gio ha degli splendidi uomini gay che lavorano per lui e li adora, ma teme che non sarebbe in grado di relazionarsi con Noah altrettanto bene se fosse gay. Vuole che il suo unico figlio sia come lui".

"Uno che scopa in giro?" Intervenne Patsy, lanciando ad Amber un'occhiata severa.

Il sole caldo sembrò spegnersi un po'.

In risposta, Amber si tolse gli occhiali da sole e si rivolse a Patsy guardandola negli occhi. Brooke non poté fare altro che applaudire il suo coraggio.

"In passato ti ha ferita, ma si pente delle sue decisioni e sta cercando di vivere una vita migliore. So che vuole farlo per te, per Noah, per tutti i suoi figli".

"A meno che non siano gay?"

Brooke sussultò. Era contenta che i riflettori fossero lontani da lei, ma meno contenta di trovarsi nel bel mezzo di una faida familiare.

Ma Amber non era irritata. "Tuo padre accoglierebbe con piacere chiunque, se Noah lo amasse. È solo contento di aver conosciuto Brooke, tutto qui". Si chinò in avanti e accarezzò la gamba di Patsy. "Se ti può essere d'aiuto, vado al bar e ti porto un altro cocktail. Magari ne hai bisogno per rilassarti un po'".

Brooke dovette trattenere una risata. Amber era una persona forte e realizzata che non si lasciava mettere i piedi in testa da Patsy.

Patsy incrociò le braccia e alzò ancora un po' gli occhiali da sole. "Prendo qualsiasi cosa sia quel cocktail arcobaleno".

"Brooke?"

Annuì ad Amber. "Un cocktail arcobaleno sarebbe decisamente appropriato".

Capitolo 10

Messico: Sesto Giorno

Jen aveva finto di non sentirsi bene il giorno prima, perché non voleva affrontare Brooke e Noah dopo aver sentito qualcosa riguardo ai *finti fidanzati*. Non era sicura di cosa significasse esattamente, ma ne aveva capito il senso. Avrebbe spiegato molte cose. Forse era il motivo per cui Brooke l'aveva baciata, cosa su cui stava rimuginando da allora.

Perché non aveva capito prima la loro farsa? E soprattutto, perché lo stavano facendo? Doveva supporre che fosse per il bene di Giovanni. Tuttavia, pur essendo un uomo che poteva scandalizzarsi, non era un bigotto, soprattutto quando si trattava di suo figlio.

Non riusciva proprio a capire perché Noah sentisse il bisogno di nascondere a lei chi fosse. Lo aveva sempre accettato. Non avrebbe detto nulla quel giorno, durante la giornata di attività di addio al nubilato, ma era una cosa che preferiva non sapere.

Se Brooke non era legata a Noah sentimentalmente, questo la rendeva disponibile? Jen non lo sapeva, Brooke poteva essere comunque attratta da Noah. Ma se non lo era, c'era un altro livello di confusione. Cosa doveva fare Jen con quella informazione?

Niente.

Poteva quasi sentire Rhian che le faceva ripetere la frase più e più volte, finché non l'avesse assimilata.

Non poteva succedere nulla tra lei e Brooke, anche se non era davvero la ragazza di Noah. Era ancora sua amica e aveva 15 anni in meno di Jen.

D'altra parte, Jen era giovane di cuore. Brooke, quella vecchia di cuore, glielo aveva detto.

Smettila.

No, avrebbe parlato con tutte le altre donne dell'addio al nubilato, non si sarebbe trovata da sola con Brooke.

I palmi delle mani le sudavano anche solo al pensiero.

Passeggiò fino alla baia dove si erano dati appuntamento, con i piedi nelle infradito e il sole caldo sulla pelle. Le palme ondeggiavano nella brezza accanto a lei e il sole del mattino filtrava attraverso le foglie come oro liquido. Scattò una foto e la inviò a Rhian.

Guarda dove potresti essere.

Quando raggiunse il ristorante di pesce che si affacciava sulla baia, Jen incontrò Serena e le sue sorelle. In realtà non le aveva ancora rivolto un vero e proprio saluto.

"Jen". Serena le diede un bacio su entrambe le guance, seguito da un sorriso sincero. Era quello che Jen aveva sempre amato di lei. Quando Jen era andata a letto con suo marito ed era rimasta incinta, Serena avrebbe potuto facilmente prendersela con lei, ma non l'aveva mai fatto. Ci voleva un tipo di donna speciale e Jen non l'aveva mai dimenticato.

All'epoca, Serena aveva cacciato di casa Giovanni, lo

aveva fatto soffrire per quasi un anno in un appartamento squallido, poi gli aveva permesso di rientrare nella casa di famiglia a determinate condizioni. Lui le aveva rispettate per molti anni prima di andare a letto con un'altra. Quando era successo di nuovo, Serena lo aveva cacciato via per sempre. Non era una donna da prendere in giro due volte.

"È un piacere vederti, Serena".

"Sei ancora splendida come sempre. Così come tuo figlio e la sua nuova ragazza, Brooke. Devi essere entusiasta".

Jen avrebbe detto *confusa*, piuttosto, ma sorrise lo stesso.

"Sì, Noah e Brooke sembrano molto innamorati".

Serena fece un gesto di assenso e Jen continuò a camminare lungo il sentiero, seguita da Serena e dalle sue sorelle. "Viene a questo bizzarro addio al nubilato? La maggior parte delle persone fa una giornata alle terme o va in catamarano. Non la mia Megan: una giornata di sport acquatici. Un massaggio e un bicchiere di champagne sarebbero stati sufficienti".

Jen rise. Non vedeva l'ora che arrivassero le attività. Qualcosa per occupare il suo cervello che non fosse Brooke. "Penso che sarà molto divertente. E sì, ho sentito dire Brooke che sarebbe venuta". Era brava a mentire quando ne aveva bisogno. La verità era che si era tirata indietro prima che Brooke avesse la possibilità di bussare alla sua porta. Era troppo presto per una passeggiata imbarazzante insieme.

L'invitante caletta si arricciava intorno alla baia. Poco prima delle dieci, la spiaggia era già piena di gente mattiniera e di famiglie che sguazzavano nel mare azzurro e cristallino. Alla sua destra, una donna dalla pelle pallida e dai capelli rossi dichiarò che il mare era "come una vasca da bagno!" Jen raggiunse il resto della comitiva sul pontile, come da istruzioni. Quando guardò bene, Brooke era già lì e le faceva un piccolo saluto.

Un senso di calore e fastidio si accese in lei. Faceva parte della farsa, anche se Jen non aveva dubbi che fosse stato Noah a convincerla. Era un maestro della persuasione quando voleva. Lo ricordava ancora mentre negoziava le tariffe della sua paghetta quando aveva nove anni. Non aveva mai avuto via di scampo.

Davanti al molo, Megan batté le mani e gridò un buongiorno che zittì la folla. Era una personal trainer, il che non la sorprendeva. Le ricordava la sua insegnante di educazione fisica a scuola, che trasudava energia queer. Giovanni aveva già generato un figlio queer, ma forse ne aveva due e Megan l'avrebbe realizzato tardi. Non sarebbe stata una cosa da poco.

"Questa mattina faremo kayak e paddle boarding. Poi pranzeremo. Dopo pranzo, ci avvatureremo un po' di più con il parasailing. Divertitevi tutti, grazie per essere qui e per aver condiviso questa esperienza con me!"

* * *

Era senza dubbio il miglior addio al nubilato a cui Jen avesse mai partecipato. Non aveva mai fatto paddle boarding prima d'ora, e cercare di stare in equilibrio, cadere e rialzarsi era la cosa più divertente che avesse mai fatto. Era anche una metafora della vita.

Era in coppia con Amber, che aveva un equilibrio perfetto, ma non aveva fatto altro che incoraggiarla. Giovanni poteva essere un donnaiolo, ma le donne che sceglieva erano sempre eccezionali. Anche Jen sperava di rientrare in questa categoria.

In lontananza, si era accorta che anche Brooke e Patsy

stavano ridendo e si stavano divertendo. Era contenta di mescolarsi con le altre donne, le ricordava che era lì per rilassarsi e distendersi. Non ci era ancora riuscita.

Quel pomeriggio, però, sarebbe stato l'opposto del relax, perché era stata abbinata a Brooke per il parasailing. Ovviamente. Quando Megan aveva annunciato le coppie dopo pranzo, Jen voleva morire.

L'istruttore, un uomo dai capelli scuri di nome José, fece salire il gruppo di 12 persone sulla barca e li fece sedere sulle panche che correvano lungo entrambi i lati. Era stretto, il che significava che la coscia di Jen era schiacciata contro quella di Brooke. Teneva lo sguardo fisso davanti a sé mentre José spiegava cosa sarebbe successo e come non avrebbero dovuto, per nessun motivo, slacciare l'imbracatura.

"Chi diavolo lo fa?", chiese Amber.

"Troppe persone", rispose lui.

Jen cercò di ascoltare il più possibile le indicazioni, ma la sua mente era altrove. Perché Brooke aveva accettato di essere la finta fidanzata di Noah per le vacanze? Era etero o queer? Jen voleva sapere tutto, ma non era il momento di chiedere. Non con tutti gli altri familiari di Noah presenti. Anche Brooke sembrava nervosa, il suo sorriso normalmente radioso si era spento. Sapeva che Jen sapeva? Aveva paura delle altezze? La realtà era che Jen avrebbe potuto scrivere su un piccolo post-it tutto quello che sapeva di Brooke.

Bella. Tormentata. Problemi con la mamma. Grande ballerina. Sexy. Ama Noah in qualsiasi veste.

"Capito tutto? Ci sono domande?"

Brooke alzò la mano come se fosse a scuola. "Per quanto tempo resteremo lassù?"

"Sette minuti. L'intera esperienza dura circa 15 minuti: venite imbragati, salite e scendete. Per il resto, si sfreccia su questa barca, si scattano foto ai propri amici e si urla a squarciagola".

"Sette cazzo di minuti", mormorò Brooke sottovoce.

"Fantastico. Facciamolo!" Era Serena.

José sorrise. "Speravo che lo dicessi tu. Le prime sono Serena e la futura sposa Megan. Fate loro un applauso di incoraggiamento!"

Jen applaudì, poi le osservò mentre venivano legate alle imbracature laterali. Quando José fu soddisfatto, attivò la vela e mostrò loro come appoggiarsi e sedersi nell'imbracatura. Quando entrambe fecero un cenno, gridò al capitano e la barca prese velocità. Poi la corda si allungò e Serena e Megan si sollevarono con urla enormi. Presto sarebbe stata lei. Se ci avesse pensato troppo, sarebbe diventata nervosa quanto Brooke.

José passò davanti a loro e le indicò. "Siete le prossime, quindi preparatevi".

Quel poco sangue che c'era sul viso di Brooke defluì visibilmente.

Jen si accigliò.

"Stai bene?"

"Sì, solo che... non sono una grande fan delle altezze. O degli squali".

Nessuno era fan degli squali, a parte le persone che studiavano la fauna marina. Gli squalofili? "Non ci sono squali qui, te lo garantisco".

"No. Ma se cadiamo nell'oceano, potrebbe essercene qualcuno".

Non aveva tutti i torti. "Non cadremo nell'oceano".

Quello che sembrava un breve istante dopo, si fecero strada sul retro della barca, il rombo del motore annegò ogni nervosismo che Jen provava. In qualche modo, se Brooke esitava, doveva essere lei quella forte. Era determinata a svolgere quel ruolo. Senza pensarci, mise la mano sulla schiena di Brooke, guidandola verso il loro posto sul bordo della barca. Il tocco le provocò una scossa elettrica e mormorò un'imprecazione sottovoce.

Quando alzò lo sguardo, Brooke la fissò con un sorriso inquieto.

"Andrà tutto bene", le disse Jen.

Fece un respiro profondo. "Non moriremo?"

Jen scosse la testa. "Te lo garantisco. È nelle regole dell'addio al nubilato. E poi, è un bene per te. Per entrambe. Cosa dicono i guru fissati con lo stile di vita? Che devi sfidare te stessa ogni giorno? Fare qualcosa che ti spaventa?" L'avevano già fatto. Jen tese una mano. "Ci siamo".

Brooke non abbassò lo sguardo. "Ci siamo".

Pochi istanti dopo, Serena e Megan atterrarono di nuovo sulla barca tra una marea di urla. Serena non riusciva a smettere di sorridere mentre veniva slegata.

"Oh mio Dio, vi piacerà da morire. È una scarica di energia! Assicuratevi di aggrapparvi alla barra sopra la testa e di appoggiarvi allo schienale!" Strinse il braccio di Jen mentre passava, i suoi capelli selvaggi, il suo sorriso contagioso.

Il cuore di Jen batteva forte nel petto. Era fuori dalla sua zona di comfort. Quando era stata l'ultima volta che aveva fatto qualcosa di così audace? Non riusciva a ricordare. Non contava l'ultima volta che Rhian aveva dato una festa e, dopo aver bevuto troppo vino, era salita sul trampolino dei suoi figli. Aveva passato tutto il tempo a chiedersi se il suo pavimento pelvico fosse davvero così forte come sperava. Meno male che lo era.

Il parasailing era rischioso, ma anche stare vicino a Brooke. Quella vacanza la stava mettendo a dura prova sotto molti punti di vista.

José le legò entrambe: l'imbracatura sosteneva la loro schiena, poi passava sotto le gambe (fornendo una fragile sedia), prima di attaccarsi a una barra sopra le loro teste. A parte quello, in pratica penzolavano fianco a fianco nell'aria, spinte da un'enorme vela posteriore. "Pronte a partire?" Chiese José.

"Assolutamente", rispose Jen.

Brooke non disse nulla mentre José faceva un passo indietro, soddisfatto.

La barca prese velocità e quando Jen guardò a sinistra, Brooke era molto pallida. Allungò il braccio e le prese la mano. "Ce la puoi fare".

Brooke le fece un lievissimo cenno, proprio mentre José gridava: "Pronte, signore!" In pochi istanti furono sollevate dal ponte e portate in aria.

Non appena i piedi ai staccarono dalla barca, Jen pensò che avrebbe perso gli organi interni. Il suo sangue fu sostituito da adrenalina pura mentre navigavano nel cielo. Accanto a lei, Brooke fece un lungo urlo penetrante. Non aveva scherzato quando aveva detto di essere spaventata. La presa che aveva sulla mano di Jen minacciava di interromperle la circolazione.

"Porca miseria, è stato così veloce!" Brooke urlò, con gli occhi spalancati e il volto impietrito. "E ogni volta che guardo giù, giuro che appaiono gli squali".

Il vento le superava a velocità sostenuta mentre salivano ancora più in alto, i fischi selvaggi della barca sottostante diventavano sempre più distanti. "Tieni gli occhi davanti a te e non guardare giù", consigliò Jen. Anche lei avrebbe seguito quel mantra. Man mano che salivano, lo stomaco di Jen si abbassava un po' di più e lei stringeva forte le cinghie dell'imbracatura.

Ma poi, dopo circa un minuto, tutto si calmò. La barca le tirava. Il vento le sosteneva. Il paracadute sopra di loro assicurava la planata.

Si tenevano ancora per mano. Erano in aria. Era una bella sensazione.

"Sei ancora viva?" Jen girò la testa.

"Credo di essere morta e il mio cadavere è quassù con te". Brooke le fece un sorriso tirato, scrollò le spalle e ritirò la mano. "Grazie per il sostegno". Poi guardò in basso, prima di rialzare la testa così velocemente che Jen giurò di averla sentita scattare.

"Vorrei *davvero* non averlo fatto. Siamo così in alto, cazzo. La barca è così piccola, cazzo! Il mare sembra una pozzanghera. Ci sono ancora gli squali". Fece un respiro profondo, poi chiuse gli occhi. "Ma se tengo gli occhi chiusi e mi concentro sulla brezza sul viso, è stranamente tranquillo".

Jen annuì. Il cuore le batteva ancora forte nel petto, ma era un bel battito. Un battito che la faceva sentire viva. Quando i loro sguardi si incontrarono, fu un momento di gioia. Lo stavano facendo insieme.

"E sai una cosa? Se posso fare questo, posso fare qualsiasi cosa!" Brooke si piegò un po' all'indietro, urlò, poi si raddrizzò immediatamente. "A piccoli passi". Afferrò l'imbracatura, mormorando "oh Dio oh Dio oh Dio" sottovoce. "Ci è permesso di piegarci all'indietro? Era nelle regole? Non stavo ascoltando mentre lui parlava".

Jen sorrise, afferrò la barra, poi si appoggiò allo schienale, fissando la calotta del paracadute, felice di condividere quel momento. Brooke poteva essere pietrificata, ma stava superando le sue paure. Non era quello il senso della vita?

"Fanculo le regole, possiamo fare quello che vogliamo quassù. Siamo solo su una grande sedia fatta di cinghie. Una sedia molto alta, certo, ma guarda la vista che ci offre". Sotto, l'oceano metallico luccicava nel sole del pomeriggio. Gli uccelli volteggiavano nelle vicinanze e davanti a loro il cielo era senza nuvole. Era ciò per cui Jen era venuta, era sicuramente il cambiamento di scena che cercava.

Anche Brooke faceva parte dell'inaspettato cambio di scena. Era il *colpo* di scena. Anche se era spaventata, aveva comunque un aspetto radioso, i capelli scompigliati dal vento e le guance arrossate. Mentre scivolavano, Jen fece un respiro profondo, lasciando che l'aria salata le riempisse i polmoni. Aveva paura, sì, ma non solo dell'altezza. Aveva paura dei sentimenti che le salivano dentro. Aveva paura di quello che sarebbe successo se li avesse lasciati emergere completamente.

Brooke, afferrandole il braccio, la scosse dai suoi pensieri. "Oh mio Dio, ci ho appena pensato. Come facciamo a scendere da qui?"

Jen si accigliò. "Non hai visto Serena e Megan scendere?"

Scosse la testa. "Ho chiuso gli occhi quando hanno iniziato a urlare".

Jen ridacchiò. "È stato facile. Le hanno semplicemente tirate".

"Come un aquilone?" Le nocche di Brooke diventarono bianche. "Sono pessima a far volare gli aquiloni. Vanno in picchiata. Capisci cosa intendo? Si alzano di botto, si agitano nell'aria e poi vanno in picchiata". Chiuse gli occhi con forza. "Cazzo, e se ci schiantassimo?"

Jen non ci aveva pensato e non ci pensava nemmeno adesso. "Stai volando, concentrati su questo. Stai volando sopra il mondo. Stai vivendo una nuova esperienza. E poi, Serena e Megan sono scese senza problemi. Fai respiri profondi. Segui me. Dentro. Fuori". Aspettò che Brooke ripetesse.

Qualche istante dopo, Brooke le rivolse un piccolo sorriso. "Grazie. Sei la compagna ideale per il parasailing. La mia prima e ultima".

Jen fu attraversata da un'ondata di calore. "Sono felice di essere la tua prima e ultima".

Suonava davvero sbagliato. Jen trattenne il respiro e non guardò Brooke.

Sotto di loro, l'imbarcazione fece una virata, ma la loro traiettoria non deviò.

"Ma nel caso in cui morissimo, o io rimanessi mutilata nell'atterraggio, dona i miei organi: mia madre è contraria e, in quanto mia unica parente in vita, deciderebbe lei. E se dovessi sopravvivere per miracolo, ricordami di lasciare il mio lavoro che odio prima di aprire un mutuo e poi, all'improvviso, ritrovarmi a 50 anni a chiedermi come ci sono arrivata".

Jen sbatté le palpebre. Era tanta roba molto importante da assimilare. "Ho capito. Lo ricorderò a tua madre se morirai, e lo ricorderò a te se vivrai".

"Grazie. Vuoi che ti ricordi qualcosa in cambio?"

Jen pensò per un attimo. "No, sono abbastanza felice della mia vita". Fece una pausa. "Forse di essere più coraggiosa. Di affrontare le mie paure". Una di queste era Brooke. "Di fare le domande che ho bisogno di fare". Ma non adesso.

"Più tardi beviamo una tequila sulla spiaggia e brindiamo".

"Se sopravviviamo, certo", sorrise Jen.

"Non cominciare".

Erano di nuovo in linea con la barca e uno strattone al filo le fece sobbalzare entrambe. Stavano tornando indietro. Jen spinse la testa indietro verso la vela per ringraziarla di aver fatto il suo lavoro. Pochi minuti dopo, José gridava loro di afferrare la barra sopra la testa. Quando Jen guardò a sinistra, Brooke aveva gli occhi chiusi.

"Brooke, apri gli occhi, devi vedere per atterrare".

Lei obbedì e, in pochi secondi, José le guidò verso la barca e atterrarono senza nemmeno un urto.

"Grazie, José", gli disse Jen, districando l'imbracatura dal corpo. "Se non altro, mi hai risparmiato una conversazione molto imbarazzante con la mamma di Brooke".

Capitolo 11

Era ufficialmente una cazzo di idiota. Quando Jen tornò dal bar della spiaggia con il gin tonic, Brooke ne fu certa. L'unica persona su cui voleva fare colpo era Jen. Invece, aveva dato di matto come una bambina e le aveva praticamente detto cosa fare in caso di morte. Davvero scema, non riusciva a essere normale con lei, a tenere sotto controllo le emozioni. O forse Jen l'aveva spogliata della sua armatura, aveva tirato fuori la vera lei.

Era un pensiero molto spaventoso.

Erano riuscite a non parlare della sera prima durante la cena con il gruppo, ma ora erano solo loro due. Noah era andato al bar con suo padre, il resto degli uomini, Serena e le sue sorelle per guardare il calcio. Noah odiava il calcio, così Brooke gli aveva dato un casto bacio mentre se ne andava, insieme a un "goditi le palle, tesoro!" Lui aveva ricambiato alzando le sopracciglia all'inverosimile.

Lei e Jen erano tornate alla baia per bere qualcosa al bar del patio che si affacciava sulla spiaggia. C'erano lucine appese al fogliame dietro di loro e l'aria aveva un odore diverso, di sera. Meno crema solare, sabbia calda e oceano salato. Una fresca brezza di raffinatezza e possibilità frusciava tra le palme.

Il che significava che doveva tenersi sotto controllo. Forse sotto doppio controllo.

Il ghiaccio tintinnava nei loro drink quando Jen li posò. Il suo viso era già abbronzato da una giornata in acqua, la sua fossetta era irresistibile, il suo sorriso rilassato. Molto più di quanto non fosse stato all'inizio della giornata. Allora Jen si era premurata di evitarla, ma non c'era più riuscita quando erano state legate insieme a mezz'aria, con Brooke che aveva avuto un crollo.

Non aveva intenzione di pensarci. Era passato, non poteva cancellarlo, per quanto lo volesse. E comunque, il suo crollo aveva sciolto il ghiaccio tra loro.

Sul palco, alla loro sinistra, una donna salì e regolò il microfono, poi consultò alcuni appunti. Quando iniziò a cantare, sia Jen che Brooke girarono la testa. Aveva una voce vellutata e un viso e un corpo all'altezza.

"È una cantante da sogno", disse Brooke. "E anche bella".

Cazzo. Aveva pronunciato quelle parole prima di poterle fermare, ma la madre del suo finto fidanzato era il pubblico sbagliato. *Cazzo*. Però l'aveva baciata, quindi aveva già vuotato il sacco per metà. Era così stanca di reprimersi in quella vacanza. Come facevano le persone che non erano out? Li ammirava, la loro vita doveva essere estenuante.

"È vero", concordò Jen, fissando la cantante.

Brooke si strozzò con il suo drink.

Il commento aleggiava tra loro, come un'insegna al neon.

Le guance di Jen diventarono rosa come la sua camicia di lino, poi alzò un indice. "Non muoverti". Sparì verso il bar e Brooke cercò, senza riuscirci, di non ammirare il modo in cui i pantaloncini aderenti di Jen le abbracciavano il sedere.

Cercò anche di non fissarle la scollatura mentre tornava con due bicchierini di tequila, tenendoli in mano come se fossero d'oro. "Ricordi il nostro patto di prima?"

Jen passò la lingua sul dorso della mano, poi aggiunse il sale. Brooke non riusciva a distogliere lo sguardo. Un nodo di desiderio le si era formato nel basso ventre.

Cazzo. Aveva sperato che l'attrazione sparisse.

Al contrario, sembrava essere sempre più forte. E poi, a Jen piaceva la tequila.

Leccò via il sale, bevve la tequila, succhiò la fetta di limone, poi alzò un sopracciglio verso Brooke che trasalì.

Brooke seguì l'esempio, poi ne presero un altro ed entrambe brindarono di nuovo. Il secondo shot aveva quasi un buon sapore. Le luci si fecero più intense. La cantante era divina, proprio come Jen di fronte a lei. Forse Brooke avrebbe dovuto mangiare quel panino a cena, avrebbe potuto assorbire un po' di alcol.

"Adoro gli shot. Sono un'altra piccola cosa che la gente non apprezza". Brooke fece scorrere il dito intorno al bordo del bicchiere. "Sono minuscoli, ma hanno un bel peso".

"Hai proprio ragione". Jen si morse il labbro inferiore.

Brooke cercò di non fissarlo.

"Ricordi che ti ho detto che volevo diventare più coraggiosa prima, quando eravamo in cielo?"

Brooke annuì. Lo sguardo le cadde di nuovo sulle labbra di Jen. Erano di una profonda tonalità cremisi, grazie al rossetto che aveva applicato.

Jen prese fiato prima di continuare. "Voglio farti sapere che ho sentito te e Noah l'altro giorno. Al corso di cucina. Mentre dicevate di essere finti fidanzati".

Ogni muscolo del corpo di Brooke scattò e si tese. Cos'altro aveva sentito?

"Lui parlava di un certo Chad dicendo che era quello giusto". Jen fece un respiro profondo. "Non voglio saltare alle conclusioni, ma due più due fa quattro. Ecco cosa penso: tu sei una grande amica di Noah, lui ti ha in qualche modo convinta a diventare la sua ragazza per questo viaggio, e ora ha incontrato qualcuno e ti ha lasciata a bocca asciutta. Come sto andando?"

Il terrore le colava addosso come uno sciroppo.

"Molto bene".

"Non devi dirmi perché, anche se immagino che sia a causa di Gio. Ma non è mai stato un piano che potesse funzionare a lungo termine. Per quanto tempo ha pensato di continuare la farsa?" Jen agitò una mano. "So che dovrei parlarne prima con Noah e non metterti in difficoltà. Ma noi… sembriamo attratte l'una dall'altra, non è vero? E lui non è qui".

Brooke scosse la testa. "Voleva dimostrare a suo padre che poteva essere un uomo "vero" con una donna al suo fianco. Così Gio lo avrebbe accettato. Noah ha intenzione di dirgli la verità dopo il matrimonio". Era davvero un piano stupido, ora che lo ripeteva. "Ho cercato di convincerlo a uscire allo scoperto e a farlo fin dall'inizio, ma Noah è stato irremovibile: questa era la cosa migliore. Ora che sono qui e ho conosciuto tutti, però, vorrei davvero non essere coinvolta".

Soprattutto da quando aveva conosciuto Jen.

Jen scosse la testa e un velo di tristezza si posò sul suo viso. "A volte è proprio un idiota". Sollevò una mano. "Volevo solo farti sapere che avevo sentito, perché mi sembrava disonesto non dirtelo. Dovrei parlargli, no? Ma lui è fuori a fare l'uomo".

Sospirò. "Se capissi cosa succede nella testa di un uomo, sarei una donna ricca. E chiaramente non importa quale sia il loro orientamento sessuale, il processo è sempre lo stesso". Jen fece una pausa, catturando di nuovo lo sguardo di Brooke. "Noah è bisex? Pan? O è semplicemente gay?"

Oh, cazzo. Quella era la conversazione che Brooke aveva sperato di evitare.

"Certo che è gay", era quello che voleva dire.

Ma non spettava a lei, anche se la madre di Noah era sorprendente. "Credo che sia una cosa di cui dovrai parlare con lui". *Per favore, non chiedermi altro.*

Per fortuna Jen capì. "Mi dispiace. Sì, è vero. Gli parlerò".

Un cameriere si presentò proprio in quel momento per ritirare i bicchieri.

"Possiamo averne altri due, per favore?" Chiese Brooke. Dopo quella rivelazione, sembrava la soluzione perfetta.

Arrivarono in un attimo.

Brooke alzò il bicchiere pieno di tequila. "All'onestà". Anche se in alcune occasioni era sopravvalutata.

"Ad essere più coraggiosa. A fare le domande che ho bisogno di fare". Jen fece una pausa. "Ora sono in piena attività. E tu?" Trattenne lo sguardo di Brooke. "Dopo l'altra sera sulla spiaggia, presumo che tu non sia del tutto etero".

La risata nervosa di Brooke squarciò l'aria. "Cosa mi ha tradita?"

Si scambiarono uno sguardo così intenso, così elettrico, che per un attimo Brooke si dimenticò di respirare. Poi strinse lo sguardo e non interruppe la connessione. "Ti dirò la mia risposta, se tu mi dici la tua". Non era solo Jen a diventare audace, vero? La tequila doveva rispondere di molte cose.

Tuttavia, dopo quel breve ma emozionante bacio, credeva che anche Jen fosse un po' queer. Doveva averci almeno pensato.

Jen si leccò le labbra, poi annuì. "Ok, tocca a te. Beviamo prima il nostro shot? Coraggio liquido?"

Brooke lasciò che un sorriso felice le attraversasse il viso. "Non ho bisogno di coraggio. Sono queer al cento per cento". Accidenti, era bello dirlo. Immediatamente, il peso di mille mattoni si spostò dalle sue spalle e si frantumò a terra. Bevve il suo drink e posò il bicchiere sul tavolo con un colpo secco. Poi scosse la testa come un cane che esce da una piscina.

Jen la fissò a bocca aperta. "Giusto". Lo sguardo le cadde sulle labbra di Brooke.

Un omaggio.

"Comincio a pensare che forse non sono così etero come pensavo una volta. Diciamo che questa vacanza mi ha aperto gli occhi". La voce di Jen, di solito così chiara, divenne rauca quando disse l'ultima parte. I suoi occhi si spostarono a sinistra e poi a destra.

Era nervosa.

Anche Brooke lo era.

Perché le parole che entrambe avevano pronunciato non potevano essere rimangiate.

La libido di Brooke si risvegliò in quel momento, il desiderio la percorse dalla testa ai piedi.

Era rinato qualcosa che aveva del tutto escluso.

Questo però non lo rendeva meno complesso, perché era comunque la mamma di Noah.

La mamma di Noah, cazzo.

Con la sua splendida fossetta che fissava Brooke.

Se fosse successo qualcosa, Noah non l'avrebbe mai perdonata.

Anzi, l'avrebbe uccisa.

Ma questo non fermò il pensiero di slacciare lentamente la camicia di Jen, bottone per bottone, e di leccare la sua scollatura dal basso verso l'alto. Brooke scommetteva che aveva un sapore dolce e proibito.

Chiuse gli occhi. Quei pensieri non erano sicuri in nessun momento, soprattutto quando era un po' ubriaca e sola con Jen che aveva appena detto che forse non era così etero come pensava.

Come se si fosse resa conto di ciò che aveva detto, le guance di Jen si incendiarono di rosso vivo. Il suo sguardo era carico, così come l'enorme boccata d'aria che prese. "E ora mi sento molto esposta e vulnerabile".

Brooke si avvicinò. Jen poteva sentirsi esposta e vulnerabile, ma era anche bellissima. "Ma ti fa sentire bene? Dirlo ad alta voce? Perché io sono stata malissimo a vivere questa bugia".

Se Jen voleva essere coraggiosa, poteva esserlo anche Brooke.

Jen fece un lieve sorriso. La sua fossetta le ammiccava. "È vero. Soprattutto dopo quello che è successo l'altra sera". Il suo sguardo si soffermò sul viso di Brooke. "Qualcosa che mi piacerebbe accadesse di nuovo".

Ora era Brooke a sentirsi esposta e vulnerabile.

Il suo cuore inciampò sul battito successivo.

Capitolo 12

Si fermarono sul sentiero che portava alla camera di Brooke e Noah. Il profumo dei fiori bianchi e gialli era forte accanto a loro. Alla loro destra, due coppie passeggiavano, senza fare caso all'energia frizzante che crepitava tra Jen e Brooke. Quando Jen incrociò lo sguardo scintillante di Brooke, la attraversò un leggero tremore.

"Ho passato una notte davvero piacevole". Lo sguardo di Brooke non vacillò. "Ti va un ultimo drink?"

L'attesa faceva agitare lo stomaco di Jen. "Drink" significava la stessa cosa nel mondo lesbico? Si aspettava che il suo cervello le desse una roulette di *Sì, No, Forse*, ma la sua risposta fu istintiva. "Certo. Ma forse nel mio patio?"

Brooke fece un breve cenno di assenso. "Fammi mettere le infradito. Questi sandali mi danno fastidio ai piedi".

Infilò la chiave nella porta e la spinse, poi si scontrò con la porta quando non si aprì. Fece tintinnare la maniglia, poi bussò. "Noah. Sei lì dentro?"

Bussò di nuovo.

Molto tempo dopo, la porta si aprì e Jen sentì la voce bassa di Noah e poi quella agitata di Brooke. La porta si chiuse e Brooke si diresse verso di lei, con le infradito e la testa bassa.

"Tutto bene?" Jen fece un paio di passi lungo il sentiero. Noah era lì dentro con qualcun altro? Se sì, non andava bene. Voleva quasi scendere, battere la mano sulla porta e ordinare a entrambi di uscire, ma non era il problema che doveva affrontare quella sera. Ci avrebbe pensato l'indomani.

Brooke alzò lo sguardo, mise le mani sui fianchi e scosse la testa. "Vogliamo bere qualcosa da te?"

Quando entrarono nella sua stanza, la pelle di Jen formicolò. Da lei, in uno spazio con un letto. Le fece accelerare il battito. Doveva fare qualcosa per spostare quell'immagine. Si avvicinò al frigorifero e ne valutò il contenuto. "Birra? O altra tequila?" Indicò con un gesto la tequila sulla parete, accanto a gin e vodka.

"Una birra va bene". Brooke fece una pausa. "Ripensandoci, possiamo andare a sederci sulla spiaggia e non nel tuo patio? È ancora troppo vicino a Noah e a qualsiasi cosa stia succedendo in questo momento nel mio letto".

L'ipotesi di Jen era stata giusta. "Possiamo fare quello che vuoi".

Lasciarono le infradito sul bordo del patio di Jen e scesero i gradini, attraversarono la fessura della piccola siepe e raggiunsero la spiaggia. In alto, la luna era splendida e sembrava una grande pizza incandescente uscita dal forno cosmico. Non si limitava a illuminare la notte, ma aggiungeva un intero strato di atmosfera romantica. Come se l'universo avesse acceso un cartello "non disturbare", regalando loro una fetta perfetta di luce lunare. Davanti a loro, il mare nero come l'inchiostro era incredibilmente immobile. Si sedettero sulla sabbia soffice, senza nessun altro intorno.

"Non è incredibile che in questo resort tutti siano in

camera o al bar o al ristorante? Nessuno vuole stare in spiaggia di notte". Brooke fissò l'acqua.

Jen annuì. "Sono creature abitudinarie, la spiaggia è un'attività diurna. È quello che gli viene detto e ci credono".

"Proprio come Noah ha detto a tutti che stiamo insieme, e loro ci credono. L'apparenza inganna".

Il suo cuore si precipitò verso Brooke come una marea. "Non deve essere facile per te. Mi dà fastidio che si comporti così. Se avete fatto un patto, dovrebbe rispettarlo".

"Dovrebbe. Vorrei strangolarlo in questo momento". Brooke soffocò una risata triste. "Scusa, so che è tuo figlio. È solo che mi ha promesso che mi avrebbe messa al primo posto in questo viaggio. Ho stupidamente sperato che dicesse la verità. Non è successo spesso nella mia vita". Scosse la testa. "Scusa, sto parlando di nuovo troppo".

Jen scosse la testa. "No". Anche lei avrebbe voluto strangolare Noah. "Se può servire, il suo processo decisionale è sempre stato imperfetto. Da ragazzo preferiva Britney a Christina, nonostante io gli facessi costantemente notare i suoi errori".

Questo portò un sorriso sulle labbra di Brooke. "Conosce ancora ogni parola di 'Toxic'. Hai visto la tuta blu scintillante che ha indossato a quella festa in maschera all'università, quando si è vestito da Britney?"

"Mi ha mandato una foto. Ero molto orgogliosa". Jen sorrise ricordando il suo volto felice. "Per questo non mi ha sorpreso quando mi ha presentato un fidanzato. Tu sei stata l'unico colpo di scena".

I loro sguardi si incrociarono. Jen dovette concentrarsi sul suo respiro.

Dentro. Fuori.

Dentro. Fuori.

"Una palla curva, quando si trattava di mio figlio. E ora, una palla curva anche per me". Le si spense qualcosa nel cervello, ma poi si tranquillizzò. "Visto come sono diventata coraggiosa?"

"Impressionante".

Brooke si sfiorò il labbro superiore con la lingua.

Jen lo seguì per tutto il percorso.

La tensione pulsava tra loro come un elastico teso. "In un certo senso, ammiro Noah". La voce di Brooke ora era morbida. "È un romantico, questo è il suo problema. Ha promesso di essere un ottimo finto fidanzato per le vacanze, e all'epoca lo pensava davvero. Poi ha incontrato una persona che gli ha rubato il cuore e se l'è data a gambe".

"Spero che apprezzi il fatto che sei una buona amica".

Brooke scosse la testa con un sorriso ironico. "Da qualche parte nel profondo, forse". Fece una pausa. "Ma Noah non valuta le conseguenze, fa le cose e basta. Non sono sempre giuste, ma a volte ti cambiano la vita". Sorrise a Jen in un modo che le attraversò il corpo come un fuoco d'artificio, solo che quel sentimento non poteva emergere da nessuna parte, quindi rimase intrappolato.

Jen bevve un altro sorso della sua birra per avere qualcosa da fare. Una goccia di condensa scendeva lungo il lato della Corona. La fermò con un dito.

Brooke si spostò a destra finché la sua coscia non toccò quella di Jen.

Questa volta Jen dimenticò di respirare. Non le importava nemmeno un po'. Era molto felice di essere lì, con lo sguardo di Brooke su di lei. Non le importava che fosse più giovane di 15 anni, era talmente figa da far sentire Jen eccitata come non succedeva da anni. Accendeva di desiderio ogni cellula del suo corpo.

Le dita di Brooke si posarono sul ginocchio nudo di Jen.

Jen era sicura che il mare fosse ancora lì. La sabbia era ancora tra le sue dita dei piedi. Il cielo non era caduto, eppure tutto ciò che riusciva a sentire era il battito del suo cuore. Sentiva solo le dita di Brooke sulla sua pelle affondare nel suo stesso essere e mettere in dubbio chi fosse e cosa volesse.

Jen guardò a sinistra. Quando lo fece, gli occhi di Brooke erano pesanti su di lei, con le pupille che quasi oscuravano le sue iridi, un anello d'oro scintillante intorno a un vuoto vasto e oscuro.

Brooke si avvicinò ancora di più, tanto che ora Jen poteva sentire il suo respiro sul viso.

All'interno del suo petto, il cuore iniziò a fare delle flessioni.

"Oggi, quando pensavo di morire in volo, abbiamo parlato delle cose che dovevamo cambiare nelle nostre vite". La voce di Brooke si riverberò in Jen. "Il rapporto con mia madre, il mio lavoro di merda. Ma ce n'era un'altra che avevo troppa paura di dire".

A Jen venne la pelle d'oca mentre aspettava che riempisse gli spazi vuoti.

"Che volevo baciarti di nuovo". Lo sguardo di Brooke scese sulle labbra di Jen. "Voglio baciarti come non ho mai voluto baciare nessuno in vita mia".

Lo stomaco di Jen sprofondò come se qualcuno vi avesse legato un'ancora e l'avesse gettata in mare.

Pochi istanti dopo, Brooke colmò la distanza tra loro e premette le labbra sulle sue, facendole girare la testa. Jen ci mise un attimo ad affondare nelle labbra di Brooke. Quando le mosse, il sangue le affluì di botto al cuore. Questa volta non si sarebbero separate in fretta.

Le labbra calde di Brooke disegnarono schemi di desiderio che Jen non ebbe difficoltà a seguire. Quando avvicinò il suo corpo e avvolse le dita intorno alla vita di Jen, si abbandonò al bacio, come se fosse quello che aveva aspettato per tutta la vita. Le luci danzarono all'interno delle sue palpebre. Il cuore le si accese nel petto. In lontananza partirono dei violini.

Una cosa era certa: non era mai stata baciata così in tutta la sua vita.

Jen allungò una mano e la posò sul seno di Brooke, il primo seno che Jen avesse mai deliberatamente toccato che non fosse il suo. Ma non si scompose. Anzi, lo strinse leggermente e fu ricompensata con un piccolo gemito.

Era già uno dei suoni preferiti di Jen. Che suono avrebbe fatto se si fosse messa a cavalcioni su di lei e l'avesse scopata fino a farla venire?

Ciò che restava della mente di Jen implose di fronte a questa allettante possibilità.

Pochi istanti dopo, i denti di Brooke strinsero il suo labbro inferiore, poi la sua bocca tracciò una linea di languidi e umidi baci lungo il mento e il collo prima di leccare la clavicola. Ogni tocco delle sue labbra sulla pelle di Jen provocava una reazione chimica all'interno, insieme a un'eccitazione nel suo cervello.

Jen era già stata baciata da molti uomini. Alcuni di loro erano stati gentili, altri rudi. Ciò che accomunava tutti, però, era la mancanza di ciò che Brooke aveva. Baciava nel modo esperto che Jen aveva aspettato per tutta la vita. Non aveva previsto che fosse una donna, il che lo rendeva ancora più dolce.

Quando Jen ricambiò il favore e fece scivolare la lingua nella bocca di Brooke, pensò di non aver mai provato una sensazione così giusta. Così perfetta. Avrebbe venduto un rene per rimanere in quel momento, solo loro due, con le labbra unite. Il sole sarebbe sorto, ma loro sarebbero state ancora lì, su quella spiaggia, a baciarsi come se nulla avesse importanza. Perché, in quel momento, nient'altro aveva importanza.

La mente di Jen ebbe un sussulto, seguito rapidamente dallo stomaco, quando Brooke interruppe il loro legame. Trattenne lo sguardo di Jen, i suoi occhi scuri facevano mille domande, ma la sua bocca non si muoveva.

Alla fine, Brooke fece un accenno di sorriso, poi aggrottò la fronte.

Jen spostò un capello dal viso di Brooke, poi le passò un dito sulla guancia.

Brooke chiuse gli occhi ed espirò. "Non ero sicura… cioè, pensavo che fossimo sulla stessa lunghezza d'onda, ma non ero sicura…"

"*Siamo* sulla stessa lunghezza d'onda". Jen premette di nuovo le labbra su quelle di Brooke. In quel momento, tutto il suo corpo si illuminò come una giostra da luna park. Le loro labbra e le loro lingue si intrecciarono ancora un po' e questa volta Brooke infilò le dita tra i capelli di Jen. Le provocò un brivido lungo la schiena. Voleva che le mani di Brooke toccassero ogni parte di lei. Il suo cuoio capelluto era un inizio, un punto di partenza per molto di più. L'unico punto critico era…

Jen sobbalzò come se si fosse appena seduta su un traliccio elettrico.

Brooke si allontanò, la piega della fronte tornò a farsi vedere. "Che cosa c'è?"

Jen fece un respiro profondo. Se solo Brooke non fosse stata così bella da togliere il fiato, sarebbe stato molto più facile. "Niente. Non lo so. È solo che…"

"Non dire che è troppo complicato…"

Entrambe si morsero le labbra in contemporanea, poi fissarono il mare. Jen cercò di riprendere fiato, ma era difficile. Tutto il suo sistema era sovraccarico di sensazioni. Non aveva idea di come avrebbe affrontato la situazione se fossero andate a letto insieme, ma non poteva concentrarsi su quello adesso. Come poteva appianare quel momento? Voleva riavvolgere il nastro, tornare indietro fino alla beatitudine, ma non era così facile. Un momento prima, tutto era stato perfetto, ma non appena erano tornate alla realtà, non poteva succedere.

Jen era lì con suo figlio, il suo ex e tutta la sua famiglia allargata.

Aveva baciato la migliore amica e finta fidanzata di suo figlio.

Suo figlio era gay e in quel momento stava facendo sesso con un uomo.

I pensieri le rotolavano nel cervello come un flipper sovraccarico.

Ma poi Brooke mise le mani ai lati del suo viso e cercò il suo volto con lo sguardo. "Non posso più far finta che non ci sia niente tra noi. E sì, so che è complicato, e che ti ho detto di non dirlo, ma non riesco quasi a respirare quando mi sei vicina. Ogni volta che ti vedo vorrei toccarti. Non è mai successo prima. Questo è l'unico momento in cui riusciamo a stare da sole. Non voglio solo baciarti".

"Nemmeno io voglio solo baciarti". Era la pura verità. Jen non poteva non dirla.

Brooke non aspettò altre parole. Forse il volto di Jen diceva più di quanto potesse dire a voce. Invece, Brooke allungò lentamente la mano e con dita tremanti slacciò i bottoni della camicia di Jen. Allentò la stoffa all'indietro, si avvicinò e slacciò il reggiseno come aveva fatto altre volte, poi coprì i seni con baci leggeri come piume.

Il mondo si fermò. I loro baci erano stati una cosa, aprire il resto del suo corpo era un altro livello. Jen sapeva benissimo quale sarebbe stato il livello successivo, ma era pronta. Più pronta di quanto avesse mai pensato di essere.

Aggrovigliò le dita nei capelli di Brooke, rovesciò la testa all'indietro, con gli occhi chiusi, e la tirò più vicina a sé.

In cambio, Brooke le morse il capezzolo.

Il clitoride di Jen le lanciò una fitta. Il desiderio la attraversò. Il calore le esplose nel petto.

"Ti voglio davvero", disse Brooke, mentre la sua lingua sfiorava il capezzolo di Jen.

Il sentimento era reciproco.

Tuttavia, proprio in quel momento, sentì un forte rumore. Qualcuno stava sbattendo contro una porta? Non riusciva a capire. Era ancora sotto l'incantesimo di Brooke.

"Mamma! Brooke! Siete lì dentro?"

Jen si allarmò. "È Noah. Cazzo!" Si mise in piedi e afferrò entrambi i lati della camicia. Il reggiseno doveva rimanere slacciato, sperando che Noah non se ne accorgesse. Però le sue dita tremanti continuavano a mancare le asole. La sua mente urlava. Noah non poteva trovarle così.

Cazzo, cazzo, cazzo!

"Mamma!" Altri colpi alla porta del patio. Era abbastanza lontano. Ma se si fosse girato e fosse corso in spiaggia a cercarle? Non riusciva a pensarci.

Brooke le si parò davanti. "Lasciami fare". Con una calma serena, abbottonò i bottoni a uno a uno, mentre Jen cercava di bilanciare l'istinto di volersi nascondere con quello di voler baciare di nuovo Brooke. Una volta che Brooke ebbe abbottonato l'ultimo bottone, Jen si sistemò e catturò il suo sguardo.

"Grazie". La sua mente continuava a soffocare il desiderio. "Ti sembro a posto? Non come se mio figlio mi avesse quasi beccata a sbaciucchiare la sua migliore amica?"

Un sorriso attraversò il volto di Brooke. "Lo nascondi bene. Non si direbbe". Fece una pausa. "Ma io lo so". Prese la mano di Jen nella sua, si portò le dita alle labbra e le baciò le nocche.

Jen voleva morire sul posto.

Come poteva un atto così piccolo farla sentire così bene?

Sentirono altri colpi nel patio. Trasalirono entrambe.

"Ma ora fai un respiro profondo. Dobbiamo andare a trovare Noah, altrimenti sveglierà tutto il resort". Brooke le strinse la mano.

Jen cercò di liberare la mente. Doveva concentrarsi e cercare di essere una buona madre. Ma perché Noah doveva comparire proprio ora? *Perché?*

Lei annuì. "Va bene". Si avvicinò per baciare Brooke, poi si tirò indietro bruscamente. Non era il momento di farlo. "Andiamo".

Mentre tornavano dalla spiaggia, Noah stava percorrendo i gradini del patio di Jen. Quando le vide, si fermò di botto.

"Eccovi qui! Vi stavo cercando".

"L'abbiamo sentito", gli disse Brooke. "Siamo andate in spiaggia a bere qualcosa". Fece un gesto verso il cielo stellato sopra di lei. "Una notte stupenda".

Jen doveva riconoscerlo, Brooke era un'attrice brillante.

Noah annuì. "Vero". Fece una pausa. "Senti, mi dispiace per prima". Guardò Jen e poi Brooke. "Possiamo parlare?"

Noah non sapeva che lei *sapeva*. Jen doveva stare zitta, gli avrebbe parlato la mattina dopo. Per ora era tardi e, se non poteva stare con Brooke, voleva stare da sola per poter avere un esaurimento in pace.

Fece un passo in avanti, poi si ricordò che non aveva sistemato il reggiseno. Un segno rivelatore. Fece un passo indietro, nel caso lui se ne fosse accorto. La sua mente si riempì di sensi di colpa.

"È tardi. Non sono sicura di cosa stia succedendo tra voi, ma vi lascio soli. Dormite un po', sono sicura che domattina le cose saranno più rosee". Guardò prima Noah e poi Brooke. Non ne era affatto sicura, ma il linguaggio da mamma aveva preso il sopravvento.

Entrambi annuirono.

"Ci vediamo domattina", le disse Brooke, il suo sguardo caldo sulla pelle di Jen.

Cavolo, Jen desiderava che Brooke andasse nel suo letto e non in quello di suo figlio.

Quella situazione era una bomba ad orologeria.

Capitolo 13

Messico: Settimo Giorno

L'unico giorno in cui Brooke avrebbe potuto fare un po' di parasailing in più per distrarsi – niente di meglio della sopravvivenza per schiarirsi le idee – era quello che Megan aveva scelto come giorno libero. I parenti più stretti erano stati convocati per una mattinata di preparativi dell'ultimo minuto per le bomboniere e la cerimonia. Noah aveva confermato che Jen si era già offerta volontaria per aiutare e il pensiero di starle vicino insieme a tutti gli altri aveva fatto venire voglia a Brooke di rimanere dov'era.

Aveva già fatto colazione al buffet con la nonna di Noah, Lucia, che era arrivata dall'Italia due giorni prima. Lucia, l'incarnazione della nonna glamour, con i capelli grigi corti e acconciati e con le guance scintillanti anche a colazione, si era avvicinata a Brooke. Aveva trascorso l'intero pasto a raccontarle le storie di Noah da piccolo, di Giovanni da adolescente rubacuori e di suo marito, Antonio, che, a quanto pareva, non era del tutto fedele.

"La mela non cade lontano dall'albero, se capisci cosa intendo". Lucia afferrò il polso di Brooke. "Spero che per Noah non sia lo stesso, ma gli uomini sono uomini. Tradiscono. Devi decidere se puoi sopportarlo o meno. Forse Noah non è così, ma conosco l'esempio che gli è stato dato fin dalla nascita, quindi è inevitabile che abbia un impatto. O rimani e lo accetti, facendoti i fatti tuoi, o te ne vai e prendi i loro soldi".

Si avvicinò di più. Aveva un forte odore di naftalina, come se avesse fatto il bagno in una vasca. "Ho deciso di fare tutte e tre le cose nella mia vita. In quest'ordine. La vita è breve: vivi per te e ama chi vuoi".

All'insaputa di Lucia, le stava dicendo cose importanti. Ora che Brooke sapeva che sia lei che Jen erano sulla stessa lunghezza d'onda, non riusciva a smettere di pensare alla sera prima e a quello che sarebbe potuto accadere se Noah non si fosse fatto vivo. Il suo corpo ronzava al solo pensiero. Forse avrebbe potuto passare la notte con Jen. Forse avrebbero potuto fare sesso sulla spiaggia? Ci ripensò. Troppa sabbia. Forse avrebbero fatto il bagno nude? Era una cosa che Brooke avrebbe apprezzato molto.

Prese la sua Diet Pepsi e ne bevve un sorso, si sdraiò sul lettino del patio e prese il telefono. Doveva parlarne con qualcuno, altrimenti avrebbe potuto urlare.

Controllò l'ora nel Regno Unito – le 16 appena passate – e poi l'icona WhatsApp di Allie. La sua amica sapeva bene cosa stava succedendo, ma Brooke non le aveva ancora parlato. Aveva un disperato bisogno della sua migliore amica, visto che non poteva confidarsi con Noah. Però lei non rispondeva. Di solito il giovedì era libera. Brooke controllò il telefono. Sì, era giovedì. Aveva perso la cognizione del tempo da quando era lì.

Cavolo, dov'era Allie? Ma poi il suo telefono si accese. Si spostò all'ombra il più possibile per vedere chi stava videochiamando. Era abbastanza sicura che ci fosse scritto Allie.

Un diluvio di sollievo investì Brooke mentre premeva il pulsante verde. "Eccoti qui! Ti stavo proprio maledicendo perché sei assente nel momento del bisogno".

"Quindi non stai scherzando con i messaggi che hai inviato. Ho passato la mattinata a pulire la merda dei gatti perché Winnie ha una specie di virus intestinale, ma sono tutta orecchi fino alla prossima eruzione".

Brooke si alzò a sedere. Non aveva mai vissuto con un animale domestico prima del gatto di Allie, ma ora pensava a Winnie come se fosse sua. "Abbraccia Winnie da parte mia".

"Non è saggio in questo momento". Allie fece una smorfia allo schermo. "Comunque, quali sono le ultime novità sul MILF-gate? L'ultima volta che mi hai scritto, eri sdraiata su una spiaggia a bere con lei, poi vi siete baciate e avete deciso di non dire più nulla a riguardo". Alzò entrambe le sopracciglia per dire a Brooke che cosa pensava di quel piano.

"Sì, non ha funzionato. Ieri sera ci siamo baciate di nuovo, le ho toccato le tette e forse saremmo andate oltre se Noah non ci avesse quasi beccate".

"Oh mio Dio!" Il volto della sua amica divenne bianco.

Il corpo di Brooke si eccitò per i ricordi che le balenavano nella mente. "Lo so!" Ma era bello dirlo ad alta voce.

Allie rimase a bocca aperta. "Non dicevo a te, ma va bene per entrambe. Winnie si è appena cagata addosso in corridoio e al momento sta trascinando la cacca in cucina. Posso richiamarti tra cinque minuti? Scusa!" La linea cadde.

Brooke rovesciò la testa all'indietro e sospirò. Non poteva incolpare Allie, ma aveva bisogno di qualcuno con cui discutere. In un'altra vita, forse avrebbe potuto confidarsi con Amber. Anche con Patsy. Ma tutte pensavano che lei e Noah fossero il giovane sogno d'amore. In quel viaggio non poteva parlare con nessuno, erano tutti fuori a giocare alla famiglia felice.

Era una cosa che invidiava: l'amore e i legami familiari. Com'era? Brooke non lo avrebbe mai saputo. Non avrebbe mai potuto fare quel tipo di vacanza, oziare al sole, condividere momenti speciali. Sua madre avrebbe avuto bisogno di un passaporto, tanto per cominciare. Insieme alla volontà di passare del tempo con la sua unica figlia.

Il telefono squillò di nuovo. Socchiuse gli occhi, poi premette il tasto verde.

"Ce ne hai messo di tempo. Hai pulito tutto, così puoi ascoltare la vera merda che è la mia vita e la donna che ho baciato?"

Ci fu una pausa all'estremità della linea. Poi: "Sono felice di ascoltare. Ma credo che ti aspettassi qualcun altro".

Il cuore di Brooke sprofondò. Cazzo. Claudia aveva scelto di chiamare proprio in quel momento?

"Cazzo. No, mi aspettavo che fossi Allie. Scusa". Si alzò in piedi e si strinse la nuca. Si specchiò nelle porte del patio. Poteva quasi vedere lo stress che le attraversava il corpo.

"Non c'è bisogno di scusarsi. Sono felice di prestare ascolto, se ne hai bisogno".

Il suo telefono suonò. "Aspetta un attimo". Si spostò in camera da letto, poi chiuse la zanzariera e le tende per poter vedere bene lo schermo.

Era un messaggio di Allie.

Scusa, ci vorrà più tempo del previsto, poi devo andare a prendere Gwyneth dal dentista perché le hanno tolto il dente del giudizio.

"Sei ancora lì?"

Brooke si massaggiò il naso tra il pollice e l'indice e fissò il telefono come se fosse acceso. Aveva bisogno di parlare con qualcuno. Doveva parlare con sua madre? Scosse la testa. No, era sciocca anche solo a pensarci. Riportò il telefono all'orecchio.

"Sì, scusa, stavo leggendo un messaggio. So che hai cercato di contattarmi, ma questa vacanza è stata un po' più piena di quanto mi aspettassi".

"Si sente", rispose Claudia. "Posso aiutarti in qualche modo?"

Brooke ne dubitava seriamente. "È solo una donna con cui ho avuto una specie di coinvolgimento. È una persona con cui nessuno si aspetta che io stia. È complicato".

"Potresti dirmelo". Fece una pausa. "So che non è quello che facciamo di solito, ma sono felice di ascoltarti".

Il petto le si fece pesante. Quante volte aveva desiderato che sua madre le dicesse quelle parole? Che non fosse troppo impegnata per lei? Che la mettesse al primo posto? Fece alcuni respiri profondi per calmarsi, poi si schiaffeggiò mentalmente. Non l'avrebbe detto a Claudia. Non la conosceva, non avrebbe capito.

"Grazie, ma posso farcela". Ma la voce di Brooke vacillò mentre parlava.

"Sarebbe utile se condividessi qualcosa della mia vita? Magari possiamo scambiarci le storie, così non sembra unilaterale".

Con chi diavolo stava parlando e cosa aveva fatto a Claudia? "Va bene?" Brooke non era sicura che andasse bene, ma sembrava l'unica cosa da dire.

"Ok". Claudia si schiarì la gola. Brooke la immaginava nel suo camper, mentre batteva il dito sul piccolo tavolo da pranzo pieghevole. Sembrava nervosa. "Ti sarai chiesta perché ho cercato di chiamarti, anche quando non ci sei. Il fatto è che ho conosciuto una persona. Un uomo davvero simpatico. Solido. Affidabile". Non era possibile secondo Lucia, la nonna di Noah.

Brooke strinse più forte il telefono. Sua madre si stava confidando con lei ed era una novità. E poi, aveva conosciuto qualcuno. Brooke ricordava alcuni uomini nella sua infanzia, ma nessuno era rimasto, e Claudia aveva sempre detto che stava meglio da sola. "La fiducia in te stessa è il dono più grande che posso farti. Le relazioni sono fugaci. Sei tu quella con cui devi vivere ogni giorno per sempre". A quanto pare, qualcuno le aveva fatto cambiare idea.

"Il fatto è che Gavin mi ha chiesto di sposarlo e io ho detto di sì. Ho conosciuto i suoi due figli e mi sembrano adorabili".

Il cervello di Brooke si agitava e scoppiettava, come se qualcuno ci avesse buttato dentro un Alka-Seltzer. Fissò le bottiglie di tequila, gin e vodka sulla parete della loro camera da letto. Pensò di staccarle, una per una, e di distruggerle. "Vorrei che tu lo conoscessi prima del matrimonio".

Brooke si sedette sul letto e afferrò il piumone con la punta delle dita. Qualcosa le scricchiolava nel petto, in modo violento, non liscio. Claudia aveva incontrato qualcuno *e* conosciuto la sua famiglia? Dopo anni in cui aveva evitato attivamente la propria? Decenni di freddezza nei confronti di Brooke, e ora stava accogliendo i figli di Gavin a braccia aperte come una mamma dei cartoni animati? Claudia avrebbe potuto prendere una mazza e colpire il suo cuore, avrebbe fatto meno male.

"Non so cosa dire". Le venivano in mente un paio di cose, ma iniziavano tutte con una serie di parolacce. Forse un urlo che faceva gelare il sangue.

"So che è uno shock, sono anni che non ho una relazione con qualcuno. Ma Gavin è diverso". Un'altra pausa. "Prenderesti in considerazione l'idea di incontrarlo? È molto ansioso di conoscerti".

"Credo di sì". Che aspetto aveva Gavin? Che voce aveva? L'uomo che aveva convinto Claudia a cambiare completamente la sua vita. Brooke era curiosa, non aveva mai visto sua madre con qualcuno. Sembrava davvero genuina. *Felice.* Claudia non era mai felice.

Cosa avrebbe fatto la felicità al *loro* rapporto? L'avrebbe cambiato? Avrebbe reso più morbidi gli spigoli di Claudia? Magari avrebbe davvero visto Brooke il giorno del suo compleanno per la prima volta da sempre? La rabbia si agitò nelle sue vene, poi si calmò. Gavin e la sua famiglia potevano far capire a Claudia cosa si era persa? Che una famiglia mista che includesse Brooke era una grande idea? Non ne aveva idea, ma aveva visto che funzionava a meraviglia in quella festa.

"Meraviglioso. Non hai idea di quanto questo mi renda felice. Vedere Gavin con i suoi figli mi ha fatto capire che devo essere una madre migliore per te. Voglio davvero provare a esserlo, Brooke. So che ci vorrà un po' di tempo, ma mi piacerebbe provarci, se me lo permetti".

Prese un respiro, emotivamente stanca. Claudia aveva usato la parola "madre". Parlava di avere un rapporto con lei come se non fosse una parolaccia. Brooke era perfettamente consapevole di aver fallito miseramente in tutta la sua vita a causa dell'atteggiamento di Claudia. Stava per migliorare? Voleva disperatamente crederle, poi però le passarono per la mente tutti i suoi compleanni mancati. Claudia aveva già fatto promesse e non le aveva mantenute. Era sua abitudine.

Brooke non ci sarebbe cascata così facilmente, doveva esserci una fregatura.

"Ma cosa sta succedendo nella tua vita? Con chi stai avendo problemi? Forse non sono la prima persona a cui pensi, ma non sono del tutto inutile quando si tratta di questioni di cuore".

Brooke digrignò i denti. Claudia era la definizione stessa di "inutile" quando si trattava di fare il genitore, ma in quel momento Brooke non aveva nessun altro con cui parlare. Probabilmente non avrebbe visto Claudia per mesi. Tutti quei discorsi probabilmente erano solo questo: discorsi. Ponderò la decisione, poi scelse.

Al diavolo.

"Ti ricordi del mio amico Noah? Sono in viaggio con lui, ma non ha fatto coming out con suo padre. Siamo qui per il matrimonio di sua sorella, e io sono venuta in veste di sua fidanzata".

Claudia trasse un respiro udibile. "Non mi sembra una cosa che accetteresti di fare. Essere qualcosa di diverso da te stessa, intendo".

Brooke sbatté le palpebre, poi si fermò. Forse Claudia la conosceva meglio di quanto pensasse. "Non è una cosa che rifarei. Sono lesbica e mi spaccio per una donna etero, mi manda ai matti".

"Immagino".

"L'altro fattore complicato è che ho iniziato una specie di relazione con la mamma di Noah. Che è single. E l'ha avuto giovane, quindi ha solo 15 anni più di me".

"Sua *madre*?" La voce di Claudia era carica di sgomento.

"Non è stato intenzionale, ma ci siamo trovate in sintonia. Non è ancora successo niente di che. Cioè, ci siamo baciate". E che bacio era stato. Un bacio che aveva fatto la storia. Un bacio che si era piazzato in cima alle classifiche dei baci di tutto il mondo. "Ma c'è qualcosa tra noi, lo sento. Qualcosa a cui non riesco a dare un nome. Al momento però, per tutti gli altri, sono ancora la ragazza di Noah".

"Sua madre sa che non state davvero insieme?"

"All'inizio no, ma ci ha sentiti parlare. Inoltre, credo che lo sospettasse comunque. Non è che Noah abbia portato a casa un mucchio di fidanzate. Se fossi davvero la ragazza di Noah, non sarebbe successo nulla di tutto questo. Tanto per cominciare, starei con Noah. E lui sarebbe con me e non a caccia di un ragazzo di cui si è innamorato". Più parlava, più si rendeva conto di quanto tutto ciò suonasse incasinato.

"Capisco perché hai risposto al telefono in quel modo". Claudia fece una pausa. "Vuoi un consiglio?"

Erano parole che Brooke non aveva mai sentito da Claudia. Dava consigli raramente, di solito non richiesti. Brooke era incuriosita. "Certo, dimmi".

Claudia si schiarì la gola. "Segui il tuo cuore e continua a essere te stessa. Ho commesso molti errori nella mia vita, e la maggior parte di essi riguardava il fatto che non ero me stessa. Sto scoprendo chi sono tardi nella vita. In passato ho lasciato che la praticità prevalesse sul mio cuore. Se ti piace questa donna… come si chiama?"

"Jen".

"Se ti piace Jen, diglielo. Dillo anche a Noah. Potrebbe rimanere scioccato, ma gli passerà. E dovresti porre fine a questa finta relazione che stai vivendo. Non va bene né per chi ci sta dentro né per chi viene preso in giro. Non finirà bene".

Brooke lo sapeva già. "Più facile a dirsi che a farsi".

"Prima lo fai, meglio è. Così, almeno, saprai qual è la tua posizione nei confronti di tutte le persone coinvolte".

Non aveva tutti i torti. Brooke non riusciva ancora a credere di averne parlato con Claudia, ma sorprendentemente non l'aveva giudicata ed era stata comprensiva.

"Questa Jen prova le stesse cose per te?"

Il dubbio la trafisse. "Non lo so. È la sua prima volta con una donna, quindi è tutto nuovo per lei. Inoltre, sono la migliore amica di suo figlio. La situazione potrebbe essere più semplice. Credo di piacerle, ma non so se si tratta di una scappatella per le vacanze, o se potrebbe andare oltre". Non si era permessa di pensarci. Prima doveva smettere di essere la ragazza di Noah. Una cosa alla volta.

"Cosa vorresti che accadesse dopo?"

Era facile. "Vorrei che facessimo il passo successivo". Non riusciva a dire la parola sesso a Claudia. Non ne parlavano. D'altra parte, non parlavano nemmeno di questo genere di cose. "Non sembra una persona che ho appena conosciuto, sai? Dal primo momento in cui l'ho vista, non mi è mai sembrata un'estranea".

"Lo capisco, è quello che ho provato quando ho conosciuto Gavin. Quando succede, lo sai".

Brooke aggrottò la fronte. Lei e Claudia stavano davvero condividendo cose personali?

"Ma dovete smetterla di farvi problemi e capire cosa volete entrambe. La sincerità è la cosa migliore in questa situazione. Gavin me lo ha insegnato. E poi, non voglio vederti soffrire".

Brooke aveva la sensazione che quella nave fosse già salpata.

Capitolo 14

Jen aveva passato la mattinata a legare bombe da bagno e saponette con reti e nastri per le bomboniere. Aveva anche aiutato Patsy ad assemblare i prodotti per il dopocena, enormi barattoli di vetro forniti dall'hotel che avevano riempito di caramelle acide, dischi volanti ripieni di sorbetto, caramelle gommose alla fragola e liquirizia di ogni tipo. Erano anche riuscite a non mangiarne troppi, cosa per cui si erano date una pacca sulla spalla.

Era contenta di avere qualcosa su cui concentrarsi quella mattina. Noah si era tenuto a distanza, aiutando Gio e Amber con i segnaposto e una specie di giardino di erbe aromatiche. Quel matrimonio sarebbe stato perfetto per Instagram.

Ora che avevano finito, avrebbe preso da parte suo figlio. Dovevano parlare e quella era l'occasione perfetta per farlo.

Si avvicinò a lui. Quando Romeo la vide, le fece un ampio sorriso e si alzò in piedi. "Ciao, Jen. È bello vederti. Hai preso il sole, ti dona molto".

Stava flirtando? Era l'ultima cosa di cui aveva bisogno. La sera prima aveva baciato di nuovo Brooke e aveva scoperto che suo figlio stava mentendo a tutti. Aveva già abbastanza cose a cui pensare senza dover deludere un tizio a caso. E poi, era il cugino di Gio. Non aveva intenzione di andare a letto con l'intera famiglia.

"Grazie, Romeo, anche tu stai benissimo". Lo superò, poi si rivolse a Noah. "Hai finito qui? Io torno alla villa e mi piacerebbe avere un po' di compagnia".

Lui non si era rasato e la barba era scura contro la sua pelle olivastra. Era sempre stato un ragazzo peloso e si era trasformato in un uomo irsuto.

"Vai avanti tu. Non abbiamo ancora finito con i timbri dei nomi".

Ma Gio agitò una mano verso il figlio. "Abbiamo finito. Vai. Fai compagnia a tua madre".

Noah guardò suo padre, ma poi annuì. Sapeva quando obbedire.

Gio le rivolse uno sguardo interrogativo mentre uscivano, ma lei si limitò a sorridergli. Non aveva bisogno di sapere nulla per il momento.

Si salutarono, poi si avviarono. Jen si mise gli occhiali da sole e il cappello. La passeggiata per tornare alla villa era di circa dieci minuti, quindi non avevano molto tempo. Non aveva intenzione di perderne con parole vane.

"Riguardo a ieri sera, allora". Lo prese a braccetto, in modo che non potesse scappare. Lo sentì divincolarsi appena, ma lo tenne stretto. Non poteva scapparle, dovevano parlare. Quando lo guardò, lui si morse il labbro. "A proposito, dove sono i tuoi occhiali da sole?"

"Alla villa. Li ho dimenticati stamattina. Ho un po' di cose per la testa".

"Immagino".

Prese fiato. "Quanto ti ha detto Brooke?"

"Non ha dovuto dirmi nulla, perché ho capito tutto. Vi ho sentiti parlare al corso di cucina l'altra mattina, ma ieri sera mi ha aperto gli occhi. So che tu e Brooke non state davvero insieme, che le hai chiesto di fingersi la tua ragazza. Che stai mentendo a tutti, me compresa".

Capiva di essere abbastanza ipocrita con quell'accusa, ma non stava volontariamente ingannando le persone più care come faceva lui. "Quello che non sapevo è che stai frequentando qualcuno qui. Non è una bella cosa, spero che tu lo sappia".

Il pomo d'Adamo di lui si mosse mentre sbatteva le palpebre. Quando si voltò, lei vide il panico dietro i suoi occhi. "Posso spiegare".

Un camioncino dell'hotel suonò dietro di loro, così si staccarono e si misero di lato per lasciarlo passare. Lasciò una scia di polvere, che Jen sventolò via mentre riprendevano a camminare.

"Ottimo. Comincia a parlare. Da qui alla villa ce ne passa".

Noah gonfiò le guance e infilò le mani nelle tasche dei pantaloncini. "Prima di tutto, non si tratta di te. Volevo dirtelo, ma se l'avessi fatto, l'avresti detto a papà. Voglio che papà mi veda come una persona a tutto tondo, e non lo farebbe mai se gli dicessi che sono gay. In quel momento mi è sembrata una buona idea". Alzò gli occhi al cielo azzurro e limpido prima di tornare a guardarla. Gli occhi gli lacrimavano, il che significava che non aveva preso le pillole per l'allergia. "Ora che mi trovo in questa situazione, capisco che il piano potrebbe avere qualche difetto. Brooke me l'aveva fatto notare prima di venire. Ma penso comunque che far sì che papà mi veda in modo diverso sia una buona cosa".

"Tuo padre non è un dinosauro. Sarebbe sorpreso, sì, ma niente di che. Inoltre, spero di averti educato a capire che mentire è sbagliato".

"Ma quando il fine giustifica i mezzi?"

Jen mise le mani sui fianchi. "Davvero?" Non riusciva a crederci. "Non è giusto per Brooke. O per te. O per chiunque altro. Tutta la famiglia pensa che tu sia etero. E che anche Brooke lo sia".

"Ti ha detto che non è etero?" Sembrò sorpreso.

Sentì di nuovo la pressione delle labbra di Brooke attraversarle il corpo, facendole vorticare il sangue. Non si fidava a parlare, così si limitò ad annuire.

La famiglia irlandese della suite sopra Jen passò di lì e li salutò. Jen ricambiò il saluto. Sperava che la loro vacanza fosse più semplice della sua.

"Mi dispiace anche per ieri sera", continuò Noah. "Non avevamo intenzione di tornare nella nostra stanza e non stavamo facendo sesso".

Jen alzò una mano. "Non c'è bisogno di darmi dettagli".

Noah si infilò le mani in tasca e diede un calcio a una pietra. "Si chiama Chad". Fece una pausa. "Mi dispiace di averti delusa".

"Mi hai delusa solo per la tua disonestà. Non ce n'era bisogno, tuo padre sarebbe stato d'accordo. *Sarà* d'accordo".

"È un uomo dello Yorkshire, vecchia scuola".

"Che conosce il mondo e ha incontrato molte persone. Lo sottovaluti". Fece una pausa, guardando il suo volto. Il volto che aveva rasserenato tante volte nella sua vita, ma che ormai era grande e doveva essere in grado di affrontare la vita senza nascondersi. Sperava di avergli dato gli strumenti per farlo, ma a quanto pareva non era così. "Una cosa non mi è chiara. Mi hai detto che sei bisessuale, è vero?"

Espirò. "Tutte queste domande prima di pranzo".

Arrivarono alla strada che portava alle loro ville. Jen temporeggiò, perché significava che Brooke era vicina. Voleva disperatamente rivederla, ma non era sicura di volerlo fare con Noah lì. Soprattutto quando stavano facendo quella chiacchierata.

Gocce di sudore le spuntarono sulla nuca. Si fermarono davanti alla facciata delle loro ville. Oltre il sentiero che portava alla porta di Noah, l'oceano scintillava nel sole di mezzogiorno.

"Vuoi finire questa conversazione nel nostro patio?"

No, assolutamente no. "Che ne dici del mio?"

"Il tuo patio è esattamente uguale al nostro". Noah le lanciò un'occhiata. "E poi, devo prendere gli occhiali da sole".

Guardò il sentiero di Noah, che improvvisamente aveva delle fiamme alla fine, ma non riuscì a trovare un motivo convincente per evitarlo. Seguì Noah oltre la porta d'ingresso fino al patio. Quando girò l'angolo, fu invasa da un senso di sollievo. Brooke non c'era.

Si sedette sulla sedia più vicina, saltò in piedi quando si rese conto del caldo, poi la trascinò all'ombra. Su una delle sedie a sdraio c'erano un asciugamano e un Kindle. I suoi muscoli si tesero. Brooke poteva apparire da un momento all'altro.

"Non hai risposto alla mia domanda".

Noah si passò i palmi delle mani sul viso, poi raccolse gli occhiali da sole dal tavolo. "Se sono gay?"

Non era importante, ma voleva comunque saperlo.

E voleva capire anche se lo fosse lei.

Lui fece un breve cenno, poi lasciò cadere lo sguardo. "Sì, sono gay. Spero non sia uno shock troppo grande".

Lei emise un lungo sospiro, allungò la mano e prese le dita di lui tra le sue. "Brooke è stata uno shock, non Chad". Si alzò e gli fece cenno di avvicinarsi. "Vieni qui".

Lo fece e si abbracciarono. Ogni volta che lo abbracciava le passava tutta la vita davanti agli occhi. Era sempre suo. Forse, un giorno, anche di qualcun altro.

Ma non di Brooke. Per fortuna.

"Mi dispiace", disse lui tirandosi indietro e tenendola a distanza. "So che è stato un errore mentire e che ci vorrà un po' di tempo per rimediare, ma non voglio farlo prima del matrimonio. È questo il mio piano, farlo sapere a papà dopo. Puoi far finta di non saperlo fino ad allora? Per favore". Alzò le spalle. "Per me? Io e papà andiamo molto d'accordo e mi sta dando consigli sulle relazioni, cosa che non ha mai fatto prima".

Jen strinse le labbra. Non le piaceva affatto. "Ma questo nuovo livello della vostra relazione si basa tutto sulla menzogna, non è una cosa sana".

"Non del tutto". Noah le baciò la guancia e si sedettero. "Mi è piaciuto molto il calcio dell'altra sera. Mi sono informato. Ho deciso di tifare per la squadra di papà, cosa che gli ha fatto molto piacere".

"Niente a che fare con uomini atletici in pantaloncini?"

Lui le rivolse un sorriso timido. "Puoi fingere? Per un altro paio di giorni?"

Non voleva, ma non voleva nemmeno farlo stare male. Poteva vedere lo stress sul suo volto. Non voleva aumentarlo. "Va bene, perché sei tu. Ma non ne sono felice".

"Grazie".

"Sai che sono orgogliosa di te e che ti voglio bene così come sei?"

Noah le fece un piccolo sorriso. "Non siamo in un film americano, mamma".

"Ma tu sei sempre il mio bambino".

"Oh, per favore". Però si avvicinò e le strinse ugualmente la mano.

"Comunque, Chad mi piace molto. Abbiamo parlato di vederci quando torneremo a casa". Aspirò una boccata d'aria. "Ma non voglio portare sfortuna, quindi lasciamo perdere". Si guardò intorno. "Chissà dov'è Brooke". Indicò il suo Kindle, proprio mentre le porte del patio si aprivano e Brooke usciva.

Il corpo di Jen si tese e arrossì contemporaneamente. Il suo sguardo rimbalzava intorno e cercava di non fissare le lunghe gambe di Brooke, le braccia toniche e la voglia a forma di fulmine. Jen voleva passarci sopra un dito.

"Buongiorno".

Sembrava tesa mentre stringeva il telefono, poi si sdraiò sul lettino, con gli occhiali da sole fissati sul viso.

"Mamma mi stava dicendo che lo sa. Di noi due. Non devi più far finta con lei".

"È un sollievo".

Jen aggrottò la fronte. Brooke sembrava un po' sfasata, ma probabilmente lo era anche lei. Quella situazione non era per niente normale.

Noah allungò le lunghe gambe e stese le braccia sopra la testa. "Comunque, ora che ho trovato un uomo, forse è il momento di trovarne uno anche per te", disse a Jen. "Quanto tempo è passato?"

Oh no. Non potevano parlarne. Jen si grattò il collo e cercò di fare finta di niente.

Guardò con fermezza Noah.

Non Brooke.

Ovunque, tranne che Brooke.

Ma avrebbe giurato che lo sguardo di Brooke le stava bruciando la pelle.

"Credo che passerò gli ultimi giorni da sola, grazie".

Noah si avvicinò. "Che ne dici di Romeo? Voglio dire, è un bel nome. È single e disponibile".

"Ha 35 anni". Le guance le bruciavano mentre parlava.

Alla sua sinistra, Brooke tossì.

"Tu hai solo 44 anni. E poi sei bellissima". Le fece un cenno con la mano. "Cosa sono nove anni di differenza d'età? Niente. Vuoi che ci parli io?"

"No!" Ok, forse era uscito un po' più forte di quanto Jen si aspettasse. Rimproverò il figlio con lo sguardo. "Non dire assolutamente nulla a Romeo. Non mi interessa. Sono venuta qui per rilassarmi ed è quello che farò, non ho bisogno che mio figlio si occupi della mia vita sentimentale. Capito?"

Ancora non guardava Brooke.

Noah si sedette, poi si passò le dita sul petto. "La signora protesta troppo".

Chiuse gli occhi e sospirò.

"Lasciala stare, Noah".

Cavolo, Brooke aveva una voce molto erotica. Sembrava che portasse una frusta e fosse vestita con la lingerie più succinta.

Jen le lanciò un'occhiata.

Brooke si portò gli occhiali da sole sulla fronte.

Quando incrociò lo sguardo di Jen, le rivolse un barlume di sorriso. Fu sufficiente a scaldarla nel profondo.

"Ha accettato che ti piacciono gli uomini. Devi accettare che lei non voglia un uomo in questo momento".

Jen voleva baciarla.

"Ok, lasciamo perdere Romeo. Anche se penso che sarebbe perfetto per te". Noah catturò lo sguardo di Jen e poi quello di Brooke. "Ho un favore da chiederti, però".

"Non li hai già usati tutti?"

Lui inclinò la testa e le fece il suo bel sorriso di cortesia. "È solo che… papà ha prenotato per me e Brooke una di quelle cene romantiche sulla spiaggia, stasera. Me l'ha detto solo stamattina. È stato un regalo a sorpresa".

"Che bel pensiero", rispose Brooke.

Noah sgranò gli occhi. "Allo stesso orario, Chad vuole prendere un taxi per andare in una città qui vicina, per vedere com'è il vero Messico. Io vorrei davvero andarci. Quindi stavo pensando… entrambe avete bisogno di mangiare e non voglio che la cena vada sprecata. Che ne dite di andare insieme? Una cena romantica sulla spiaggia, al tramonto? A quanto pare, c'è qualcuno che suona il violino nelle vicinanze. E cibo di lusso servito sotto *cloches* d'argento".

Jen trasalì.

Da un lato, sì, ti prego.

Dall'altro, assolutamente "sì, ti prego".

O almeno, questo è ciò che le diceva il suo corpo.

Lanciò un'occhiata a Brooke. "Che ne pensi?"

Brooke sostenne il suo sguardo. "Io ci sto, se tu ci stai".

Capitolo 15

Brooke si mise davanti allo specchio a figura intera del loro camerino – no, non aveva ancora fatto pace con il fatto che ne avessero uno – e si lisciò la tutina blu.

Doveva uscire con la mamma di Noah e Noah aveva organizzato tutto. Il mondo era impazzito, era ufficiale.

La tutina andava bene? Non era eccessiva? Non poteva chiederlo a Noah, anche se era abbastanza sicura che lui non sospettasse nulla. E poi, lui era in un mondo tutto suo. In bagno, l'altoparlante emetteva canzoni di Kylie e, quando si avvicinò al lavandino per finire di truccarsi, Noah stava davvero girando su se stesso.

Quando la vide, le sue sopracciglia ebbero uno spasmo che Brooke non sapeva descrivere. "Ehi, superfiga".

Quando era emozionato, Noah adottava un accento mezzo londinese e mezzo texano.

"Sei splendida come il sole in primavera. Sprecata per mia madre".

Al contrario.

Brooke si sforzò di mantenere un'espressione neutra.

"Ma forse puoi interrompere una delle altre coppie durante la loro cena romantica. Tu potresti prendere la donna, mia madre potrebbe prendere l'uomo".

Noah le aveva mostrato la brochure della cena. Cinque tavoli per cinque coppie, tutti disposti lungo la spiaggia, con un violinista che suonava musica romantica e un servizio al tavolo in smoking. Brooke avrebbe scommesso la vita che tutte le altre coppie sarebbero state etero: non riusciva a immaginare che altri queer si fossero iscritti volontariamente a quello spettacolo di eteronormatività. Tuttavia, più ci pensava, più era contenta di andare. Più persone queer dovevano andare a quegli appuntamenti. Mostrare la loro presenza. Sconvolgere la normalità.

Proprio come lei aveva sconvolto la normalità di Jen, e viceversa.

Brooke si appoggiò allo specchio e passò il mignolo sulle sopracciglia per raddrizzarle. Le acconciava e le tingeva ogni due mesi, erano due dei suoi beni più preziosi. L'unico consiglio concreto che Claudia le aveva trasmesso era di non sfoltire troppo le sopracciglia. Applicò uno strato di rosso scuro sulle labbra e lo coprì con un gloss. Jen l'avrebbe baciato via più tardi? Il clitoride le pulsava al pensiero. Poteva solo sperare.

"Anche tu non sei vestito male", disse, alzando le spalle, proprio mentre bussavano alla porta.

Era per lei? Improvvisamente si sentì di nuovo quindicenne.

Quella vacanza era stressante, ma anche folle ed emozionante. Jen era elettrizzante. Brooke respinse l'eccitazione con un ampio sorriso mentre Noah apriva la porta.

Jen entrò nella stanza, seguita rapidamente da Chad. Si erano presentati tutti e due insieme, come se fossero protagonisti di una smielata commedia sentimentale. Jen indossava pantaloni bianchi e un top a collo alto bianco e nero che metteva in mostra le sue braccia scolpite e la sua abbronzatura. Brooke voleva abbracciarla e non lasciare mai la stanza.

Noah diventò del colore di una melanzana. "Mamma, lui è Chad. Chad, mia madre".

"Ci siamo incontrati sulla soglia di casa", rispose Chad. "Avrei dovuto sapere che sarebbe stata così bella. Guarda suo figlio".

Brooke deglutì una risata, si aspettava che Noah avesse una reazione simile. Poi si rivolse a Chad con un sorriso. "Smettila", disse, con un gesto della mano che in realtà diceva: "Per favore, continua!"

"Ma dobbiamo andare, il nostro taxi arriverà tra dieci minuti. Sei pronto?"

Noah annuì e, in un turbinio di baci e saluti, i due se ne andarono.

Brooke si leccò le labbra. "Sei sensazionale".

Smettila di guardarle le braccia. E le sue tette in quel top.

Gli occhi di Jen la scrutavano come se fosse la sua cena. Quando sorrideva, la fossetta spuntava come una lampadina su un tappeto rosso. Brooke la voleva come blocca schermo. La fossetta di Jen era vita.

"Anche tu", rispose lei. "Andiamo?"

* * *

Un cameriere in smoking allontanò dal tavolo la sedia di Jen, seguita rapidamente da quella di Brooke. Mise la rosa sul tavolo e sorrise a Jen. Una volta entrate, la loro guida per la serata, Javier, aveva offerto a tutte e quattro le donne delle altre coppie (etero) una rosa. Quando le aveva raggiunte, il

157

panico sul suo volto era stato epico. Alla fine, Jen gli aveva strappato il fiore di mano e lo aveva dato a Brooke. Javier era sembrato sollevato. Brooke non era sicura di come sarebbe andata la serata dopo quell'inizio infausto.

Tuttavia, mezz'ora dopo, con champagne e antipasti davanti a loro, Brooke non era così sprezzante nei confronti del regalo di Giovanni. Sì, era una roba stupida, ma se ci pensava bene, era anche rinfrancante. Vedere il tramonto dalla spiaggia senza interruzioni, per esempio; niente tra loro e le onde, il respiro dell'oceano come colonna sonora della loro serata. Avevano visto i tramonti ogni giorno dal bar, ma sempre con altre persone. Questo era solo per loro.

La pelle d'oca le coprì tutta la pelle.

Era davvero romantico.

Forse gli etero avevano avuto una buona idea.

"Sono felice di essere qui con te e non con Noah". L'affermazione dell'anno. Nella luce della sera, gli occhi di Jen scintillavano come il mare e la sua pelle risplendeva. Era quasi ultraterrena. A volte Brooke la vedeva così. "Noah insisteva sul fatto che Giovanni non avrebbe mai organizzato tutto questo se avesse portato un uomo. Credo che non lo saprà mai".

Jen aggrottò la fronte. "Probabilmente è vero. Ma Gio starà bene una volta che avrà avuto la possibilità di elaborare la cosa. Capisce le persone e sa come gestirle, c'è un motivo se mi ha affascinata".

Brooke inforcò il suo carpaccio di manzo, condito con rucola, parmigiano e olio al tartufo. Era uno dei suoi antipasti preferiti.

"Ti sei mai arrabbiata per l'inizio che avete avuto entrambi? Sembra che andiate tutti d'accordo. Se questo viaggio fosse un film di Hollywood, tutti andrebbero d'accordo all'inizio, ma al terzo atto si ucciderebbero a vicenda. Continuo ad aspettarmi che accada, soprattutto per quanto riguarda Serena e Amber, ma sembra che sia tutto molto amichevole".

Jen scrollò le spalle. "È stato tanto tempo fa, e non era solo Giovanni a fingere di essere qualcosa che non era: single. Io facevo finta di avere 21 anni, quando non li avevo. E poi, i film di Hollywood non hanno sempre un lieto fine senza versamenti di sangue?" Jen sorrise. "Gio è un buon padre e ci ha visto giusto. Non volevo che lasciasse Serena quando l'ho scoperto. È la vita, e la vita è incasinata, non è vero?" Si chinò in avanti. "Un po' come noi, non credi?"

Brooke non avrebbe potuto dirlo meglio. "Sì".

Jen catturò il suo sguardo.

Un lampo di desiderio la scosse.

"Basta parlare di me, però. Parlami di te. Sei un po' un libro chiuso. Hai detto che tuo padre non è mai stato presente, ma parlami di tua madre".

Brooke posò la forchetta. Prima, avrebbe raccontato a Jen una storia diversa, ma la telefonata di quella mattina aveva cambiato le cose. "Mia madre è una persona molto particolare. Ha problemi a fare la madre e ha insistito perché la chiamassi Claudia fin dall'età di sei anni". Brooke non parlava molto di lei, nemmeno con Noah o Allie. Sapevano solo le cose essenziali, che non si ricordava mai dei compleanni o delle visite, ma non molto di più. Ma con Jen, Brooke sentiva di poter parlare di tutto e che lei avrebbe capito. Il che era molto strano.

"E tu l'hai fatto?"

Brooke annuì. "Certo. Non voleva rispondere a mamma, quindi dovevo farlo. Anche a sei anni sapevo che era strano".

Jen spalancò gli occhi. "Wow. Aveva un buon rapporto con la madre?"

"Claudia ha difficoltà nelle relazioni personali, punto e basta". A parte che con Gavin e la sua famiglia, a quanto pareva. "Sua madre, mia nonna, era un amore. È morta quando avevo dieci anni e mi manca ancora. Quando ero piccola mi portava al Wimpy per il mio compleanno. Mia madre veniva quando poteva, ma di solito dopo la scuola, quando lavorava. Ma mia nonna c'era sempre. Così come la coppa di gelato Wimpy, che ancora oggi mi commuove fino alle lacrime".

Jen fece un sorriso gentile. "Adoro i Wimpy. Ce n'è uno in High Street, dove vivo".

"Tu capisci la magia di Wimpy". Se Brooke chiudeva gli occhi, poteva ancora sentire l'odore della carne che sfrigolava sulla griglia, toccare il menu di plastica pieno di foto meravigliose, assaporare l'attesa del suo hamburger, seguito dal sundae. Era un piacere che aspettava sempre con ansia, una volta all'anno.

"Come si chiamava tua nonna?"

"Un nome all'antica. Mildred". Il cuore di Brooke si gonfiò quando pronunciò il suo nome. Avrebbe voluto avere più foto di lei. Comunque, i suoi ricordi riguardavano meno la nonna rinsecchita in un letto d'ospedale e più la vita che avevano fatto insieme. La nonna che la spingeva sull'altalena, o che la portava ai trampolini, nonostante il livello di decibel incredibilmente alto. Lei, raggomitolata sul divano della nonna dopo una cena a base di pasticcio, in attesa che Claudia la venisse a prendere.

"Mi ha cresciuta per molto tempo. Era la persona da

cui andavo sempre quando avevo bisogno di qualcosa. Soprattutto di cibo. Mia madre ha sempre fatto tre o quattro lavori per pagare l'affitto e mettere il cibo in tavola. Faceva del suo meglio, ma la mia non era un'infanzia di grande felicità, a meno che non fossi con mia nonna. O quando andavamo in vacanza in roulotte, allora mia madre era una persona diversa".

"È un lavoro duro essere una mamma single, l'unica a portare il pane. È stato così anche per me quando Noah è cresciuto. È uno stress costante, anche se Gio ha fornito un sostegno finanziario".

"Lo capisco. Ma mia madre... non mi voleva vicina. Questa era l'impressione che avevo, almeno. Se aveva una sera libera, spesso mi lasciava a casa da sola o mi mandava da mia nonna per avere un po' di tempo per sé".

La cosa era ancora irritante, anche se Brooke stava cercando di riconciliare i suoi sentimenti e di andare avanti con la sua vita. Per farlo, però, avrebbe dovuto parlarne con sua madre. Prima di quella mattina, avrebbe detto che era fuori questione, ma Claudia era sembrata diversa al telefono, più leggera e luminosa. Voleva ricostruire ponti che aveva bruciato da tempo. Aveva cercato attivamente Brooke e voleva incontrarla. Era la prima volta, e Claudia non aveva mai messo Brooke al primo posto. Tuttavia, se ora voleva un rapporto, doveva farlo alle condizioni di Brooke.

"Come va tra di voi ora?"

"Alti e bassi. Non è ancora molto brava a trovare tempo per me. Anche se stamattina mi ha chiamata per dirmi che si sposa, il che mi ha spiazzata".

Jen spalancò la bocca. "Cazzo. È una cosa grossa".

Lo era, non è vero? La situazione la colpì come la porta di un frigorifero. Non si era ancora data il tempo di elaborarlo, c'era già abbastanza da fare per tenere la sua mente occupata.

"L'hai conosciuto?"

Scosse la testa. "Come ho detto, Claudia non ama le relazioni perché richiedono impegno e tempo, due cose con cui ha sempre avuto problemi. Preferisce vivere da sola. Fino a stamattina non sapevo nemmeno che si vedesse con qualcuno. Ora, sto per avere un nuovo patrigno".

"Come ti senti? Noah si arrabbierebbe".

Brooke sollevò le spalle fino alle orecchie. "Non lo so. Felice per lei, credo? Vuole che lo conosca, per giocare alla famiglia felice. Non so bene come mi sento a riguardo".

"Posso capirlo, ma forse potrebbe essere l'occasione per costruire dei ponti, se è questo che vuoi? Sembra di sì".

"Il che è molto strano". Brooke scosse la testa. "Il mio problema con mia madre è che non sono mai stata una priorità per lei. So che devo superarlo, ma fa ancora male. E poi, non viene mai a trovarmi. Devo sempre andare io da lei. Pensa che Londra sia troppo trafficata e che tutti siano troppo eleganti".

Jen si intristì e poi coprì la mano di Brooke con la propria. "Tu meriti di essere una priorità, quando si tratta di tua madre e di Noah. Voglio che tu lo sappia".

Nessuno le aveva mai detto una cosa del genere. Significava tutto per lei. "Grazie".

Jen le strinse la mano, poi si schiarì la gola. "Ma non sono qui per farti piangere. Sembra che Claudia abbia già il ruolo".

Questo fece ridacchiare Brooke. "Sono così felice di aver detto di sì a questa vacanza e di averti conosciuta".

"Sono felice che anche tu abbia detto di sì, altrimenti non saremmo sedute qui". Jen passò il pollice sulle nocche di Brooke.

Lo sentì *ovunque*.

"Ma spostiamo l'argomento su qualcosa di più leggero. Come le tue sopracciglia perfettamente curate e come posso fare le mie altrettanto belle".

"Anni di pratica. Ho l'abitudine di tingerle e acconciarle sei volte l'anno".

"Ma non le hai mai spennate fino a ridurle in fin di vita come facevamo noi ai tempi, vero?"

"Lo dici come se ci fosse un'enorme differenza tra noi".

Jen inclinò la testa e i suoi zigomi affilati come rasoi catturarono la luce del tramonto. "Quindici anni. Una generazione".

"Non sembri più vecchia di me di una generazione". Brooke guardò Jen. "Sei la pubblicità perfetta per le donne più grandi. Ho sempre avuto un debole per loro, ma questa è la prima volta che cedo". Aveva scelto bene il momento. "E i tuoi fidanzati precedenti? Che età avevano?"

Jen inclinò la testa. "A parte Gio, sempre più giovani. Ma mai più di cinque anni in meno rispetto a me".

"E cosa pensi delle donne più giovani?"

Questa domanda suscitò un ampio sorriso. "Comincio a pensare di aver cercato la cosa sbagliata per tutta la vita".

Le parole aleggiavano sul tavolo mentre il cameriere toglieva gli antipasti e portava le pietanze a base di pesce.

Brooke aspettò che rabboccasse il vino prima di continuare.

"Voglio che tu sappia che ho rivissuto tante volte quella notte sulla spiaggia. Ho pensato a cosa sarebbe potuto accadere se Noah non fosse arrivato. So solo che adesso voglio baciarti di nuovo".

Lo sguardo si spostò all'orizzonte e poi tornò a Jen. Il sole si era già abbassato, ricoprendo tutto di oro a nido d'ape. Allungò la mano e prese le dita di Jen tra le sue. Il desiderio le attraversò il cuore, l'energia tra loro crepitò come se fossero collegate alla rete elettrica.

"Finiamo questo, saltiamo il dessert e andiamo da me?" Chiese Jen.

Assolutamente.

Era proprio quello che Brooke stava cercando.

Decisione presa.

E questa volta Noah non si sarebbe imbucato alla festa.

Capitolo 16

Stavano tornando a casa insieme a piedi e la sensazione era esaltante. Quella passeggiata, però, era speciale. Jen non sapeva cosa aspettarsi, sapeva solo che ogni passo la avvicinava un po' di più all'ignoto. Un passo che avrebbe potuto farla rinascere o distruggerla, ma scacciò quei pensieri.

Non aveva idea di come sarebbe andata a finire a lungo termine, ma non poteva più ignorare quei sentimenti. Sarebbe stata una vera ingiustizia. Doveva tentare, anche se per una sola notte: lo doveva a se stessa. Sapeva che questo comportava tutta una miriade di complicazioni, ma percorrere quella strada sembrava l'unica conclusione per quella serata. Aveva provato a ignorare Brooke, ma era come cercare di ignorare il sole: impossibile. Brooke era ovunque Jen si girasse.

Arrivarono al lato della spiaggia delle loro ville e Brooke si fermò. Rivolse lo sguardo a Jen.

La temperatura corporea di Jen raggiunse il punto di fusione.

"Casa tua?" Brooke chiese in un sussurro.

C'era ancora tempo per ritirarsi, ma Jen non voleva. Neanche un po'.

Annuì e insieme salirono i due gradini che portavano al

patio di Jen, ognuno dei quali fu accolto da un fragoroso applauso nel suo petto.

Jen non si era mai sentita così spaventata e così eccitata, e aveva giocato d'azzardo su un tavolo ad alta posta a Las Vegas. Si era lanciata con il paracadute. Aveva aperto un negozio di cucine in un periodo di recessione globale. Ma tutto questo scoloriva in confronto a ciò che stava accadendo in quel momento.

Chiuse la zanzariera, ma lasciò la porta del patio aperta per la leggera brezza. Quando i suoi occhi ramati si posarono su Jen, Brooke si portò una mano al petto. "So che per te è tutto nuovo, ma lo è anche per me".

"Spero che almeno tu sia già stata a letto con una donna".

Il morbido sorriso di Brooke le mandò un dardo di desiderio al cuore. "Una o due, ma non sono qui per parlarne". Si avvicinò di più e il cuore le sussultò nel petto. Riecheggiò nel silenzio della sua stanza sull'oceano; gli unici altri suoni erano il lontano sussurro delle onde e il soffice mormorio del vento.

Quando Brooke fu vicina, intrecciò le sue dita con quelle di Jen.

"Quello che voglio dire è che non sono mai stata a letto con una persona come te. Una persona così bella, così intrigante, così interessante". Lasciò cadere lo sguardo e cercò le parole successive.

Brooke era nervosa? Erano in due. Jen cercò di sorridere, ma i suoi muscoli facciali non erano in grado di farlo. Riuscì comunque a stringerle le dita. Erano un'ancora di salvezza per un mondo completamente nuovo e lei non le avrebbe lasciate andare.

"Se ti può aiutare, anch'io penso che tu sia davvero bella". Fece una pausa. "Lascia perdere, sei stupenda. E da quando ci siamo baciate e mi hai preso il capezzolo in bocca, non sono più riuscita a pensare a nient'altro". Sì, era un territorio nuovo, inesplorato, e non avrebbe mai pensato di trovarsi lì. Eppure, l'attrazione per Brooke era innegabile, come una calamita che la attirava.

Brooke le sfiorò la guancia, il pollice tracciò delicatamente la curva dello zigomo. Il contatto le fece ronzare la pelle come se fosse elettrica. Riprese fiato.

"Sei sicura?" La voce di Brooke era dolce come il miele, i suoi occhi brillavano di sincerità. Non si trattava di un errore frettoloso. Era un momento di chiarezza, di verità.

Jen sapeva già la risposta. "Assolutamente sì". Non si era mai sentita così sicura di qualcosa in vita sua, nonostante questo fosse terrificante e totalmente folle. La distanza tra loro scomparve quando le labbra di Brooke incontrarono le sue in un bacio lento ed esplorativo. Il sapore del vino e del sale marino indugiava tra loro, un ricordo struggente della cena intima che avevano condiviso prima.

Il mondo si restrinse fra loro, solo la morbidezza delle labbra di Brooke contro le sue, il tocco delicato delle sue dita e il dolce dolore di un nuovo desiderio nel petto di Jen. Quando Brooke approfondì il bacio, Jen si lasciò andare, abbandonandosi alle sensazioni sconosciute ma inebrianti che le facevano ribollire i sensi. Quella routine era nuova per lei, ma era pronta a imparare le mosse. L'inizio lento si trasformò rapidamente in un ritmo sensuale. I baci di Brooke si fecero più insistenti e accarezzò con le dita la base del collo di Jen.

In risposta, lei si aggrappò più forte, mentre il calore le attraversava la cassa toracica. Era una montagna russa, ed era lì apposta. Fece danzare le dita sul collo di Brooke e le accarezzò la nuca.

Brooke gemette nella sua bocca.

Jen voleva risentire quel suono a ripetizione.

Quello che poteva essere un istante o una vita intera dopo, Brooke si ritrasse, il respiro pesante, le pupille dilatate, una lente d'ingrandimento sulla sua stessa anima.

Senza una parola, Brooke tirò la parte inferiore del top di Jen.

Il cuore di Jen iniziò a battere forte. Con una sicurezza che non riconosceva e senza mai distogliere lo sguardo, si tolse il top.

Poi Brooke si avvicinò, con la punta della lingua che spuntava dalle labbra. "Ricordo di aver raccolto questo reggiseno dalle scale la prima volta che ci siamo incontrate". Lo sganciò.

Entrambe abbassarono lo sguardo mentre Jen se lo scrollava di dosso.

"Tanto per essere chiare, preferisco di gran lunga vedere il tuo reggiseno sul pavimento", confermò Brooke.

"Quando sei nella stanza, anche io". Jen era in piedi di fronte a lei. Mezza nuda, con ogni fibra del suo corpo che gravitava intorno a Brooke. La sua stella polare.

"Wow". La voce di Brooke era sottile. "Sei ancora più bella di quanto immaginassi".

Ma Jen non ne era sicura. Aveva 15 anni in più, aveva avuto un figlio. Brooke stava dicendo la verità o stava solo dicendo le cose giuste? Tuttavia, non ebbe il tempo di elaborare i suoi dubbi perché nel giro di pochi secondi le mani nude di Brooke si posarono sulla sua schiena e poi le sue labbra le sfiorarono la bocca, scendendo lungo la clavicola fino ai seni. Brooke li strinse tra le mani e alzò lo sguardo per catturare quello di Jen. "È a questo che stavi pensando?", chiese, mentre succhiava il capezzolo di Jen nella sua bocca.

Tutto ciò che Jen sapeva del mondo fu cancellato in quel momento. La sua nuova vita, quella appena iniziata, era una pagina bianca. Brooke era la prima a scriverci sopra, con i suoi denti che graffiavano la pelle di Jen. Qualche istante dopo, quando Jen ebbe il tempo di ricomporsi, infilò le dita nella tasca della tutina di Brooke, ma non riuscì a ottenere l'accesso che voleva. Le sfuggì dalle labbra un grugnito di frustrazione.

Brooke fece un passo indietro, poi si slacciò lentamente la zip anteriore per metà. Si fermò e incrociò lo sguardo di Jen. "Vuoi fare tu il resto?"

Cazzo, sì. Jen ansimò, fece un passo avanti e, con mani tremanti, tirò giù il resto della cerniera.

Brooke si scrollò il tessuto di dosso e ne uscì completamente.

Il sangue di Jen accorse verso sud. Forse non era mai andata a letto con una donna prima, ma sapeva riconoscere il desiderio quando lo sentiva. Il ventre di Brooke era piatto e tonico, a testimonianza della sua giovinezza.

"Vuoi toccarmi?" Chiese Brooke.

Lo sguardo di Brooke la opprimeva. La pressione le agitava tutti i pensieri, ma Jen ignorò le urla interne, fece un passo avanti e sganciò il reggiseno di Brooke.

Lo lasciò scivolare via dal suo corpo.

Jen fissò suoi seni, poi allungò la mano e passò il pollice sul capezzolo destro di Brooke. Il suo cuore si agitò come una girandola nel petto.

Brooke chiuse gli occhi.

Incoraggiata, Jen passò i palmi delle mani su entrambi. Poi si chinò e prese in bocca i capezzoli, uno per uno. Il suo mondo si ricalibrò di nuovo. Sapeva già che sarebbe stato un movimento ricorrente, ma non vedeva l'ora. Se era così che si sentiva a toccare e baciare Brooke, come sarebbe stato stare dentro di lei? Il pensiero le fece mordere leggermente il capezzolo.

Il che suscitò un forte gemito.

Jen voleva scoprire tutto, *subito*.

Le loro bocche si scontrarono di nuovo, questa volta con maggiore intenzione. Jen si fermò per togliersi i pantaloni, poi la mano di Brooke trovò la parte superiore della biancheria intima di Jen e tirò delicatamente. Lei ne uscì. Ora era veramente vulnerabile, ma si sentiva protetta nelle mani sicure di Brooke. Nulla cambiò quando la baciò dappertutto, poi la adagiò sul candido piumone.

La mente di Jen era stordita dal brivido di tutta quella situazione, tanto che si dimenticò di essere timida. Si sistemò sul letto, godendo dello sguardo fisso e caldo di Brooke. "Ti togli le mutandine?"

"Vuoi che lo faccia io?"

Cinque parole che resero liquide le viscere di Jen. Annuì, senza rispondere, poi guardò Brooke che infilava un dito nelle proprie mutandine nere e le abbassava lentamente. Jen respirò a pieni polmoni quando vide una donna nuda per la prima volta in una situazione sessuale. Una donna così bella, per di più. I suoi occhi furono attratti dal centro di Brooke e dal suo preciso triangolo di pelo. Non era sicura di cosa si aspettasse, ma voleva toccarlo, sentirlo contro di lei. Quando Brooke salì sul letto e si mise a cavalcioni su di lei, esaudì il suo desiderio.

C'era mai stato un uomo così erotico come Brooke seduto a cavalcioni su di lei? Jen pensava di no. E la sensazione della pelle calda contro la sua? Non c'erano parole.

Brooke si distese e premette il suo corpo contro Jen come se volesse che ogni parte della loro pelle si toccasse. Il suo bel viso era rivolto verso di lei.

La sensazione dei loro corpi perfettamente allineati fece salire a Jen un'ondata di desiderio. Era pura beatitudine, pompata direttamente in ogni tendine del suo corpo. Giurava di poter sentire il cuore di Brooke attraverso la sua pelle.

"È incredibile", disse Brooke, come se le leggesse nella mente. La sua voce aveva una consistenza particolare. Esfoliava la pelle di Jen, la faceva sentire aperta, vulnerabile.

Prima che Jen potesse rispondere, Brooke le catturò la bocca in un bacio bruciante. Poi la sua coscia separò le gambe di Jen e le sue dita si posarono con un tocco leggero come una piuma tra le sue gambe.

La mente di Jen aprì la bocca e ruggì. Guardò Brooke, i cui occhi erano concentrati solo su di lei.

"Fammi sapere se vuoi qualcosa di diverso. Più veloce, più lento, qualsiasi cosa. Ok?"

Premurosa *e* sexy. Jen aveva fatto centro.

Fece un cenno di assenso.

Pochi istanti dopo, le dita di Brooke sfiorarono il suo

centro bagnato e Jen non poté trattenere un gemito ferino. Stava annegando, ma nel modo migliore possibile. Si dimenava con tutti i sensi che possedeva, ma a prenderla e a mandarla ancora più giù c'era Brooke.

Tutto questo però non era nulla rispetto a quando, pochi istanti dopo, le infilò un dito dentro.

Aveva gridato ad alta voce o era la sua voce interiore? Non ne aveva idea e non le importava. Quello era un livello superiore di beatitudine. Brooke la guardò mentre introduceva il dito, poi ne aggiunse un altro.

"Va bene così?"

Cazzo, sì.

"Sei straordinaria". Brooke diede seguito alle sue parole con un bacio intenso, poi iniziò a scoparla. Jen non aveva parole. Aveva passato tutta la vita a pensare che il piacere in camera da letto fosse qualcosa che si otteneva *dopo* l'uomo. Se si eccitava, se veniva, era un bonus.

Ma quello? Quello era primordiale. Era già a metà strada verso la fine quando Brooke l'aveva toccata. Ora, con le sue dita esperte che la suonavano, le viscere di Jen erano tese come corde di chitarra. Era ubriaca del tocco di Brooke.

Brooke le infilò la lingua in bocca e allo stesso tempo girò intorno al clitoride in modo delizioso.

Jen premette la testa sul cuscino. Un ritmo costante le scuoteva il cervello. La lussuria la attraversò mentre il respiro di Brooke le lambiva l'orecchio.

"Voglio vederti venire per me", disse Brooke, prima di affondare le dita dentro e poi di nuovo fuori, girando, dentro, fuori, intorno, creando un ritmo così perfetto che il respiro di Jen si accorciava a ogni colpo.

Jen aprì gli occhi e mise le dita intorno alla nuca di Brooke, la tirò vicino a sé e la baciò con una passione che non si aspettava.

Un po' come se non si fosse mai vista venire con tanto gusto, con così poco preavviso.

Ma è esattamente ciò che accadde quando le dita di Brooke pattinarono nella sua umidità, atterrando dove Jen ne aveva più bisogno, e non si arresero finché non sollevò i fianchi, gridando mentre il primo colpo di orgasmo la squarciava, disfacendo le sue giunture.

Jen non avrebbe mai pensato che potesse accadere. Quell'unica notte perfetta avrebbe potuto creare un modello per come voleva che ogni interazione sessuale fosse d'ora in poi. Uguale. Incredibile. Pulsante di sensualità. Con una donna.

O con *quella donna*?

Mentre Brooke la portava ancora una volta oltre il limite, Jen sapeva già di essere cambiata per sempre.

Capitolo 17

Messico: Ottavo Giorno

Quando Brooke aprì gli occhi la mattina seguente, si trovò di fronte alla deliziosa fossetta di Jen. L'aveva baciata molte volte, non era più off limits, il che la rendeva ancora più pericolosa.

Era di buon umore, ma poi si riprese subito quando pensò a Noah, nella casa accanto, e a quello che avrebbe potuto dire su quella situazione.

Poteva chiamarla situazione? *Pasticcio* sarebbe stato più appropriato. La sera prima, travolte dal romanticismo della cena al tramonto e da quello che sembrava l'inevitabile, tutto era apparso così facile. Così giusto.

Ed *era* stato giusto. Proprio come il loro primo bacio, anche se avevano cercato di negare i loro sentimenti reciproci.

Quel pasticcio si sarebbe ripetuto? Forse. Ma anche lei si rendeva conto che era molto più difficile quando erano nude a letto insieme.

Un bacio poteva essere considerato un errore, un momento di follia.

Non avrebbero mai potuto negare di aver fatto sesso, e comunque Brooke non voleva farlo.

La notte precedente era stata magica. Non usava quella parola con leggerezza, ma non riusciva a trovare un altro termine che riassumesse così adeguatamente i suoi sentimenti. Lo stomaco le si contorse quando ricordò la nottata. Era stato davvero bello.

Aveva fatto sesso con una manciata di donne nella sua vita, ma non ricordava di aver provato una sensazione così immediata. Non ricordava di essersi adattata così perfettamente ai bisogni e ai desideri di un'altra persona, e viceversa. Le prime notti con una persona nuova sono spesso una curva di apprendimento: se quello era il loro punto di partenza, la mente di Brooke si interrogava su ciò che sarebbe potuto accadere in seguito. Non avevano parlato molto, ma il modo in cui avevano comunicato era stato intenso e le aveva fatto desiderare di più. Guardando Jen, era così facile dimenticare che era la madre di Noah.

Era più grande di lei, non poteva evitare questo fatto. E quindi? Tra l'altro, forse la sua età era il motivo per cui le cose erano scattate fin dall'inizio? Aveva sentito dire che le donne più grandi erano più sicure di sé a letto, sapevano quello che volevano. Jen era così, ma non in modo dominante. Era semplicemente andata bene, in un modo che Brooke non aveva mai provato prima. Non era stata una prima volta.

Era un bel problema, perché una volta uscite da quel letto, nulla sarebbe fluito nello stesso modo, vero?

Chiuse gli occhi e sospirò. Come poteva una cosa essere così importante, ma anche così complessa? Brooke aveva imparato da Claudia che le relazioni finivano per lo più con una delusione, per questo motivo teneva la maggior parte delle persone a distanza. Ma con Jen ogni distanza era eccessiva. Voleva tenerla il più vicino possibile.

Come se avesse percepito che la stava fissando, Jen aprì gli occhi, poi si rannicchiò più vicina a Brooke.

La sua risposta immediata fu quella di premere le labbra sulla sommità dei capelli biondi di Jen. Da così vicino poteva vedere la ricrescita che faceva capolino, ma questo la rendeva solo più adorabile. Brooke non si era mai tinta i capelli in vita sua. Non era sorpresa che Jen l'avesse fatto, era una mossa per prendere il controllo.

"Buongiorno, raggio di sole", borbottò Jen contro il braccio di Brooke, prima di appoggiarsi alla testata del letto e strizzare gli occhi verso di lei. "Fammi indovinare, te ne stavi qui sdraiata a farti mille problemi e a chiederti che cavolo succederà adesso?"

Brooke sorrise. "Perché dovrei? Questa situazione è così semplice. Pensavo che avremmo potuto tenerci per mano mentre andavamo a fare colazione, e baciarci con la lingua davanti a tutti, sulla postazione delle omelette".

Un lampo di sensualità attraversò il volto di Jen. "Non sono sicura per quanto riguarda le omelette, il tipo che c'è dietro è un po' inquietante. La scena potrebbe piacergli un po' troppo. Ma accetterò l'offerta di un bacio con la lingua". Jen si dimenò sul letto, poi si avvicinò, premette le labbra su quelle di Brooke e le infilò la lingua in bocca come se lo avesse fatto ogni giorno della sua vita. Quando si ritrasse, scosse la testa. "Non credo di avertelo detto ieri sera, ma baci in modo spettacolare". Fece scorrere un dito sulla guancia di Brooke. "È anche bellissimo vederti appena sveglia".

"Come te. Quando ti ho messo la crema solare il primo giorno in piscina, ho cercato di non avere pensieri osceni. Ma ieri sera ho potuto toccare ogni parte di te, ho realizzato i miei sogni".

Jen le sorrise, poi le stampò un caldo bacio sulle labbra. "Quando mi hai messo la crema solare è stata molto piacevole, lasciamelo dire. Soprattutto quando mi hai quasi toccato il seno". La baciò di nuovo, poi chiuse gli occhi e si lasciò cadere sul letto con un sospiro.

Brooke si accigliò. "Che cosa è successo?" Il dubbio e l'inquietudine la attraversarono, come se avesse appena calpestato un lego fatto di emozioni. Cercò di ignorarlo. "Un attimo fa eri rilassata, ora sei sdraiata sulla schiena con le mani sugli occhi".

"Anche io prima ero in dormiveglia e pensavo al peggio". Jen si scoprì gli occhi. "Il nostro rapporto è passato da casuale a complicato, vero?"

Brooke si avvicinò in modo che i loro corpi si toccassero e passò un braccio sulla vita di Jen. Non voleva che tutto finisse così presto. "Sarà anche complicato, ma da quando ci siamo incontrate e ho buttato i tuoi vestiti giù per le scale, mi hai incuriosita".

"Mi è successo lo stesso. Infastidita, poi incuriosita". Jen si premette un indice sul petto. "È come se fosse destino. E te lo dice una donna che non crede nel destino, quindi non so quali trucchi ninja questa scopata pazzesca abbia fatto alla mia mente".

"Scopata pazzesca, eh?" Brooke si avvicinò per un bacio. Una pressione morbida e sicura si trasformò rapidamente in una pulsazione più urgente e accesa. Potevano farlo tutto il giorno.

Jen, tuttavia, sembrava avere altre idee. Si tirò indietro, poi allontanò delicatamente Brooke scuotendo la testa.

"E se ricordo bene, è così che le cose si sono complicate". Jen si alzò a sedere, con un'espressione corrucciata come se stesse ancora cercando di dare un senso a tutto. Espirò a lungo, poi scosse la testa. "Oggi dobbiamo tornare al nostro programma giornaliero di vacanze come se fosse normale. Ma come si può, dopo una notte strabiliante come quella che abbiamo passato?"

Brooke si sedette accanto a lei. "Per quello che vale, sei splendida quando ti lamenti nuda". Appoggiò le labbra sul lobo dell'orecchio di Jen, sul collo e poi sulla bocca.

In cambio, ottenne altri dolci gemiti. Passò la punta delle dita sui seni di Jen e poi tra le sue gambe.

Jen prese la mano di Brooke nella sua. "Come ho detto, per quanto mi piacerebbe stare in questo letto e scoparti tutto il giorno…"

Il pensiero fece tornare Brooke alla scena della sera prima. Jen a cavalcioni su di lei, tre dita dentro, che la scopava con deliziosa, lenta precisione. Il suo ventre si tese alla visione che aveva creato. Si leccò le labbra e deglutì con forza.

"Farebbe piacere anche a me, per la cronaca".

"Dobbiamo continuare come se non fosse successo nulla". Jen le lanciò un'occhiata rovente, fece un respiro profondo, poi si chinò e prese il telefono dal comodino. Lo accese. "Sono le 9 del mattino. Noah manderà una squadra di ricerca per trovarti? Cosa gli dirai di ieri sera?"

Brooke baciò le labbra di Jen. Questo la fece tacere per un momento. Non aveva bisogno che Jen si facesse mille problemi, poteva farlo benissimo da sola. Cosa avrebbe detto a Noah? E soprattutto, cosa avrebbe detto la sua faccia? Non ne aveva idea. Sicuramente non poteva dire la verità.

"Non gli dirò nulla. Ieri sera è rimasto a dormire da Chad, quindi se torna e io non ci sono, non penserà a nulla". Fece spallucce. "Potrei essere a colazione. Sulla spiaggia. A prendere il caffè. L'ultimo posto in cui verrebbe è qui. Non si aspetterà mica che io sia nel letto di sua madre, vero?"

"Spero di no. Ma, nel caso, è meglio che tu vada. Non voglio che ti trovi qui, non ancora". Quelle parole spronarono Jen all'azione. Si alzò quasi di scatto dal letto e iniziò a vestirsi. Mutande. Pantaloncini. Canottiera. Il tutto evitando il contatto visivo con Brooke.

Brooke balzò in piedi e afferrò la mano di Jen per rallentarla. Voleva fermare il movimento frenetico, calmarla senza dire quelle parole ad alta voce, visto che ottenevano sempre il risultato opposto.

"Ehi". Avvolse le braccia intorno a Jen e le baciò i capelli. Quella semplice azione la fece fermare.

"Andrà tutto bene. Risolveremo tutto".

"Sì?"

Brooke annuì mentre Jen le passava le braccia intorno alla schiena. In piedi, era un paio di centimetri più alta di Jen. Le loro differenze di altezza erano state mascherate visto che erano rimaste orizzontali per la maggior parte della notte.

"Sì, assolutamente. Sappi che non ho rimpianti per ieri sera. Qualunque cosa ci sia stata o ci sia tra di noi, sono stata molto bene".

Jen alzò lo sguardo fino a incontrare quello di Brooke. I suoi occhi brillavano più di blu che di verde quella mattina, ma il desiderio che vi leggeva era chiaro. Lo aveva provato tanto quanto Brooke, che fosse disposta ad ammetterlo o meno. Voleva che accadesse di nuovo, Brooke ne era già certa.

"Anch'io", sussurrò Jen, prima di incontrare le labbra disponibili di Brooke.

Pochi secondi dopo, spinse una Brooke nuda contro la porta di casa, le loro bocche unite. Prima che si rendesse conto di ciò che stava accadendo, Jen le aprì le gambe con la coscia e poi fece scivolare due dita dentro di lei con una tale facilità da toglierle il fiato.

Pochi istanti prima, Jen era sull'orlo di un attacco d'ansia. Ora la stava scopando contro la porta e Brooke ne era molto contenta. Contenta della lingua di Jen che affondava nella sua bocca, delle sue dita che si arricciavano all'interno. Del peso di Jen, che abilmente portò Brooke a un climax rapido e sporco che la lasciò floscia e aggrappata alla sua spalla.

Rimasero ansimanti per qualche secondo, prima che Jen ritirasse le dita. Quando incontrò lo sguardo intenso di Brooke, fece un altro respiro profondo. "Anch'io sono stata molto bene, nel caso avessi dei dubbi".

Capitolo 18

Jen pensava ancora a quel momento fantastico mentre annuiva a Giovanni dall'altra parte del tavolo della colazione. Il personale stava iniziando a preparare il buffet e il ristorante era pieno a metà. A Jen piaceva andare presto o tardi, per evitare la folla. Quella mattina aveva incontrato Gio e Amber e aveva fatto colazione con loro.

"I giovani d'oggi non sanno combattere. Servizi di streaming, film on-demand: non devono lasciare il loro divano, e tutto può essere fornito con un semplice clic. Nei parcheggi per roulotte non abbiamo un wi-fi perfetto, ed è così che mi piace. Voglio che le persone debbano camminare da qualche parte, interagire con gli altri, avere un contatto umano".

Nelle ultime 24 ore, Jen era quasi certa di averne fatto un'overdose con Brooke.

"Che cosa hai fatto ieri sera?" Amber era davvero bella e la sua pelle sembrava impeccabile.

Nel frattempo, Jen era abbastanza sicura di sembrare una morta vivente dopo la quantità di sonno che aveva avuto, ma Amber fu così gentile da ignorarlo.

Gio aveva ottimi gusti in fatto di donne. Jen avrebbe scelto grandi donne? Era lesbica adesso? Bisessuale? O era successo solo con Brooke? Non ne aveva idea. Amber aveva fatto una semplice domanda, Jen doveva mentire.

Non poteva certo dire loro che aveva passato tutta la notte a scopare con la finta fidanzata di suo figlio.

Jen afferrò il coltello e la forchetta così forte che il metallo quasi le toccava le ossa.

"Ieri sera?" *Non dirlo, non dirlo.* "È stata una serata rilassante". Si era decisamente rilassata. "Ho cenato, ho preso una bottiglia di vino in camera, ho letto il mio libro".

"Dev'essere per questo che stamattina hai un aspetto così riposato. Hai un certo…" Amber agitò una mano davanti al viso di Jen. "Un certo non so che. Un bagliore, un'energia. Non so cosa sia, ma sono felice che tu ti stia divertendo. Non è vero, Gio?"

Jen si sforzò di attenuare il suo bagliore da "ho appena scopato" mentre Gio le rivolgeva un sorriso. "Voglio che tutta la mia famiglia sia felice, in qualsiasi modo si inserisca in questa meravigliosa miscela. Sei molto importante per me, Jen. E poi, chissà, con Noah e Brooke che sembrano così innamorati, potremmo vederci molto più spesso, se dovessimo organizzare il matrimonio. Non sarebbe una cosa carina? Magari un altro matrimonio con un viaggio?"

Quella giornata poteva diventare più bizzarra?

***

"Pensavo che volessi ignorarmi. Ti ho mandato un sacco di messaggi ieri sera, ma non hai controllato il telefono nemmeno una volta. Ti prego, dimmi che eri fuori a ubriacarti di tequila, o a scopare con un DJ…".

"Non proprio". Doveva dire a Rhian la verità? Una metà

di lei pensava di no. Se lo avesse detto, sarebbe diventato del tutto reale.

Rhian si sedette sullo sgabello, con le mani sull'isola della sua cucina di alta gamma. "Non proprio? L'hai detto con un luccichio negli occhi!"

Ah sì? Prima Amber pensava che fosse raggiante, ora Rhian pensava che avesse un luccichio negli occhi? Avrebbe dovuto fare una seconda doccia, per lavare via quello che la gente vedeva.

Solo che non voleva farlo.

Jen stava ancora subendo le deliziose scosse di assestamento della sera prima. Continuava a vivere quelle scene nella sua testa, a ripetizione.

"Ti prego, dimmi che hai rimorchiato un bel DJ dopo una festa e hai passato la notte con lui".

"Quando mai ho incontrato un bel DJ?"

Rhian agitò una mano e si infilò in bocca una pallina di cocco Lindt. Jen riconobbe l'involucro azzurro. "Stavo pensando a quello che avresti potuto fare ieri sera e mi è venuta in mente una fantasia, ok? Assecondami, sono a casa da sola con due bambini". Fece una pausa. "Ma cosa hai fatto davvero?"

"Se te lo dico, prometti di non urlare?"

L'amica socchiuse gli occhi. "Va bene". Non sembrava sicura.

"Perché se fossi andata a letto con un DJ, sarebbe più facile da affrontare". Jen fece un respiro profondo. Merda, era più difficile da tirar fuori di quanto pensasse. Anche se sapeva che Rhian avrebbe capito la parte dell'andare a letto con una donna.

"Il fatto è che sono andata a letto con Brooke". Mentre parlava, Jen trattenne il respiro, aspettando la risposta dell'amica.

La risposta fu glaciale. "Come, scusa?", disse alla fine. "Ho sentito bene?" Abbassò la voce. "Sei andata a letto con Brooke?"

Jen annuì. Ormai l'aveva detto. Si sentiva decisamente più leggera.

"Che cavolo stai facendo?" Rhian andava sempre al sodo.

La spavalderia di Jen si sgretolò. "Sono una persona terribile?"

"Di solito no. Ma sei andata a letto con *la ragazza di Noah*?"

Jen scosse la testa. Rhian non era del tutto informata sui fatti. "Non è la sua ragazza, è la sua migliore amica. Avevamo ragione, Noah è gay. La fidanzata era un espediente perché suo padre non pensasse male di lui". Più lo diceva, più peggiorava la situazione. "E sì, so che questa logica è fallace, e l'ho fatto notare a Noah. Comunque, non è la sua ragazza".

Rhian emise un basso fischio. "Ok, così va *leggermente* meglio. Ma è sempre strano. Ora, la domanda principale. Da quando vai a letto con le donne? È qualcosa che mi hai tenuto nascosto per tutto questo tempo?" Si portò un dito al petto. "Pensavo di essere io quella bisessuale qui".

Jen ridacchiò. "È una sorpresa tanto per me quanto per te. C'è qualcosa in questa ragazza, sono attratta da lei".

"E poi sei caduta nelle sue mutande?"

"Più o meno. Ci siamo baciate l'altra sera e abbiamo cercato di far finta che non fosse successo..."

"Aspetta, non me l'hai detto".

"Sono stata un po' occupata".

"Hai baciato una donna! Sapevo che questo viaggio ti avrebbe portato l'amore, non l'avevo forse detto?"

"L'avevi detto. Hai anche detto che avrei trovato un DJ, invece, ho trovato una donna sexy". Una visione di Brooke, nuda contro la sua porta quella stessa mattina, con le dita di Jen sepolte in profondità dentro di lei, le tornò in mente. Chiuse gli occhi per assaporarla.

"E come è andata? Ora che abbiamo stabilito che non stai rubando la ragazza di tuo figlio, possiamo passare al nocciolo della questione? Com'è stato il tuo primo rapporto sessuale con una donna?"

"È stato un sogno, cazzo". Non esitò nemmeno a dirlo, perché era la verità. "Non ho mai fatto una scopata così bella".

"Me lo ricordo bene". Rhian aveva un'espressione sognante.

Jen sapeva che la sua amica avrebbe capito. "Non intendo le cose ovvie. Ho sempre pensato che andare a letto con una donna sarebbe stata un'esperienza più emozionante, ma non è stato così. È stato molto naturale ed estremamente fisico". Le guance le bruciavano mentre parlava. Lei e Rhian erano molto unite, ma non avevano mai parlato così. Se Jen faceva sesso con un uomo, cosa che ultimamente non accadeva spesso, di solito dopo ci scherzava su.

Non se la sentiva di scherzare su Brooke, era troppo intenso e troppo reale. Ma cercò di non farlo trasparire dal suo viso.

"Wow. Non era quello che mi aspettavo che dicessi quando hai chiamato. Ma non mi stupisce che tu non abbia risposto al telefono. Avevi le mani occupate". Rhian spalancò gli occhi. "Una volta sarei stata una tua concorrente. Ora vivo una vita così noiosa".

"Sì, ma non ti sei svegliata a letto con la migliore amica di tuo figlio che è abbastanza giovane da essere tua figlia, vero?"

L'amica emise un grido di gioia. "Mi piace questa nuova versione di te. Sembri audace. Spaventata, ma audace. E poi, ricorda sempre, un uomo non metterebbe mai in dubbio il divario di età. Quanti anni ha?"

"Ventinove".

Rhian sbuffò. "Ancora rimorchi, devi festeggiare. È ora di dare sfogo al tuo lato selvaggio, Jen Egan".

"E al diavolo le conseguenze?" Perché ogni volta che ci pensava, si accumulavano in un mucchio sempre più grande.

"Sei in vacanza, è un'avventura. Sono cose che capitano. Goditela finché dura. Potrai affrontare la realtà quando tornerai a casa, mancano solo tre giorni".

Era solo un'avventura per le vacanze? Sembrava più significativo di così. O era solo ridicola? Forse Brooke lo faceva sempre? Jen era solo un altro nome in un elenco? Si scrollò di dosso quei pensieri immediatamente.

"È stato pazzesco, però", disse a Rhian. "Prima abbiamo fatto una cena romantica sulla spiaggia, un vero appuntamento. Sento di poter essere completamente me stessa e lei lo accetta". Jen scosse la testa, rendendosi conto che stava improvvisamente percorrendo Via dei Ridicoli ad alta velocità. Schiacciò i freni e fece una correzione di rotta. "Ma è come hai detto tu. Una storiella da vacanza. È solo il caldo che gioca brutti scherzi alla mia mente e al mio corpo, la lontananza e tutto il resto".

Lo disse più per cercare di convincere se stessa che per altro.

Su una cosa, però, Rhian aveva ragione: lei e Brooke stavano già correndo contro il tempo. Il matrimonio era l'indomani e poi sarebbero tornate a casa due giorni dopo. Sarebbero tornate alla realtà. Una realtà in cui Jen non era certo rimasta sveglia tutta la notte a fare del sesso incredibile con una donna stupenda.

Quel pensiero le fece abbassare le spalle e le fece crollare l'umore. Era stata solo una notte, ma si era già abituata.

"Ti vedi con lei stasera?"

"Non credo. Sta cenando con Noah e ci siamo evitate per tutto il giorno. Ho paura di come mi comporterò con lei. Temo che tutti se ne accorgano".

"Nessuno può accorgersene. Quei dettagli succulenti sono solo nel tuo cervello e in quello di nessun altro". Rhian le rivolse un sorriso fiducioso. "Sono orgogliosa di te. In questa vacanza sei uscita dalla tua zona di comfort, è una buona cosa. Quando tornerai, potrai portare questo atteggiamento coraggioso agli altri appuntamenti".

Jen si accigliò: Rhian non pensava che potesse funzionare a lungo termine. Jen non aveva lasciato che la sua mente si spingesse così avanti, perché quando ci provava, non c'era niente da fare.

* * *

Jen passò l'ora successiva alla telefonata a radersi le gambe, a idratarsi e a sistemare il suo giardino femminile. Non che non fosse pulito e ordinato, ma non voleva che ci fossero lamentele. Gli uomini con cui era andata a letto avevano sempre commentato la sua quantità di peli. Lei lo aveva sempre trovato un po' sconcertante. Anzi, molto di più: profondamente misogino. Era il suo corpo, la scelta era sua.

Era interessante notare che l'unica cosa che Brooke aveva detto a Jen sul suo corpo era che era bellissimo. Quelle parole le erano risuonate nelle orecchie per tutto il giorno. Controllò l'orologio. Erano passate solo poche ore da quando Brooke se n'era andata, ma sembravano secoli. Non aveva mandato messaggi. Jen non l'aveva vista né sentita nella stanza accanto. Era sparita nel nulla. Stava pensando a lei? O era impegnata a fare la fidanzata con Noah?

Un brivido di qualcosa attraversò il petto di Jen. Era gelosa di suo figlio? Espirò a lungo. Brooke e Noah stavano fingendo, doveva tenerlo a mente, ma sapeva già che Brooke era una brava attrice. La coppia aveva convinto la maggior parte delle persone, compresa Jen, all'inizio.

Tutto ciò la fece riflettere. Anche lei e Brooke stavano fingendo?

Aveva bisogno di fare qualcosa per distrarsi, doveva uscire dalla sua testa. Forse un allenamento sarebbe servito. Era dopo pranzo, solo i pazzi si allenavano di pomeriggio con quel caldo, ma probabilmente la palestra era meno frequentata. E comunque, era meglio che stare seduta sul balcone ad aspettare il ritorno di Brooke. Voleva vederla, ma cosa poteva succedere con Noah in giro? Era un casino. Doveva concentrarsi su qualcos'altro.

Dieci minuti dopo uscì dalla porta di casa in tenuta da ginnastica, camminando con un ritmo sostenuto. Passò davanti alla piscina e intravide Serena, Megan e Patsy sui lettini. Nessuna traccia di Noah e Brooke. Cercò di non agitarsi e quasi ci riuscì.

Quando entrò in palestra, c'era solo un'altra persona. Romeo. Salutò e lui ricambiò, ma Jen si mise subito sul tapis roulant, inserì le cuffie bluetooth e lasciò che Miley Cyrus la guidasse mentre cantava di potersi comprare dei fiori da sola. Jen si comprava fiori da sempre. La situazione sarebbe cambiata una volta tornata a casa?

Quando scese dalla macchina, si diresse verso la sezione dei pesi e iniziò le sue solite serie. Trazioni per le spalle, curl per i bicipiti, squat e affondi. Stava già grondando di sudore anche se l'aria condizionata era al massimo, ma questo la distraeva dai suoi problemi. In un certo senso. Era a metà allenamento quando Romeo scese dal vogatore e si sedette lì vicino. Prima di parlare, fece una panca con dei pesi dall'aspetto massiccio.

"Anche tu non vedi l'ora che arrivi il matrimonio di domani?"

Guardò a destra. Anche la canottiera di lui era intrisa di sudore. Per la prima volta, notò che era piuttosto muscoloso. "Certo". Come una pallottola in testa.

"Penso sempre che questi matrimoni con viaggio incluso siano un po' esagerati".

Non se lo aspettava. "Giovanni che paga per tutti è l'emblema dell'esagerazione, ma è fatto così".

"Giusto".

Jen eseguì la serie successiva di esercizi, appoggiò i pesi e incrociò lo sguardo di Romeo nello specchio sul soffitto. "Pensavo che, con il tuo nome, fossi una persona romantica".

Sorrise. "Mi sa che ti sei dimenticata la storia. Romeo e Giulietta alla fine muoiono".

Jen sorrise. "Hai ragione. Perché tutti pensano che Romeo

e Giulietta siano romantici, visto che in realtà si tratta di una tragedia?"

Finirono gli esercizi e Romeo la seguì all'uscita.

"Ti dispiace se vengo con te?"

Era premuroso a chiederlo. "Certo. Dov'è la tua villa?"

"A poca distanza dalla tua. Dall'altra parte della piscina". Le aprì la porta. "E prima che tu lo chieda, no, non ti ho stalkerata. Stavo chiacchierando con Noah durante l'addio al celibato e mi ha detto che eri accanto a lui e Brooke".

Buono a sapersi. Il caldo la colpì quando uscì, quindi prese gli occhiali da sole e il cappello dalla borsa.

"A proposito di matrimoni e relazioni, sei sposata? O ti vedi con qualcuno?"

Jen scosse la testa. "Sono stata sposata per un breve periodo, molto tempo fa. Non sono una fan, ma questo rimanga tra noi due. E attualmente sono single". Non era una bugia. "E tu?"

Scosse la testa. "Ho incontrato la persona giusta due volte, ma una è morta e l'altra mi ha lasciato, quindi io e il matrimonio evidentemente non siamo fatti l'uno per l'altra".

Non se lo aspettava. "Allora siamo in due". Ma il suo cervello aveva altre idee, perché le presentò un'immagine di lei in abito bianco con Brooke al suo fianco, in un completo abbinato con pantaloni bianchi. Cancellò l'immagine dalla sua mente con la stessa rapidità con cui era arrivata.

Camminarono lungo la passerella coperta.

"Vado a sdraiarmi in piscina. Vuoi venire? Ti prometto cocktail dai colori strani e texani rumorosi a ogni angolo".

Jen rise. Era una bella sensazione. Quel giorno era stato come una lunga rampa di desiderio e tensione, Romeo l'aveva alleggerita un po' e gliene era grata.

"L'altro giorno ho conosciuto dei texani tranquilli", rispose. "Mi unirò a te, ma prima devo tornare in camera a mettermi il costume".

Lui si toccò la borsa. "Io ce l'ho qui". Si avvicinò. "È stato bello incontrarti. Magari al matrimonio possiamo ballare e confermare la nostra avversione al matrimonio. Così tutti parleranno".

"Non avversione, è solo che..." Ma la tensione di prima le tornò sulle spalle. Romeo era simpatico, ma non voleva ballare con lui. Preferiva il ballo che aveva fatto la sera prima, splendidamente studiato ed eseguito sia da lei che da Brooke.

Romeo si tirò indietro con un sorriso proprio mentre Brooke appariva all'ingresso della piscina. Era assolutamente splendida nel suo bikini rosa acceso. Sobbalzò quando vide Jen e lanciò a Romeo uno sguardo omicida.

"Ci vediamo tra poco", disse Romeo, ignaro, dirigendosi verso la piscina. Salutò Brooke quando le passò accanto.

Lei gli rivolse un sorriso tirato.

Jen si avvicinò, sperando in un miglioramento. Anche se era sudata fradicia.

"Sembrava amichevole". Se Brooke voleva nascondere il tono sprezzante della sua voce, stava fallendo miseramente.

"Ci siamo incontrati in palestra". Perché c'era attrito tra loro? Quella mattina si erano lasciate in modo più che pacifico.

Brooke fece un respiro profondo, poi scosse la testa. "Scusa, non farci caso. Ho avuto una mattinata tesa, la famiglia di Noah mi ha chiesto quando ci sposeremo. Mi ha incasinato un po' la mente".

"Come è successo ieri sera a me".

Lo sguardo di Brooke era intenso. "È tutto il giorno che non riesco a pensare ad altro".

"Idem".

"Mi sa che anche stasera non riusciamo a vederci. Siamo a cena con Giovanni e Amber. Lui vuole parlare della possibilità di darmi un lavoro, quindi non posso non andare".

Jen scosse la testa. "È fantastico, dovresti assolutamente andarci. So che vuoi lasciare il tuo ruolo attuale e Gio non scherza quando si tratta di affari". Fece una pausa. "Ma non sei preoccupata per quello che potrebbe succedere quando tutto questo verrà fuori?"

I muscoli della mascella di Brooke scattarono. "Non posso. È una grande opportunità. Devo sperare che Noah faccia ragionare suo padre e che il lavoro ci sia ancora. Prima però devo superare questo colloquio. Noah dice che stasera lui e Chad non si vedono, perché Chad fa da babysitter a suo nipote. E poi, vuole andare a letto presto per prepararsi al matrimonio di domani, quindi non potrò essere nel tuo letto". Allungò le dita e quasi prese quelle di Jen, poi apparentemente si ricordò dov'era e le ritirò.

Jen si mordicchiò l'interno della guancia per la frustrazione. Non si era mai trovata in quella situazione, a doversi nascondere. Era difficile.

"Romeo ti ha chiesto di uscire?" Brooke fece la domanda con leggerezza, ma Jen poteva vedere la tensione sul suo volto.

Lei scosse leggermente la testa. "No, ma dobbiamo parlare, io e te. Speravo di farlo prima del matrimonio. A meno che…" Jen si interruppe.

"A meno che?"

"Tu non voglia tornare in camera con me e toglierti il bikini per mezz'ora".

"Questo non è parlare", rispose Brooke, abbassando lo sguardo sulle labbra di Jen.

"Lo so".

Brooke toccò le dita di Jen con le proprie, prima di guardarsi intorno. "Andiamo".

Capitolo 19

"Il fatto che a mio padre piaccia la mia finta ragazza più di quanto gli sia mai piaciuto io, e che le offra un lavoro, non era in programma per questa vacanza". Noah aveva le mani in tasca mentre uscivano dal ristorante giapponese. Suo padre e Amber erano andati al bar per un drink, ma Noah e Brooke avevano rifiutato l'offerta di unirsi a loro.

Anche Brooke stava ancora cercando di dare un senso a quella vacanza. La madre di Noah l'aveva scopata innumerevoli volte e suo padre le aveva appena offerto un lavoro. Se ci avesse pensato troppo, sarebbe crollata. Invece, scacciò entrambi i pensieri dalla mente e si mise al suo fianco, ma uno scricchiolio la fece barcollare. Si aggrappò al braccio di Noah per stabilizzarsi. Quando guardò in basso, individuò il colpevole.

"Che cosa è successo?"

"Mi si è rotto il tacco della scarpa".

Noah le rivolse uno sguardo comprensivo. "Ricordo che mi è successo quando ho fatto quello spettacolo di drag queen l'anno scorso per il Pride. Ben mi ha dovuto portare a cavalluccio fino a casa perché era il centro di Londra e non potevo camminare per paura di calpestare vetri, piscio o peggio".

"Avresti dovuto parlarne a cena". Brooke sollevò un sopracciglio. "Vuoi fare lo stesso per la tua ragazza bloccata? Non è così lontano dalla stanza e non mi va di fare tutto il tragitto".

Mostrò il bicipite. "Certo. Tutte queste sessioni di palestra devono pur servire a qualcosa, no?" Noah si abbassò in modo che Brooke potesse agganciargli le braccia al collo e poi circondargli la vita con le gambe. "Ti reggi?"

"Sì", gli disse, mentre lui si rialzava e cominciava a camminare.

Brooke si sistemò, poi lo abbracciò forte. "Perché questa cosa è stranamente intima? Come mi se stessi strusciando sul tuo corpo?"

"Perché lo stai facendo?"

Lei gli accostò la bocca all'orecchio. "Finalmente ho le gambe aperte per te".

Il corpo di Noah fu scosso dalle risate. "Ti prego, ho appena mangiato. Non voglio rimettere la cena".

"Posso solo dire che sono felice di aver indossato i pantaloncini stasera. Altrimenti, questo resort avrebbe avuto uno spettacolo più osceno di quello che si aspettava". Respirò il profumo di Noah, tutto arance e muschio. Era una combinazione piacevolmente familiare. Gli strinse il bicipite mentre giravano l'angolo e si dirigevano lungo il corridoio aperto dal pavimento lucido che si affacciava sul mare. Al piano inferiore, il bar principale era in piena attività. Alla loro destra, i clienti oziavano fuori dal ristorante italiano e dalla steak house. Alla loro sinistra, l'uomo al banco della tequila offriva loro uno shot.

Brooke diede un colpetto al collo di Noah. "Non abbiamo ancora preso uno shot di tequila. L'ho bevuto con entrambi i tuoi genitori, ma non con te". La sua mente dipinse un'immagine di quella notte con sua madre sul bar della terrazza vista mare.

Quella che aveva portato al loro secondo bacio. Era stato perfetto. Non riusciva ancora a credere a quanto fosse legata alla famiglia di Noah e lui ne aveva solo una mezza idea.

Noah si avvicinò alla postazione della tequila, l'uomo dietro al bancone era vestito con un sombrero e un abito tradizionale. Prese due shot, poi ne alzò uno per darlo a Brooke.

Lei lo prese e batté il bicchiere di plastica con il proprio. "Pronto?"

"Una promessa è una promessa".

Non aveva bisogno di vedere la sua faccia per capire che era già disgustato. "Pensa che siano i baci di Chad. O un frullato proteico. Buttalo giù, testa di cazzo!"

La testa di lui sobbalzò all'indietro per bere, seguita da una scossa di tutto il corpo che la fece ridere.

"Vuoi sederti un attimo su quella panchina?" Brooke indicò alla sua destra.

Lui si avvicinò senza dire una parola e la fece scendere. Lei appoggiò la scarpa rotta sulla panchina, mentre l'uomo della tequila offriva loro due magneti da frigo con il marchio della tequila.

Brooke era entusiasta. Chi non ama gli omaggi? "Posso averne un altro?" Lanciò un'occhiata a Noah. "Per tua madre".

"Molto premuroso".

L'uomo col sombrero aggiunse un terzo magnete, insieme ad altri due shot di tequila. Brooke li prese senza chiedere se Noah ne volesse un altro. Non si poteva mai fare un solo shot di tequila, lo sapevano tutti.

"Come ti senti per il matrimonio di domani?"

"Ho invitato Chad". Brooke trasalì, Noah prese lo shot di tequila da lei e lo mandò giù di sua spontanea volontà.

"Cosa hai fatto?" Non sapeva bene cosa pensare. No, non voleva essere la ragazza di Noah, ma per il matrimonio dovevano sfoggiare la loro finta relazione. Era il motivo per cui erano lì.

Alzò una mano. "Prima che ti arrabbi, voglio solo che lui sia lì. La mamma aveva un posto libero accanto a lei perché Rhian non era venuta, quindi aveva senso. Altrimenti sarebbe stato vuoto". Si mise una mano sul cuore.

"Mi sono innamorato di lui, non so cosa fare. Tutto quello che hai detto sul fatto che questo potrebbe non essere il modo migliore per affrontare le cose con mio padre ora ha più senso. È da un po' che non ho un ragazzo serio. Questo piano funzionava quando ero single. E poi, sei stata un successo. Forse un po' troppo, ma non posso lamentarmi".

Sospirò e posò il bicchiere di plastica a terra. "Immagino che sia solo una botta di realtà, ora che siamo qui e che è successo tutto questo. Non è colpa tua, è mia. Ma mi sono chiesto: cosa sarebbe successo se mi fossi presentato con Chad e lui fosse stato come te?"

"Magari avrebbe portato i tacchi meglio di me". Gli strinse il braccio mentre parlava. Quel momento capitava spesso, quello in cui Noah si rendeva conto di ciò che aveva fatto e cercava di capire come uscirne.

Si voltò verso di lei, con il volto teso dall'ansia.

Odiava vederlo così. Continuò ad accarezzargli il braccio.

Abbassò lo sguardo sulle dita di lei strette intorno all'avambraccio, poi fece un respiro profondo. "Mio padre avrebbe offerto un lavoro anche a Chad? Mia madre sarebbe andata così d'accordo con lui? Papà ci avrebbe offerto una cena romantica? Ho cercato di tenere a freno tutte queste domande, ma ora stanno cominciando a venire a galla, e faccio fatica a sopportarle".

Scosse la testa. "E non sono del tutto sicuro del motivo per cui ho voluto invitarlo domani, se non che mi sembrava importante averlo lì. Anche se ufficialmente sarò con te". Si passò una mano tra i capelli. "So di aver fatto un casino e so che non ha senso, ma andare con te mi sembrava disonesto". Fece un sorriso ironico. "Per favore, risparmia i "te l'avevo detto" fino a domani, perché ora non posso sopportarli".

Brooke si sedette e gli accarezzò la schiena, mentre Noah si chinava in avanti e si prendeva la testa tra le mani. Lei non aveva intenzione di fargli la predica, non era nella posizione di farlo. Invece, si chinò in modo che la sua testa fosse nello stesso punto di quella di lui. "Sei disperato o stai per vomitare la tequila?"

Il suo interlocutore girò la testa. "La prima", rispose con un accenno di sorriso.

"Stavo solo controllando". Si chinò e gli baciò il lato della testa. "Il matrimonio sarebbe stato sempre strano, che tu avessi conosciuto Chad o meno. Devi accettarlo. L'incontro con Chad è positivo e forse ti ha fatto capire che mentire non è la strada giusta".

Noah si alzò a sedere e appoggiò la schiena alla panchina. "Avresti dovuto vedere la sua espressione quando gli ho detto che eri la mia finta ragazza. Non ne era impressionato. Ho dovuto convincerlo che a Londra non sono segretamente gay, che lo vivo apertamente". Le lanciò un'occhiata. "Ho rovinato tutto, vero?"

Brooke scosse la testa. "No, Chad è ancora al tuo fianco e lo sarà anche tuo padre".

"E se non fosse così?"

"Lo sarà. Se non altro, Amber se ne assicurerà".

Noah sorrise. "È abbastanza simpatica, non è vero?"

Brooke annuì. "Non è la matrigna cattiva che tutti odiano. Solo una donna normale che si è innamorata di qualcuno che non si aspettava, può succedere a chiunque".

Un'immagine di Jen sdraiata sul letto quella mattina le passò per la testa. Brooke la scansò. Era successo quello stesso giorno? Sembrava una vita fa. Era fin troppo consapevole che si poteva incontrare qualcuno che non ci si aspettava di incontrare e che la vita poteva cambiare totalmente. Era successo a Noah e sarebbe potuto succedere anche a lei. Ma se l'incontro che lei e Noah desideravano si fosse effettivamente avverato o meno, nessuno dei due poteva prevederlo. Al momento erano in vacanza, vivevano in una bolla. Cosa sarebbe successo una volta tornati a casa? Non ne aveva idea.

"Ho invitato Chad così, su due piedi. Voglio fargli conoscere la mia famiglia, ma so che sarà strano e imbarazzante. Dovrei disinvitarlo?"

"Viene come accompagnatore di tua madre?"

Noah annuì.

Quella vacanza stava diventando sempre più strana.

"Dormici sopra. Vedi come ti sentirai domattina". Non aveva idea se fosse una cosa buona o cattiva, sapeva solo che erano nella stessa situazione: non potevano stare con la persona che volevano davvero. Però non aveva intenzione di parlarne con Noah la sera prima del matrimonio.

"Quando pensi di dirlo a tuo padre?"

"Venerdì. Il giorno dopo il matrimonio. Speriamo che sia in preda ai postumi della sbornia e alla pigrizia, così se la sua prima reazione sarà quella di prendermi a pugni, avrò il tempo di scappare".

"Tuo padre è mai stato fisicamente violento con te?"

Scosse la testa. "Era ironico". Ma aveva lo stesso un'aria triste.

"Ti va bene comunque che io lavori con lui? Anche dopo che tutto sarà reso pubblico? Perché se ti dà fastidio, dimmelo e non lo farò. La nostra amicizia viene prima di tutto e non voglio creare imbarazzo".

Scosse immediatamente la testa. "Neanche un po'. Mio padre ha bisogno di qualcuno su cui contare, e tu sei entusiasta di quello che vende. Se non altro, mi eviterebbe di lavorare con lui. Anche se mi odierà quando gli dirò che sono gay, mi vorrà comunque bene grazie a te, ed è fantastico".

Brooke gli mise un braccio intorno e lo tirò vicino. "Certo che ti vorrà comunque bene, stupido. Come potrebbe non farlo?" Gli baciò la guancia.

La guardò. "Mi dispiace di averti fatto passare tutto questo, ma grazie per essere stata al mio fianco. Non ce l'avrei fatta da solo".

Non era sicura che avrebbe detto lo stesso una volta scoperta tutta la verità. "Non c'è di che. Grazie per avermi ospitata, è stata una vacanza interessante finora".

"Sta per finire. È qui che le cose si fanno davvero piccanti".

"Se lo dici tu".

Noah si alzò e Brooke gli salì sulla schiena. "Portami a casa, cowboy. Poi potrò fumare una sigaretta nel patio. Stasera ne ho bisogno".

"Potrei anche unirmi a te", rispose Noah.

Capitolo 20

Messico: Nono Giorno

Jen si mise davanti a suo figlio e si concentrò sul lavoro da svolgere: sistemargli il papillon. Aveva sempre sistemato i papillon del suo ex marito quando andavano a eventi in smoking, e Noah aveva chiesto il suo aiuto.

"Stai bene?" Sapeva che la sua attenzione era già concentrata su qualcos'altro, ma lui annuì lo stesso. I suoi capelli scuri e ricci risplendevano alla luce del sole mattutino che si rifletteva attraverso il vetro del bagno e la parete.

"Sono qui, mente e corpo".

"Bugiardo. A che ora arriva Chad?"

"Dodici e trenta". Lanciò un'occhiata alla vestaglia di Jen. "Sei pronta per il tuo accompagnatore? Ho sentito dire che è di gran moda avere un toyboy".

Si chiese se lui avrebbe detto lo stesso di una toygirl. Ma esisteva una parola del genere? Forse no. Qualunque fosse il termine, Brooke era in bagno a truccarsi. La vista di Brooke nella sua vestaglia di raso, quando Jen era entrata, l'aveva bloccata.

Anche Brooke era rimasta colpita. Non aiutava il fatto che il bagno fosse bollente, non faceva nulla per placare i pensieri su ciò che c'era sotto la vestaglia di Jen.

Jen si era leccata le labbra: voleva andare verso Brooke e baciarla.

"Qual è la nostra storia, comunque? Non devo fingere che sia il mio accompagnatore, vero?" C'erano così tante bugie in quel matrimonio da farle girare la testa.

Noah scosse la testa. "Ho detto a papà che io e Chad ci conosciamo da Londra e che aveva senso occupare la sedia vuota. Lui è d'accordo".

"Un'altra bugia".

"Glielo dirò molto presto, quindi non arrabbiarti stamattina, *per favore*. Non ce la faccio".

Jen finì il papillon e fece un passo indietro. "Non una parola di più". Sorrise. "Sei bellissimo, chiunque sia il destinatario. Megan, Chad, tuo padre o la tua cara vecchia mamma".

"È per Megan, perché mi ha chiesto di indossare un papillon. Non lo farei volontariamente. Almeno non devo dirigere le persone ai loro posti".

Brooke si avvicinò e si mise all'ingresso della camera da letto, appoggiandosi alla parete. "Stai benissimo".

Jen si voltò e per poco non fu messa fuori combattimento dal sorriso smagliante di Brooke. Inspirò e si assicurò di stare molto ferma.

Noah si voltò. "Nemmeno tu sei vestita? Perché le donne ci mettono una vita a prepararsi?"

"Siamo entrambe truccate, non stressarti", gli disse Jen. "Mi ci vorranno esattamente cinque secondi per infilarmi il vestito e i tacchi. A proposito, potrebbe essere il momento di farlo". Si girò e si diresse verso la porta.

Ma Noah le prese la mano mentre lo faceva. "Pensi che abbia fatto bene a invitare Chad?"

Jen esitò, non era la persona a cui chiedere consigli sulle relazioni. "Sono sicura che andrà tutto bene".

Quando spostò lo sguardo su Brooke, il suo volto diceva tutt'altro.

***

Il sole era abbagliante mentre Jen si avvicinava al ponte nuziale situato su un'alcova della spiaggia, con vista sull'oceano. Capiva perché avessero scelto quel posto per sposarsi, era pittoresco oltre ogni aspettativa. La cerimonia, però, non era la parte più difficile. Era il matrimonio in sé che Jen aveva difficoltà a gestire.

Tuttavia, confortata dal tempo trascorso con Brooke, solo per un giorno avrebbe creduto nell'amore. Chi diceva che Megan e Duke non fossero perfetti l'uno per l'altra? Il fatto che lei e il suo ex marito Michael si fossero lasciati prima di raggiungere il loro apice non significava nulla.

L'unica persona con cui Jen aveva sentito una connessione negli ultimi dieci anni era Brooke.

In quel momento era da qualche parte in splendida forma al braccio del figlio. Se fosse successo qualcosa tra Jen e Brooke, tutti avrebbero automaticamente pensato che Jen aveva rubato la ragazza al figlio? Per chi guardava dall'esterno, la risposta era un chiaro sì. Sperava che con il tempo quel pensiero potesse essere cancellato.

Ma stava correndo troppo. Non ne avevano più parlato da quando era successo. Non si erano fatte promesse. Per il momento, la chimica sessuale era il loro legame principale, ma Jen sapeva che c'era molto di più. Brooke la faceva sentire viva. Non l'aveva ancora vista nel suo abito da cerimonia, ma era determinata a controllare le sue emozioni e il suo comportamento quando si fossero trovate faccia a faccia.

"Ti piacciono i matrimoni?" Chiese Chad mentre si avvicinavano alle file di posti.

"Per oggi sì, certo".

Chad indossava un elegante abito blu con cravatta azzurra e scarpe marroni. I suoi capelli non si muovevano nella brezza marina e odorava di profumo costoso e crema idratante. Era l'uomo perfetto per suo figlio. Brooke era la donna perfetta per lei?

Voleva che il suo cervello smettesse di fare domande.

Prenditi un giorno di riposo, per l'amor del cielo.

"Sposa o sposo?" chiese un usciere in abito beige e con il papillon.

"Sposa", gli rispose Jen, e lui li diresse a sinistra. I posti a sedere erano già pieni per metà, mancavano solo 15 minuti alla cerimonia. Presero dell'acqua da un bancone di ispirazione art déco, poi si sistemarono su due posti alla fine di una fila, a metà della stanza.

Chad si tirò su i pantaloni prima di sedersi, poi lisciò la stoffa sulle cosce. Jen avrebbe scommesso che era il tipo che teneva la cintura di sicurezza lontana dalla camicia per evitare le pieghe quando era in auto.

"Coglierai l'occasione per torchiarmi sulle mie intenzioni nei confronti di tuo figlio?"

Jen sorrise. "Di solito lo farei, ma non oggi. Sembri piuttosto normale, qualunque cosa significhi". Gli accarezzò il ginocchio. "Se piaci a Noah, per me è sufficiente". Era proprio vero. Chad era il primo ragazzo che approvava?

Stava per togliere la mano, quando un colpetto sulla spalla la fece voltare.

Amber. Con gli occhi spalancati. La sua scollatura ammiccava sotto la collana. "Questo l'hai tenuto nascosto, Jen". Tese una mano. "Amber, matrigna della sposa".

"Chad", rispose lui. "Sono un amico di Noah. Jen ha gentilmente accettato di farmi compagnia per la giornata".

"Sei proprio bello" Amber era raggiante, le sue parole erano cariche di emozione. "È meglio che mi muova, devo essere in posizione quando arriveranno Gio e Megan". Si allontanò di corsa.

"Sarà così per tutto il giorno?" Chad sembrava sofferente.

"Spero di no", rispose Jen.

Ma le sue parole furono rapidamente seguite da un altro colpetto sulla spalla.

Si voltò per rispondere stancamente "amico di Noah", ma quando vide chi era, si alzò immediatamente in piedi.

Brooke e Noah. Suo figlio faceva gli occhi a cuoricino a Chad, con il suo abito marrone chiaro fatto su misura. Brooke indossava uno splendido tailleur rosso svasato, senza camicia e con un gilet rosso. Jen non pensava di averla mai vista così bella. E sembrava più alta? Jen le guardò i piedi. Tacchi mostruosi. Se ne sarebbe pentita più tardi.

Forse Jen sarebbe stata presente quando li avrebbe tolti. *Smettila di pensare a quello.*

"Come va?" Noah rivolse la domanda a entrambi, ma i suoi occhi erano puntati su Chad.

"Amber pensa che io e Chad siamo fidanzati, e ci stiamo sciogliendo per il caldo, ma a parte questo…" Jen fece una pausa. "Come sono andate le foto?"

Brooke trasalì. "Giovanni ha insistito perché io partecipassi a tutte le foto di Noah. Ho fatto in modo di essere sempre all'esterno, quindi spero che conoscano qualcuno che sia bravo con Photoshop".

"Non ce ne preoccupiamo adesso". Noah mise un braccio intorno alla spalla di Brooke e il tono della sua voce fece capire che non era la prima volta che facevano quella conversazione.

"Come vuoi tu". Lo sguardo di Brooke si fuse con quello di Jen e il suo stomaco cadde in picchiata.

Voleva spingere via Chad dal suo posto e metterci Brooke, subito. Ma non era il momento.

Era più difficile di quanto avesse immaginato.

Noah si avvicinò per dire qualcosa a Chad.

Jen si leccò le labbra e fece lo stesso con Brooke. "Sei incredibile", sussurrò.

"Anche tu", mormorò Brooke, mentre Noah le metteva una mano sulla schiena.

"Dovremmo andare. Ci vediamo dall'altra parte".

Jen annuì, poi li seguì entrambi mentre si allontanavano. Quando si voltò verso Chad, nei suoi occhi c'era una domanda a cui non voleva rispondere. Aveva capito? Lo sapeva automaticamente perché anche lui era queer? Jen era nuova in quel mondo, non ne aveva idea. Se lo sapeva, non disse una parola. Anzi, quando iniziò la musica introduttiva della sposa, Chad si avvicinò e strinse la mano di Jen.

Non se lo aspettava, ma era esattamente ciò di cui aveva bisogno in quel momento. Quel matrimonio sarebbe stato una follia anche se non fosse andata a letto con Brooke, ma ora che l'aveva fatto, non era sicura di cosa provare o di quale fosse il suo posto. Avere Chad a sostenerla era inaspettato, ma gradito.

Pochi istanti dopo, tutti erano in piedi, con le teste girate, mentre Megan e Gio salivano lungo il sentiero e scendevano lungo la navata. Gio era raggiante come il papà orgoglioso che era, mentre sembrava che Megan stesse contando quanti passi aveva fatto per il suo totale giornaliero. Jen era sorpresa che non si fosse paracadutata lì. Anche il suo futuro marito era un fanatico del fitness, quindi erano perfettamente compatibili. C'è una persona perfetta per tutti, così le dicevano in continuazione.

Brooke si guardò alle spalle e incrociò il suo sguardo.

Il calore la attraversò, e non aveva nulla a che fare con il sole messicano. Aveva tutto a che fare con Brooke.

Megan poteva essere la sposa e il centro dell'attenzione, ma Brooke non aveva nulla da invidiarle. Jen era disperata. Non aveva idea di come fosse successo, ma si stava innamorando di lei.

Questa era la scomoda verità.

* * *

Il cocktail successivo fu al bar della spiaggia al tramonto, dove Jen e Brooke avevano bevuto per la prima volta gli shot di tequila. Il ricordo di quella notte continuava ad affiorare nella mente di Jen mentre sorrideva e stringeva la mano a una pletora di invitati che non conosceva e che non avrebbe mai più rivisto.

Afferrò un calice di vino frizzante da un vassoio di passaggio. Alla sua destra, Brooke era in piedi con Noah a chiacchierare con la sua famiglia allargata, con il braccio di lui appoggiato alla sua vita in segno di vicinanza.

Jen voleva avvicinarsi e strapparlo via.

Si girò in modo da non vedere né il culo di Brooke né la mano di Noah e si trovò di fronte Amber.

"Non sono la coppia perfetta? Potrei divorarli". Si avvicinò. "Dov'è il tuo amante? È un buon partito".

"Non è il mio amante, non ci provare. È un amico di Noah di Londra. Prende il posto di Rhian al matrimonio, quindi è il mio braccio destro per la serata".

"Ci sono cose peggiori al mondo da sopportare". Amber le rivolse un sorriso. "Immagino che sarebbe un po' strano mettersi insieme a un amico di Noah. Anche se si tratta di una cosa di una notte, chissà". Amber seguì il suo sorriso con l'occhiolino più oltraggioso che Jen avesse mai visto.

Fu attraversata da un senso di paura. Era un commento velato? Amber lo sapeva? O stava solo facendo conversazione?

Jen bevve il resto del suo vino, poi prese un altro calice da un vassoio. Amber fece lo stesso.

"Come si chiama?"

"Chad".

"Chad. Molto americano. Non è americano, vero?"

"Non mi pare proprio".

Amber rise come se fosse la battuta più divertente del mondo, poi mise una mano sul braccio di Jen. "Sei divertente, mi piace. Dobbiamo restare unite, noi due. Siamo legate alla famiglia, ma non ne facciamo veramente parte".

Jen si accigliò. "Tu ne fai parte, sei sposata con Gio".

Fece a Jen un sorriso complice. "Non sono stupida. Mi sopportano, perché qual è l'alternativa?" Scrollò le spalle. "Ma a me piace la mia vita e amo Gio, quindi anche io sopporto". Alzò il bicchiere. "A chi vive la vita con il sorriso sulle labbra".

"Che cosa state combinando voi due?" Giovanni sorrise mettendo un braccio intorno alle spalle di Amber.

"Cose da donne", rispose Amber.

Gio fece un cenno a Noah e Brooke. "Pensi che potrebbero essere i prossimi?"

"Abbiamo già avuto questa conversazione e la mia risposta è sempre la stessa", rispose Jen. "No, non credo".

Sì, era stata un po' brusca. Ma davvero, perché la gente era ossessionata da chi sarebbe stato il prossimo? Non potevano semplicemente essere felici per la coppia che stavano festeggiando in quel momento?

E sì, stava di nuovo guardando il culo di Brooke.

"Non aver paura di perderlo, Jen", disse Gio, con lo sguardo di chi pensava di aver capito. "Tornerà sempre da te, anche se c'è un'altra donna nella sua vita".

Come se si fossero accorti che si parlava di loro, Brooke e Noah si girarono e si avvicinarono, in un turbinio di sorrisi giovanili, capelli lucenti e amore degno di Instagram. Jen sapeva che non era reale, ma la cosa cominciava a darle fastidio. Dov'era Chad? Non lo vedeva da ben dieci minuti. Era diventato troppo anche per lui?

"Ecco l'amore di cui parlavo prima", disse Gio.

Immediatamente, la mano di Noah strinse la vita di Brooke un po' più forte.

Nel frattempo, i muscoli della mascella di Brooke si irrigidirono in modo quasi impercettibile a un occhio inesperto, ma Jen se ne accorse. Dopo l'ultima settimana, era abituata a guardarla da vicino. In quel momento, Brooke stava evitando qualsiasi contatto visivo con lei.

"Avete qualche idea su quando potrebbe essere il vostro

turno? Ho già sborsato per i matrimoni di Megan e Georgie; quindi, quando sarete pronti, basta che lo diciate. Non c'è niente di troppo per il mio unico figlio e la sua splendida fidanzata. Hai sempre avuto in mente il matrimonio perfetto, Brooke? Hai un album sotto il letto pieno di sogni d'infanzia e del vestito ideale?"

Brooke sbatté le palpebre, lanciò un'occhiata a Noah, la cui faccia assomigliava a una pinta di latte cagliato, e poi azzardò uno sguardo verso Jen.

In risposta, Jen lanciò un'occhiata al pavimento. Se c'era una situazione più imbarazzante in cui trovarsi, non riusciva a immaginarla.

Sorprendentemente, fu Amber a intervenire. "Scusatelo, a volte può essere vecchio come la pietra. Perché non chiedi a Noah la stessa cosa? Forse lui ha tenuto un album sotto il letto? Non tutte le donne vogliono un matrimonio sfarzoso". Scosse la testa verso Gio. "Ero sicura di avertelo insegnato, ma evidentemente hai ancora qualcosa da imparare".

"Non volevo offendere nessuno!" Gio inclinò la testa. "Brooke lo sa, vero?"

"Certo", rispose a denti stretti.

"E Noah, avevi un album dei ricordi? Devo ammettere che per un po' di anni ho temuto che lo avessi. Ma ora sei qui, con una ragazza, e tutto va bene".

Jen trasalì quando le conseguenze delle sue parole si propagarono verso l'esterno. Non era sicura di quale sarebbe stata la prossima mossa di Noah, ma non si sorprese quando lui raddrizzò le spalle e lanciò un'occhiata a suo padre.

"Se avessi un album, dovresti fartelo andare bene, ok?" Fece una pausa. "Scusatemi".

"Noah", chiamò Brooke e gli andò dietro.

Come tutti gli altri, Jen li guardò andare via senza dire una parola. Quando si voltò verso il gruppo, il volto di Amber era un punto interrogativo. Giovanni, invece, aveva un'espressione sconcertata.

"Che cosa è successo? Perché spesso mi sembra di camminare in punta di piedi quando c'è di mezzo Noah?"

Capitolo 21

Se Brooke avesse dovuto stilare una classifica dei giorni più stressanti della sua vita fino a quel momento, quello sarebbe stato proprio lì in cima. Forse dopo la volta in cui lei e Claudia erano state cacciate dal loro appartamento e avevano dovuto vivere in un rifugio per senzatetto per qualche mese.

Ma recentemente? Non pensava nemmeno che la rottura con la sua ex fosse stata così impegnativa, soprattutto perché aveva avuto un certo controllo sul risultato. In quel momento, invece, la storia era così intrisa di bugie e di convinzioni familiari radicate da farle girare la testa. E poi, Jen era assolutamente radiosa in un abito blu navy che la abbracciava in tutti i punti giusti. Brooke voleva strapparle i fermagli dai capelli, prenderla in braccio e portarla a casa, lontano dal disordine che per lo più era stato creato da Noah.

Capiva benissimo perché Noah si fosse spaventato per le parole del padre, ma, allo stesso tempo, suo padre gli voleva bene. Non sapeva quanto fosse fortunato ad avere un padre. Le sarebbe piaciuto avere un Giovanni.

E sì, era maldestro con le parole, ma lo erano anche tutti gli uomini di quella generazione che aveva conosciuto. Non lo stava giustificando, stava contestualizzando: Noah era nel panico perché suo padre non era perfetto, mentre Brooke vedeva solo un uomo che avrebbe potuto comportarsi diversamente se gli fosse stata detta la verità e gli fosse stata data la possibilità di capire.

Un po' come lo stesso Noah, attualmente seduto accanto a lei a bere champagne come se fosse acqua, con il volto duro come la pietra. Alla sua sinistra, Jen gli diede una gomitata. Lei e Brooke si erano scambiate sguardi significativi per tutto l'antipasto, senza in realtà dirsi altro che convenevoli. Era davvero una tortura.

"Hai intenzione di mangiare quell'antipasto prima che lo portino via? Devi assorbire tutto lo champagne che stai bevendo".

Noah lanciò a Jen un'occhiata di sfida.

Brooke decise di comportarsi come la fidanzata di Noah e lo pizzicò sulla coscia.

Noah sobbalzò come se gli avesse piantato un coltello nella gamba. "Perché l'hai fatto?"

"Mangia l'antipasto".

Guardò sua madre e poi Brooke, poi Chad, seduto accanto a Jen.

"Mangia l'antipasto", ripeté Chad.

Noah fece come gli era stato detto.

Una volta che tutti i piatti furono sparecchiati da un nugolo di camerieri in papillon, il tintinnio di un coltello sul vetro avvisò la sala che era arrivato il momento del discorso.

Brooke rivolse a Jen un sorriso stanco mentre tutti si giravano. Il primo ad andare al microfono fu Gio. Non aveva bisogno di guardare per capire che Noah era accigliato. Il suo discorso fu sentito, divertente e genuino.

Brooke non poteva fare a meno di affezionarsi al padre

di Noah. Se avesse saputo la verità, era sicura che avrebbe prestato più attenzione alle sue parole.

"Adesso finisco, prima che mia figlia mi faccia un cenno e mi avverta di stare sotto i dieci minuti". Fece alla sposa un pollice in su. "Sono stato bravo, vero?" Non aspettò una risposta. "Devo ammettere che sono molto abituato a parlare in pubblico e, a differenza di molte persone, mi piace. Ma mai come oggi. Sono molto orgoglioso di Megan e della donna che è diventata, così come sono orgoglioso di tutte e tre le mie figlie, Patsy e Georgia. Senza dimenticare, naturalmente, il mio meraviglioso figlio Noah, che in queste vacanze ha mostrato interesse per il calcio e ha portato nella nostra famiglia la sua splendida fidanzata, Brooke".

Il cuore di Brooke si mise le mani sulle orecchie e iniziò a dondolare nel suo petto. Dove stava andando a parare? Accanto a lei, Noah tracannò il resto del suo champagne. Jen e Chad si scambiarono sguardi terrorizzati.

Ignaro, Gio continuò ad andare avanti.

"Non potremmo essere più entusiasti e chissà, il prossimo matrimonio potrebbe essere il loro. Salute! Alzate i calici a Megan e Duke, e all'amore!"

Mentre gli ospiti si riunivano e brindavano alla coppia felice, Noah spinse la sedia all'indietro. Aveva gli occhi umidi e questa volta non si trattava di allergie.

Brooke gli mise una mano sul braccio. "Noah?"

Scosse la testa. "Non ce la faccio. È troppo difficile". Lanciò un'occhiata a Chad. "Ho bisogno di uscire di qui per un minuto. Vuoi venire con me?"

Chad annuì, mentre tutt'intorno chiacchiere e risate riempivano l'aria.

"Noah, non lo sa", disse Jen.

Ma Noah non voleva stare a sentire. "Perché non può a stare zitto?" Scosse la testa. "Questa non è la tua battaglia. Non ha niente a che fare con te, purtroppo ha a che fare con me. E sono un cazzo di idiota".

Brooke si guardò intorno. Tutti agli altri tavoli erano di nuovo seduti, tranne loro. Si davano gomitate e giravano la testa. I loro compagni di tavolo – tre cugini di Noah, due amici e uno zio occhialuto che Brooke era stata a sentire – cercavano di capire cosa stesse succedendo.

Benvenuti nel club.

"Hai un discorso da fare, Noah?" aggiunse suo padre, con il microfono ancora in mano. "È per questo che sei in piedi?"

Brooke chiuse gli occhi. Ok, forse Noah aveva ragione. Suo padre non sapeva quando stare zitto.

Non ora, Giovanni! Voleva gridare.

Un tonfo fece aprire gli occhi a Brooke. Noah giaceva sul pavimento e fissava Chad. Dalla sedia caduta accanto a Noah, sembrava che fosse inciampato sulla sedia stessa.

Tutti i presenti al tavolo si alzarono in piedi e guardarono in direzione di Noah.

Gli ospiti dei tavoli adiacenti si voltarono e rimasero a bocca aperta.

Lui si alzò in piedi, con l'orgoglio intaccato e le guance in fiamme. Si lisciò i capelli, lasciò che Chad gli prendesse la mano e insieme uscirono dalla sala, passando tra i tavoli e uscendo infine dal gigantesco arco d'ingresso decorato con fiori di stagione. Brooke diede un'occhiata al tavolo dove Giovanni aveva ceduto il microfono e li stava guardando.

Brooke rivolse la sua attenzione a Jen e, senza parlare,

seguirono Noah e Chad, cercando di ignorare gli sguardi incuriositi di tutti gli altri ospiti. Quando raggiunsero la porta, però, molti si erano già voltati di nuovo verso i loro tavoli, mentre le portate principali iniziavano ad arrivare.

Quando li trovarono fuori, Chad aveva un braccio intorno alla spalla di Noah. Noah, nel frattempo, teneva entrambe le mani sulla balaustra di cemento che si affacciava sull'oceano. Fissava il mare come se stesse cercando di risolvere il grande mistero di un thriller, o di trovare il modo di sconfiggere il cattivo. Forse era così che vedeva suo padre. Quando sentì i loro passi, si voltò scuotendo la testa. Da vicino, Brooke vide che gli tremavano le mani.

"Stai bene? È stata una bella caduta".

Noah la scansò con un cenno. "Sto bene".

È chiaro che non era vero.

"Non vi voglio qui", disse a Brooke e Jen. "Per favore, tornate a godervi il matrimonio. Non è roba vostra, come vi ho detto".

"Tutto bene qui?"

Oh, cazzo. Il cattivo era arrivato.

Noah si girò di scatto sentendo la voce del padre, poi alzò le mani. "Perfetto. Semplicemente perfetto. Ottimo tempismo, papà, come sempre".

Comprensibilmente, Giovanni sembrava perplesso. "Che cosa sta succedendo? Perché sei così arrabbiato con me? Lo sembravi anche prima. Pensavo che avessimo davvero superato questa vacanza, ma ora sembri molto arrabbiato e non ho idea del motivo".

Noah piegò le braccia sul petto. "Perché andiamo così d'accordo? È perché all'improvviso ho una ragazza e mi sono trasformato nell'uomo che hai sempre voluto, non nel figlio che ero?"

Gio si accigliò, poi scosse la testa. "No, è perché finalmente abbiamo passato un po' di tempo insieme. Sei sempre così impegnato ogni volta che vengo a Londra per vederti. È stato bello rilassarsi, guardare il calcio, mangiare qualcosa". Fece un cenno con la mano in direzione di Brooke. "Il fatto che ci sia di mezzo Brooke è splendido, ma è con te che mi sono divertito".

"Beh, non mi conosci, cazzo".

Tanto valeva dare un pugno in faccia a suo padre. Gio era sbigottito. "No?"

"No". Noah raddrizzò le spalle. "Perché tutto questo è stato una bugia. Brooke non è la mia ragazza, è la mia migliore amica".

"Come succede in tutte le migliori relazioni".

Oddio, la situazione stava andando di male in peggio.

Noah alzò le mani e si mise a girare in cerchio. "No, è *davvero* la mia migliore amica a cui ho chiesto di venire qui e fingere di essere la mia ragazza".

Gio storse il viso sconcertato, poi si ficcò le mani in tasca. "Eh? Perché l'hai fatto?"

"Perché sono gay, papà, ok?" Noah sibilò. "Sono gay, cazzo. Non sapevo come dirtelo e non volevo che pensassi male di me". Si lasciò andare a uno sbuffo drammatico, ripiegò le braccia sul petto e si voltò.

Brooke inspirò con forza mentre aspettava la risposta di Gio.

Si fermò per un attimo. Sbatté le palpebre. Guardò il gruppo, poi le spalle di Noah. "Sei gay?"

Noah fece un respiro profondo, poi si girò e affrontò suo

padre. Brooke non aveva idea di cosa stesse per succedere. Tutti i problemi dell'infanzia e i commenti fuori luogo si erano uniti e si erano trasformati in un'elaborata trapunta patchwork che lo appesantiva di aspettative.

Annuì. "Sì, sono gay. Sì, sono il figlio che non hai mai voluto. So che vuoi che io sia etero, che abbia una ragazza, è tutta la settimana che ne parli. Ma non sarò mai quella persona. Non avrò un grande matrimonio come questo. Non avrò una donna come Brooke al mio fianco. Non farai un grande discorso come quello che hai appena fatto quando sarà il mio turno".

Sembrava che Noah potesse rompersi in pezzi da un momento all'altro. Chad, Jen e Brooke erano tutti immobili, non si muovevano di un millimetro. Comparse in una scena, con i due protagonisti davanti a loro.

Il silenzio scese sul gruppo per cinque secondi buoni.

Doveva intervenire? Azzardò un'occhiata a Jen. Stava pensando la stessa cosa?

Ma poi Giovanni parlò.

"Perché no?"

Brooke trasalì alle parole di Gio. Erano buone o cattive? Non riusciva a capirlo.

"Perché no cosa?" Noah chiese al padre.

"Perché non dovrei voler fare un grande discorso al tuo matrimonio? Sempre che io sia invitato, ma spero di esserlo".

Le labbra di Noah si contrassero. "Perché sposerei un uomo".

"Lo immaginavo, visto che mi hai appena detto di essere gay. È una cosa che fa parte del pacchetto".

Per la prima volta dopo tanto tempo, Brooke si permise

di respirare normalmente. Ok, stava andando esattamente come Brooke aveva sperato. Voleva fare un passo avanti e abbracciare Gio, ma doveva lasciare che la situazione si svolgesse. Non rischiava ancora di muoversi per paura di interrompere la traiettoria ascendente del momento.

"E tutto quello che hai detto per tutta la settimana?" Noah sembrava sinceramente perplesso. "Di me e Brooke che ci sposiamo, che siamo i prossimi. Sul fatto che eri contento che non avessi un album". Fece una pausa. "Non ce l'ho, per la cronaca, ma un giorno potrei averlo".

Gio scosse la testa. "Mi dispiace se ho detto cose che ti hanno offeso. Ma quando dicevo quelle cose su te e Brooke, era perché pensavo che steste insieme. Questa settimana mi sei sembrato sinceramente felice. Puoi capire la mia confusione".

"Io e Brooke ci vogliamo bene, ma non in quel senso".

"Tutto il resto era vero?" Gio lanciò uno sguardo perplesso a Brooke. "La tua passione per i parcheggi per roulotte, o anche quella era una bugia?"

"Per niente, mi piacciono davvero i parcheggi per roulotte". Sospirò. "Ma mi dispiace che di averti mentito".

Gio si infilò le mani in tasca e sospirò. Si rivolse a Jen. "Lo sapevi?"

Noah intervenne. "No. L'ha intuito un paio di giorni fa, ma l'ho pregata di lasciarmelo dire. Avevo intenzione di farlo domani, ma oggi è stata una giornata pesante e le mie emozioni stavano ribollendo".

"Gli ho detto che è stato un idiota". Jen mise una mano sul braccio di Gio. "Che l'avresti accettato per quello che è".

"Credo che entrambi dobbiamo parlare ancora un po', ma in questo momento c'è un matrimonio in corso e un pasto principale da consumare". Gio guardò Noah. "Vogliamo fermarci e tornare a parlarne più tardi?"

Noah annuì. "Mi dispiace, papà. Sembrava un buon piano finché non siamo arrivati qui. Non volevo che cambiasse il modo in cui mi vedevi".

Ma Gio si avvicinò e lo abbracciò. Poi lo tenne a distanza e gli afferrò le spalle. "Sei mio figlio e ti voglio bene, non importa chi ami. E naturalmente cambierà il modo in cui ti vedo, è questo il punto. Ti vedrò come mio figlio, che ha un ragazzo e non una ragazza. E immagino che Chad, che se ne sta impacciato laggiù, possa avere un ruolo in tutto questo".

Noah rivolse a Gio un timido sorriso. "Forse".

Gio fece un cenno di saluto a Chad. "È un piacere conoscerti in una veste più formale, Chad". Fece una pausa, poi tornò a guardare Noah. "Solo una cosa prima di rientrare".

"Dimmi".

"Se vi sposate, farò un discorso davvero imbarazzante. Fa parte del mio compito di padre. Ok?"

Noah lo abbracciò a sua volta.

Capitolo 22

Poche ore dopo, Megan aveva terminato il primo ballo con suo marito. Il DJ annunciò il ballo dei genitori e dei figli e Megan accettò l'invito di Giovanni.

In pochi istanti, Noah era al fianco di Jen e le tendeva la mano con un sorriso imbarazzato. "Posso?"

Jen la prese e gli permise di guidarla, con il suo braccio forte che le cingeva la vita. Si misero a ondeggiare al ritmo di un artista che Jen conosceva vagamente: Jason Mraz? James Morrison? James Bay? – chiunque fosse il cantante, portava sicuramente un cappello. Noah aspettò ancora qualche secondo prima di abbassare lo sguardo per incontrare quello di Jen, poi le rivolse un sorriso ironico.

"Finora è stato un matrimonio interessante, non credi?"

"Noioso, direi".

Il suo sorriso aumentò di una tacca.

"Come ti senti?"

"Strano. Traballante. Diffidente". Lanciò un'occhiata alla pista da ballo, dove Gio stava ballando con sua madre, Lucia, e Megan era tra le braccia di sua madre. "Pensi che gli vada davvero bene come dice?"

Jen accarezzò il braccio del figlio. "Sicuramente è un po'

scioccato, ma può elaborarlo. Ma soprattutto, quando lo dirai a Lucia?”

“Quando sarò morto”, rispose Noah.

Jen rise. “Quando si tratta di tuo padre, credo a ogni parola che ha detto, compreso il fatto di metterti in imbarazzo al tuo matrimonio. È molte cose: un incantatore, un riccone, un’amabile canaglia, ma è anche un grande padre. Non ha mai vacillato. Avresti dovuto tenerlo a mente”.

Noah annuì, seguendo la risata fragorosa di Gio che sorrideva a sua madre. “Hai ragione. Questa settimana ho imparato alcune cose su di me, soprattutto che odio non essere me stesso. Non ne vale la pena in nessun caso. Mi dispiace di averti trascinata nei miei casini, ma domani chiarirò tutto e parlerò con papà in modo onesto. Lo stesso vale per Brooke. Speriamo che dopo oggi si possa tracciare una linea di demarcazione: niente più bugie, niente più segreti”.

Jen fece un sorriso che sembrava potesse andare in frantumi da un momento all’altro, ma Noah non se ne accorse mentre si avvicinava e le baciava la guancia. “Ti voglio bene, mamma. Grazie per avermi sempre sostenuto, anche quando sono stato stupido. Sei sempre così saggia. D’ora in poi seguirò più spesso il tuo esempio”.

L’aveva detto solo per mettere il dito nella piaga?

La fece girare in modo che il suo sguardo incontrasse quello di Brooke, seduta con Chad. Lo stomaco di Jen ebbe un sussulto. Accidenti, era bellissima e sembrava migliorare di minuto in minuto. Soffermare il suo sguardo in quel modo sembrava un’indecenza pubblica.

Noah la fece girare di nuovo. Jen perse immediatamente lo sguardo di Brooke, inciampò e andarono a sbattere contro

Gio e sua madre. Entrambi si scusarono, poi risero quando capirono chi era.

"Eccolo qui, mio nipote, il re dei drammi", disse Lucia. "Cos'è successo al ricevimento prima? Sei corso via dopo il discorso di tuo padre come se avessi un attizzatoio nel sedere".

Noah tossì, poi arrossì del colore del salmone selvatico.

Gio si chinò e gli diede una pacca sulla schiena. "Era solo sopraffatto dall'emozione. I matrimoni fanno effetto ad alcune persone". Sgranò gli occhi. "Mia madre non è una persona che ama il romanticismo o il patriarcato, e mi ha appena detto che i matrimoni rappresentano proprio questo. Non temo che possa commuoversi a uno dei miei discorsi".

"Forse succederà al matrimonio di Noah", gli disse Lucia.

"Forse potremmo rimanere sorpresi". Gio rivolse a entrambi un ampio sorriso, poi allontanò la nonna.

* * *

Più tardi, Jen condusse Brooke fuori dal ricevimento serale, nello stesso modo in cui avevano camminato prima quando Noah era esploso. Questa volta però erano molto più tranquille, solo loro due. Percorsero la passerella pavimentata in marmo con grandi colonne che si affacciavano sulla piscina principale e sul mare e si fermarono in fondo alla grande scalinata d'ingresso, dove tutto era cominciato.

"Ti ricordi che ci siamo incontrate in cima a queste scale?" Chiese Jen. Sembrava che fosse successo in un'altra vita.

Brooke sorrise. "Come potrei dimenticarmene? A proposito, dove stiamo andando?"

Jen aggrottò le sopracciglia. "Non ne sono sicura". Voleva solo stare un po' da sola con lei.

"Che ne dici del piccolo patio che si affaccia sulla spiaggia? È proprio vicino alla festa, ma nessuno ci va di notte. Ricordo di esserci passata davanti qualche volta. È appartato".

Era proprio quello che Jen voleva. Ripresero il sentiero e tornarono verso il locale. Quando arrivarono al patio, erano appena passate le 22.30 e la festa era in pieno svolgimento. Jen condusse Brooke in un angolo protetto da una gigantesca palma in vaso. Guardò ancora dietro di sé, a sinistra e poi a destra, prima di avvicinare Brooke e baciarle le labbra. Era tutto il giorno che desiderava farlo. Il fatto che dovesse farlo in segreto le diceva che la situazione era complicata, l'intera giornata lo aveva evidenziato.

"Oggi sei così bella. Stamattina mentre ti preparavi, oggi quando Noah ha avuto una crisi, o questa sera mentre ballavi con lui, non hai mai smesso di brillare". Jen sospirò. "Non voglio spegnere la tua luce, Brooke. Questa situazione sta avendo questo effetto?"

Brooke scosse la testa con decisione. "Se c'era qualcosa che mi spegneva, era fingere di essere qualcosa che non sono: etero. E sì, so che stiamo ancora fingendo, ma potremo dirlo presto alla gente. Diamo loro lo spazio per superare il fatto che io e Noah non stiamo insieme, prima di dar loro un pugno in faccia con il prossimo fatto divertente".

Jen rabbrividì. "Non sarà bello".

In alto, la canzone cambiò, così come il tempo, e arrivò "Lady In Red" di Chris De Burgh. Lo sguardo di Brooke si sciolse sulla pelle di Jen che le strinse forte la mano. "Stanno suonando la mia canzone", disse, guardando il suo vestito rosso fuoco.

"Sembra di sì".

"Visto che non potremo ballare il lento lassù, che ne dici di farlo qui?"

Jen fece scorrere il pollice su e giù per il dorso della mano destra di Brooke. "Non mi viene in mente nulla di più perfetto".

Scesero i quattro ampi gradini di pietra che portavano alla spiaggia, con l'oceano sempre presente che accompagnava dolcemente la musica mentre si toglievano le scarpe. Brooke strinse il braccio intorno alla vita di Jen e la tirò a sé. Di là, Jen immaginava la sposa e lo sposo guancia a guancia, insieme a Gio e Amber e a una serie di altre coppie. Noah e Chad erano già abbastanza coraggiosi per la pista da ballo? Ne dubitava.

Jen era felice che lei e Brooke fossero lì sotto, lontano da occhi indiscreti. Si mossero a ritmo con la canzone, la morbida guancia di Brooke contro la sua. Quando erano solo loro due, era perfetto. Non era vero: era divino. Avere le braccia di Brooke intorno a sé faceva sentire a Jen cose che non aveva mai provato prima. Il calore la attraversò mentre le dita di Brooke scavavano nella sua schiena. Il cuore le batteva forte nel petto.

Poi le labbra di Brooke trovarono le sue, un bacio delicato che si trasformò rapidamente in un lento e sensuale sfrigolio che lasciò tutti i suoi sensi sconvolti.

Brooke si ritrasse e la guardò negli occhi. Il modo in cui faceva sentire Jen non aveva alcun senso. Voleva sempre di più, era sempre al limite. Si chiedeva sempre quando avrebbe avuto la sua prossima dose. Jen sapeva bene che era pericoloso.

"Non posso credere che dopodomani torneremo a casa. Mi mancherà stare qui con te, vedere le tue sopracciglia e i tuoi zigomi perfetti ogni giorno". Con la punta del dito tracciò lo zigomo di Brooke dall'orecchio alle labbra. "Mi sono abituata alla tua presenza".

"Lo so". Brooke la baciò di nuovo. "Non voglio che tutto questo finisca, quindi non pensiamoci".

Ricaddero nel loro ritmo di danza, i corpi allineati, le mani che trovavano nuove parti dell'altra da afferrare. Jen non voleva lasciarla andare, e in quel momento sembrava ancora più importante che non lo facesse.

Sì, avevano molte cose di cui discutere. Ma in quel momento, tutto ciò che voleva era sentire la sabbia tra le dita dei piedi, i seni di Brooke premuti contro il suo corpo, la coscia di Brooke accanto alla sua. Era uno spicchio di tempo sospeso in alto rispetto alla realtà, proprio come quando si erano paracadutate. Il suo cuore batteva forte come allora, solo che questa volta c'erano molte meno urla.

Quando la canzone finì, si fissarono a lungo. Lei aveva in mente solo una cosa. "Pensi che qualcuno sentirà la nostra mancanza se andiamo a casa adesso?"

Brooke scosse immediatamente la testa. "Non mi interessa". Prese la mano di Jen e la tirò verso casa.

Capitolo 23

Quando tornarono alla villa, Brooke non era in vena di chiacchierare. Voleva cadere su Jen e soffocare ogni domanda nella pura lussuria. La giornata era stata davvero lunga e vedere Noah e Chad uscire allo scoperto era stato in egual misura fantastico e straziante. Fantastico per il suo amico, ovviamente, ma terribile per Brooke, con tutte le domande delle sue sorelle e di Amber, le persone chiave a cui l'avevano detto. Fin dall'esplosione, quando Noah aveva messo tutto a nudo, Brooke aveva voluto andarsene. Invece, aveva mangiato il pollo e le patate, sopportato il tiramisù e sorseggiato lo champagne. Ora, finalmente, poteva stare da sola con Jen.

E finalmente poteva togliersi quei tacchi mostruosi che l'avevano fatta impazzire per tutto il giorno.

Brooke allungò i piedi mentre entrava nella villa, mettendo i tacchi appena dentro la porta di Jen.

"Ricordami di non comprare mai più tacchi così alti in vita mia, per favore".

"La saggezza arriva con l'età". La fossetta di Jen ammiccava mentre prendeva la mano di Brooke e la conduceva in camera da letto. Si fermò e la tirò a sé, poi le baciò le labbra con passione viscerale. "Ricordami di non stare mai con te in un posto dove

non posso toccarti o mostrare a tutti ciò che significhi per me".
La voce di Jen era bassa, roca. "Sai cosa mi piacerebbe fare?"

"Fare sesso con me, spero".

"Naturalmente". Jen baciò le labbra di Brooke. "Ma adesso
voglio togliermi tutti i vestiti e correre in mare. Scrollarmi di
dosso questa giornata. Che ne dici?"

Per la prima volta da quella mattina, il sorriso di Brooke
era genuino. "Dico, cosa stiamo aspettando?"

Cinque minuti dopo, Brooke emise un basso gemito
mentre l'acqua le accarezzava il corpo. Aveva dimenticato
quanto fosse bello fare il bagno nuda, ma questo perché non
lo faceva da anni. Non viveva vicino al mare e nel Regno
Unito non faceva mai abbastanza caldo. Ma in Messico era
perfetto. La sensazione dell'acqua calda sulla pelle, all'aperto
e completamente in sintonia con la natura, era così liberatoria.
Se poi la abbinava a una bella donna nuda con cui condividere
il momento, diventava liberatoria *e* deliziosa.

Baciò Jen, poi entrambe si sdraiarono, galleggiando
nell'acqua e fissando le stelle. Tutto il corpo di Brooke tirò
un sospiro di sollievo. Finalmente erano lontane da tutti gli
occhi che non avevano idea di cosa stesse succedendo. La
giornata era stata estremamente stancante. Ma questo? Questo
era rilassante. Era esattamente ciò di cui avevano bisogno
entrambe. Allungò una mano e prese le dita di Jen tra le sue.
Si sorrisero a vicenda. Vivere tutto quel tempo insieme era
molto, ma Brooke aveva la sensazione che potesse anche essere
trasformativo. Solo che non era sicura se la trasformazione
sarebbe stata positiva o meno.

Pochi minuti dopo, si trovarono l'una di fronte all'altra,
con il mare fino alle spalle.

"Sei bellissima al chiaro di luna. È una frase molto smielata, ma è vera".

"Io vivo per le cose smielate. Vivrei in una casa fatta di miele se potessi", rispose Jen.

"Un po' appiccicoso. Molti danni. Sarebbe come vivere in una ragnatela".

"Finché ci sei tu, va bene". Jen allungò la mano e tirò Brooke a sé.

Istintivamente, Brooke mise le braccia intorno al collo di Jen e avvolse le gambe intorno alla sua vita.

Jen le strinse il culo con mano sinistra, immerse l'altra sott'acqua e la accarezzò davanti.

"Non mi sarei mai aspettata di incontrare una persona come te", sussurrò Jen, le sue parole erano coperte di desiderio. Premette le labbra su quelle di Brooke e la fiamma che aveva divampato per tutto il giorno si accese all'istante. "Non ne ho mai abbastanza di te".

Il cuore di Brooke iniziò a battere forte. Sapeva di essere già bagnata, ma ne ebbe la conferma quando le dita di Jen scivolarono tra le sue gambe e lei gemette nel suo orecchio.

"Cosa mi stai facendo?" Le dita di Jen si arricciarono dentro Brooke quasi all'istante e tutti i pensieri e le parole razionali fuggirono dal suo cervello. Era senza peso, galleggiava nell'acqua. Solo un ammasso di ossa e carne, con il cuore in fiamme che quasi le batteva fuori dal petto.

"Mi piace stare dentro di te", sussurrò Jen, staccando la bocca da quella di Brooke.

Brooke gemeva mentre Jen la scopava. Fece per rispondere, ma fu inutile. Era inutile, ma nel miglior modo possibile.

L'altra mano le stringeva il sedere mentre le sue dita scivolavano dentro e fuori a piacimento. L'acqua le lambiva mentre si baciavano come se il mondo stesse per finire. Jen che la scopava in mare era l'ultima cosa che si sarebbe aspettata, ma era la fine perfetta di una giornata bizzarra. Cancellò le frustrazioni della giornata, rendendosi aperta, vulnerabile e persa, in senso buono. Quel viaggio non era stato pianificato e si era trasformato in un'avventura epica. Le sarebbe piaciuto conoscere il finale, ma non era ancora scritto.

L'oceano intorno a loro poteva essere calmo, ma dentro di lei le onde del desiderio si infrangevano mentre Jen le catturava la bocca e il suo orgasmo prendeva un ritmo costante. Le sue viscere si strinsero e i suoi pensieri cedettero mentre nella mente le scorrevano diapositive di quella giornata. Quando aveva visto Jen quella mattina, quando l'aveva guardata mentre sorseggiava lo champagne e si scambiavano occhiate. Quando avevano ballato sulla sabbia. E ora, mentre le dita di Jen dicevano a Brooke tutto quello che aveva bisogno di sapere, gridò, passò un braccio intorno al collo di Jen e la tirò vicino a sé mentre si rovesciava oltre il limite e veniva proprio lì, sospesa nell'oceano, senza preoccuparsi di nulla.

Per tutta risposta, Jen strinse la presa sulla sua vita e spinse le dita fino a dove potevano arrivare.

Brooke sussultò.

La baciò e, quando Brooke aprì gli occhi, lo sguardo viscerale di Jen era su di lei.

"Sono qui", le disse.

"Lo so", sussultò Brooke.

* * *

Brooke si svegliò di soprassalto e sbatté le palpebre. Fuori sentiva la pioggia tamburellare sul patio. Guardò il telefono sul comodino di Jen, le 4:30. Si girò, ma sapeva già che Jen non c'era. Brooke si strofinò gli occhi, fece la pipì, poi prese dal cassetto una delle magliette di Jen e si infilò i pantaloni. Rise del fatto che era preoccupata di essere presentabile; avevano già fatto sesso in mare e sul lettino del patio. Fece scorrere la porta a vetri e Jen si girò. I suoi capelli biondi erano ancora scompigliati dal sonno. Brooke li baciò, poi spinse il secondo lettino vicino a quello di Jen. Si sdraiò accanto a lei.

"Sta diluviando". La pioggia batteva sulle piastrelle bianche e gli schizzi colpivano i suoi piedi nudi. Più avanti, il mare ruggiva la sua approvazione. Il vento sferzava le siepi che le separavano dalla sabbia.

Jen allungò una mano e accarezzò il viso di Brooke. "Adoro i temporali, così ho deciso di uscire a guardare. Scusa se ti ho disturbata, eri troppo bella per svegliarti".

Brooke sostenne lo sguardo di Jen, con il bianco degli occhi che si stagliava contro l'oscurità del primo mattino. Strinse le dita di Jen tra le sue e cercò di raggruppare tutti i sentimenti e i pensieri che si aggiravano nel suo corpo. Poteva dirli ad alta voce? La loro unione fino a quel momento era stata fuori scala. Era tutto ciò che aveva sempre pensato potesse essere il sesso, ma questa cosa tra loro non riguardava solo il sesso. Era più di un'avventura vacanziera. Almeno, lo era per Brooke. Poteva abituarsi a svegliarsi con lei, a guardare i temporali mentre si tenevano per mano. Ad avere Jen al suo fianco.

Ma non doveva farlo, perché era una cosa temporanea.

Jen si chinò e la baciò. Ricordava che Jen l'aveva scopata su quello stesso lettino solo poche ore prima. La scarica di adrenalina del sesso le pulsava ancora dentro. Ora, la donna che gliel'aveva data seppellì la testa nella spalla di Brooke. Sospirò soddisfatta.

Era quello il senso della vita, non il suo noioso lavoro finanziario che occupava troppo tempo e cervello. Non i piccoli battibecchi con Allie per non aver pulito il bancone della cucina. Quella era una realtà che le era sfuggita per gran parte dei suoi vent'anni, a differenza dei suoi coetanei. Qualcuno con cui condividere momenti speciali. Forse aveva cercato nei posti sbagliati, nei bar e su internet, incontrando donne che avevano cinque anni meno di lei. Avrebbe dovuto guardare altrove. Proprio negli occhi di una persona inaspettata, che aveva reso la vacanza una di quelle che non avrebbe mai dimenticato.

"Sarà strano andarsene da qui. Mi sembra di vivere in Messico, adesso".

"Forse potremmo chiedere una proroga, mettere le nostre vite reali in attesa ancora per un po'". A Brooke era passato per la testa.

"Credo che la mia collega Rhian potrebbe uccidermi".

"Il mio capo potrebbe licenziarmi, ma non mi interessa". Ora aveva un nuovo lavoro all'orizzonte. "Oppure potremmo tornare a casa e poi andare da qualche altra parte. Un posto dove non dobbiamo nasconderci".

"Non sarebbe bello?" Jen fissò Brooke. "Dove potremmo andare? Magari in un luogo remoto? Le Highlands sono fantastiche in questo periodo dell'anno, sono così belle". Fece un sorriso malinconico. "Ti troveresti bene in mezzo a quei paesaggi mozzafiato, con la tua bellezza naturale".

Brooke si sciolse sul posto. A volte, il modo in cui Jen parlava, il modo in cui la guardava, la sconvolgeva. Non se lo aspettava nel bel mezzo di una tempesta messicana, ma ora quella tempesta si era trasferita nel suo cuore. Anche lei voleva dire di più, dire a Jen che non si era mai sentita così prima. Ma era troppo presto, troppo complesso, troppo tutto.

Invece non disse nulla, si limitò a ingoiare il complimento con un sorriso riconoscente.

Accanto a lei, Jen si leccò le labbra mentre la fissava. La sua fossetta pulsava.

Maledetta fossetta.

La tempesta dentro Brooke si intensificò.

"Se potessi andare in qualsiasi parte del mondo, dove andresti?" Jen si sistemò, con la testa sullo schienale imbottito.

La pioggia si intensificò ed entrambe tirarono i piedi più in alto sul lettino. Una sferzata di aria fredda le fece rabbrividire contemporaneamente e poi sorridere.

"Solo noi due? Senza la famiglia di Noah che controlla ogni nostra mossa? Non saprei da dove cominciare".

"Prova".

Brooke aspirò tra i denti. "Non lo so. Mi sembra che abbiamo già fatto una località esotica. Magari una settimana in Italia? Mi piace la pasta e non ci sono mai stata".

Jen allargò gli occhi. "Non ci sei mai stata?"

"No. Sono stata in Spagna due volte, tutto qui. Non sono mai stata in nessun altro posto all'estero. Non ero una bambina viziata, ricordi? Ma mi piace la pasta e mi piacerebbe andare a Roma. O quello, o un weekend in una roulotte con l'idromassaggio. Potrei riuscire a ottenere presto uno sconto. Posso tentarti?"

Ora era il turno di Jen di ridere. "Ti chiedo suggerimenti per un viaggio romantico e tu mi porti in un parcheggio per roulotte?"

"Non criticare finché non l'hai provato".

"Mi piacerebbe anche che tu venissi nella mia città. Al mare da me. Non è grandioso come qui, ma è casa".

"Mi piacerebbe farlo una volta tornate". Brooke si morse il labbro prima di continuare. "Mi piacerebbe anche farti vedere dove vivo. Non c'è il mare, ma i bar sono molto belli. Per me non è solo una storia in vacanza".

Jen non interruppe il contatto visivo per qualche secondo. Poi, molto lentamente, si avvicinò e diede a Brooke un bacio dolcissimo e leggero. Un bacio che sperava dicesse che era d'accordo.

Poi si voltò all'indietro ed emise un lungo sospiro.

Brooke fu attraversata da un senso di terrore. Un lampo illuminò il cielo del primo mattino. Pochi istanti dopo, un tuono batté lontano. Forse sapeva qualcosa che Brooke non sapeva.

Osò girare la testa, proprio nello stesso momento in cui lo fece Jen.

"Sto bene con te".

Il sollievo penetrò in ogni interstizio del corpo di Brooke.

"Ma continuo a cercare di scacciare l'idea dal mio cervello, perché come può funzionare?"

"Non ho mai detto di aver messo a punto i dettagli più fini".

Jen sorrise, poi si girò su un fianco. "Sei sicura che non sia solo il sesso a piacerti?"

Brooke scosse la testa. "Sei brava, ma non è solo quello. Sei ferma nella mia testa da quando ci siamo baciate". Ogni ora di ogni giorno, un ronzio nel cuore e nell'anima di Brooke. Un mormorio sommesso che non poteva ignorare.

"Che non è poi così tanto tempo fa".

Non le sembrava così.

"Lo so, ma abbiamo passato molto tempo insieme. Abbiamo vissuto accanto per più di una settimana. Abbiamo fatto sesso un paio di volte, probabilmente siamo già al quarto o quinto appuntamento".

"Non segui la regola del sesso al terzo appuntamento?"

Brooke rise. "E tu?"

Jen scosse la testa. "Non conosco nessuno che lo faccia. Solo gli sceneggiatori di Hollywood, a quanto pare". Fece una pausa, poi tracciò con il dito dalla tempia di Brooke fino al lato della bocca. "Non voglio smettere di baciare questa bocca squisita, per la cronaca".

"Prendo nota".

Jen chiuse gli occhi e sospirò.

Brooke sentì il *ma* prima che Jen lo dicesse.

"Anch'io lo voglio, ma ci sono un milione di ragioni per cui non funzionerà". Abbassò la voce, con lo sguardo rivolto alle alte siepi che separavano i loro cortili. "Tralasciando la situazione di Noah – ho controllato che non ci fosse nessuno nel tuo patio prima di uscire qui – c'è la distanza, le nostre età, il punto in cui ci troviamo nelle nostre vite".

"Non mi interessa niente di tutto questo". A Brooke non importava. Non c'era niente di più importante. Non era innamorata di nulla della sua vita attuale: il suo lavoro, il suo appartamento, la sua famiglia. Quella vacanza le aveva dimostrato che c'era un'altra strada, che c'erano altri lavori là fuori, che le famiglie potevano funzionare. Forse anche la sua, con Claudia che si stava per sposare. Poteva essere l'inizio della sua maturazione, erano successe le cose più strane. Aveva anche imparato che la donna giusta poteva essere una persona che non si aspettava. Che le relazioni potevano fare al caso suo.

"Ora non ti interessa, ma potrebbe quando vorrai andare in discoteca nel fine settimana e io dovrò lavorare e poi alzarmi per andare in negozio il giorno dopo. Le vendite e le feste non vanno d'accordo".

Ora toccava a Brooke rotolare verso Jen in modo da essere più vicina possibile. In modo da farle capire. Appoggiò la guancia sul palmo della mano destra e si puntellò sul gomito.

"Questa persona che vedi qui". Agitò l'altra mano intorno al viso. "Quello che ho fatto questa settimana? Non sono così. Non sono un animale da festa e non sono una persona che deve essere intrattenuta 24 ore su 24, 7 giorni su 7. Se tu lavori, anch'io ho una vita. Non vado in discoteca. Non faccio niente di particolare, cosa che mi ha fatto capire questa settimana di sole. Mi ha fatta uscire dalla mia zona di comfort e rivalutare ciò che è possibile, per sfruttare al meglio la mia vita. Fare cose più divertenti. Trovare un nuovo lavoro. Incontrare persone più interessanti e diverse". Si avvicinò per un bacio veloce. "Come te". Fece una pausa, ipnotizzata dal luccichio di possibilità negli occhi di Jen. Forse era solo lei a vederlo e a sentirlo, ma se era vero, era compito di Brooke far sì che anche Jen lo capisse.

"So che sottolineerai tutti gli aspetti negativi. La nostra età, la nostra posizione, le nostre diverse fasi di vita. Ma non è un divario di età così grande".

"Quindici anni". Jen trasalì, poi si coprì gli occhi. "So che non dovrei preoccuparmi di quello che pensa la gente, ma è così". Fece una pausa, sbirciando tra le dita. "E mi odio per averlo detto".

"Cosa hai paura che pensi la gente?"

"Che sei mia figlia?"

Brooke scosse la testa. "Mi dispiace dirtelo, ma non hai l'aria di poter essere mia madre. E poi, giro negli ambienti queer da molto più tempo di te..."

"Non è difficile".

"Le coppie queer sono assolutamente variegate, ma soprattutto, non importa cosa pensano gli altri. Ciò che conta è quello che pensi tu". Brooke le mise una mano sul petto. "Quello che senti. Abbiamo creato un legame in questa vacanza, giusto?"

Jen annuì, senza parole. Brooke sapeva già che le girava la testa per quella chiacchierata. Sapeva anche che le prime ore del mattino probabilmente non erano il momento migliore per farla, ma dovevano cogliere l'occasione quando potevano. Quando non erano circondate dalla gente, come sarebbe successo molto presto.

Era l'ultimo giorno completo e anche il giorno in cui Megan e Duke avevano organizzato una festa privata in piscina con giochi. L'ultima attività del loro itinerario plastificato. Dovevano parlarne subito, altrimenti l'indomani si sarebbero ritrovate sull'aereo di ritorno senza più tempo. Brooke non avrebbe permesso che ciò accadesse.

"Non dobbiamo prendere grandi decisioni o fare dichiarazioni in questo momento. Voglio solo dire che forse, solo forse, potremmo vedere come funziona nel mondo reale. Chiamiamola una prova. Se non funziona o se non riesci a gestirlo, ti prometto che ti lascerò in pace e non mi presenterò mai a nessuna riunione di famiglia come amica di Noah".

Jen mise il broncio. "Questo mi rende triste".

"Rende più triste me". Brooke morse una scarica di malinconia. Aveva un sapore aspro.

"Con il tempo, credo che potrei superare l'ansia per il divario di età". Jen fece una pausa. "Ma Noah è un punto dolente. È mio figlio, l'ho sempre messo al primo posto. E sì, so che ho detto che tu meriti di essere una priorità, e lo sei *assolutamente*". L'angoscia le attraversò il viso. "Ma devo tenere conto anche dei suoi sentimenti". Sospirò. "Non credo che sarà entusiasta del fatto che la sua migliore amica e sua madre si sono messe insieme. Mi ha sempre conosciuta solo come una donna etero".

"Sei sempre stata una donna etero?"

Jen sostenne lo sguardo di Brooke, poi scosse la testa. "Più ci penso, più mi rendo conto che non è così. Non so cosa sono, ma sono sdraiata qui con te, quindi penso che possiamo cancellare subito *etero* dalla lista".

"Noah è sempre stato gay. Tu non lo sapevi, ma lo hai accettato comunque. Non dovrebbe funzionare anche al contrario?"

"Sai bene quanto me che non è così semplice. Noah non si è messo con la mia migliore amica".

Brooke si sdraiò e fissò la tempesta. Il sole non sarebbe sorto prima di un'altra ora, ma non era sicura che avrebbe gettato nuova luce sulla loro situazione. Di sicuro, in due, avrebbero potuto ribaltare ciò che Noah avrebbe senza dubbio pensato di loro.

"Però è in debito con te". Brooke girò la testa e si assicurò di avere l'attenzione di Jen prima di continuare. "Per anni hai vissuto per lui e gli hai dato tutto. Hai cresciuto un figlio straordinario, a volte fastidioso, ma per lo più straordinario".

Jen sorrise. "Sono d'accordo. Sono contenta che anche tu gli voglia bene". Prese la mano di Brooke nella sua e le accarezzò la punta delle dita su e giù.

Brooke non riusciva a dare un nome al modo in cui la faceva sentire. Calda? Appagata? Completa?

Forse quella relazione sarebbe durata. Né Claudia, né le sue precedenti fidanzate avevano funzionato, ma sicuramente Jen sarebbe stata diversa. Lottava con i suoi sentimenti, ma non riusciva a smettere di sperare.

"Hai sempre fatto tutto per lui, ora è un uomo adulto che deve tenere conto anche dei *tuoi* sentimenti. Ci deve essere un dare e un avere, no?"

"Ma questo è molto da sopportare per lui".

Brooke si mordicchiò l'interno della guancia. Il primo istinto di Noah sarebbe stato quello di reagire in modo eccessivo, lo sapeva bene. Ricordava ancora una delle prime volte che lo aveva incontrato, quando era tornato dal bar e qualcuno aveva preso la sua bottiglia di vino mezza piena. Dalla scena che aveva fatto, aveva pensato che qualcuno gli avesse rubato un rene.

"Risponde a tutto in modo drammatico, ma bisogna tenerne conto. Non dobbiamo farci intimidire".

Jen la fissò.

Quello sguardo aveva aperto Brooke, l'aveva liberata. Non aveva intenzione di lasciar perdere senza combattere.

Un velo di silenzio si posò su di loro, ma Brooke non cercò di romperlo. Aveva detto quello che voleva dire, forse Jen aveva bisogno di tempo per digerire.

"Ci proverò, ma potrebbe non essere facile".

Brooke allungò un braccio e contrasse la spalla, invitando Jen ad appoggiarvi la testa. Sì, avevano fatto sesso qualche volta, ma parlare così era un livello di intimità completamente nuovo.

Jen non esitò. Si spostò e appoggiò la testa su Brooke. C'entrava perfettamente.

"Parlando da persona che non è mai stata una priorità per nessuno, ho imparato che devi farlo per te stessa", disse Brooke. "Devi farlo per te. Non si tratta di mettere me o Noah al primo posto, si tratta di mettere *te stessa* al primo posto".

Jen sollevò il suo splendido sguardo su Brooke. "Avevi ragione quando dicevi di essere un'anima antica. A volte penso che tu *sia* antica". Sorrise, poi si spostò per baciare Brooke. "Mi ispiri, sei diversa. Speciale". Questa volta il loro bacio fu lento e profondo. Quando si fermò, Jen fece un respiro profondo.

"Non so come si fa, come funziona, come faccio a inserire qualcuno nella mia vita quando non è mai stato nel mio radar".

Brooke impiegò un paio di secondi prima di rispondere. "Ma vuoi farlo?"

Jen annuì. "Sì".

"È tutto quello che ho bisogno di sapere".

Capitolo 24

Messico: Decimo Giorno

Qualche ora dopo, Jen si svegliò sentendo dei forti colpi alla porta. Chi diavolo era e dov'era l'incendio? Aprì di scatto gli occhi e si alzò a sedere. I colpi alla porta si fecero più forti.

Non era a casa sua. Era in Messico, con Brooke nel suo letto. La sua reazione al botto fu di tirarsi il piumone sulla testa e accoccolarsi ancora di più.

Altri colpi, come se stessero per essere perquisite dall'FBI. Cazzo, sperava che non fosse così. Il Messico aveva un'FBI?

Brooke si mosse a fatica. Aveva detto a Jen di essere una persona mattiniera, ma forse non quando era stata sveglia metà notte.

Jen sollevò il piumone per poter vedere il viso di Brooke. "Resta sotto il piumone, ok? Nel caso si tratti di qualcuno che conosciamo. Se lo è, me ne libererò".

Brooke aprì un occhio e annuì.

Non aveva il diritto di essere così bella al mattino.

Jen si alzò, prese l'accappatoio dal gancio vicino alla porta del bagno, poi andò a rispondere alla porta. "Ok, arrivo".

Sentiva ancora in ogni centimetro del suo corpo il dolore glorioso del sesso a regola d'arte. Sorrise mentre si allacciava l'accappatoio e apriva.

Dall'altra parte c'era Noah, con i capelli spettinati e gli occhi rossi.

La paura la attraversò, densa e tagliente, e poi si seppellì dentro di lei.

Cazzo, Noah non poteva vedere Brooke nel suo letto. Non era così che l'avrebbe scoperto. Ma cosa diavolo ci faceva lì? E perché sembrava che avesse fatto un incontro di boxe in un campo pieno di margherite? Gli facevano sempre arrossare gli occhi. Era stato un bambino sensibile, era diventato un uomo sensibile.

Si fece più grande che poteva sulla porta – chi era quel portiere che faceva sempre così nella Premier League? Peter? – e mise una mano sul braccio di Noah. Sperò che Brooke rimanesse nascosta sotto il piumone sentendo la sua voce.

"Che succede? Perché bussi alla mia porta come una mandria di elefanti?"

"Perché ho appena lasciato la stanza di Chad dopo che mi ha detto che in realtà è ancora sposato!"

Jen si afflosciò contro la porta. "*Ancora* sposato? Sapevi almeno che era sposato?"

"Certo che no! Non avrei iniziato nulla se lo avessi saputo. Per chi mi hai preso?"

Porca miseria. Voleva essere presente per lui, essere una buona madre.

Però Brooke era nel suo letto.

La migliore amica di Noah era nel suo letto.

I pensieri volavano nella testa di Jen a rotta di collo. Brooke non solo era nel suo letto, ma era anche nuda, con tutta la sua pelle setosa in mostra.

Il clitoride di Jen colse l'occasione per rialzarsi subito.

Non sei utile, cazzo.

Doveva prendere tempo in qualche modo. Impedirgli di vedere le lenzuola dove lei aveva fatto sesso più e più volte con la sua migliore amica.

Pensa, Jen, pensa!

Ma Noah le tolse il pensiero dalle mani. "Ho bisogno di bere, anche se sono solo le 8.30. Posso prendere qualcosa dal tuo bar? Sono andato nel nostro a cercare Brooke, ma non è nella nostra stanza. L'hai vista?"

Mentre parlava, passò davanti a Jen ed entrò nella stanza.

Le tempie di Jen pulsavano mentre il suo cervello iniziava a friggersi. Era il giorno in cui Jen, la donna, avrebbe incontrato Noah, l'uomo. Questo sarebbe stato il giorno in cui gli avrebbe dimostrato di essere più di una semplice madre.

Era un essere umano con bisogni e desideri.

Purtroppo, la persona che aveva scelto per dimostrarlo era la sua migliore amica.

Ogni muscolo di Jen si irrigidì mentre aspettava che la realtà lo colpisse e che Noah esplodesse.

Quando si voltò, suo figlio aveva smesso di camminare e nella stanza regnava uno strano silenzio. Forse Brooke era andata in bagno? No, era ancora a letto. Jen poteva vedere la sagoma delle sue lunghe gambe sotto il piumone. Il suo viso era oscurato dal corpo di Noah.

"Cosa succede?"

Il silenzio si allungò. Poi fece una piroetta.

Noah alla fine lo ruppe. "Che cazzo ci fai qui? Nel letto di mia madre?"

L'aria uscì dalla stanza tutta in una volta. Lo stomaco di Jen cadde a terra. Voleva seguirlo, scavare un buco enorme e andare sottoterra. Noah si voltò verso di lei, poi di nuovo verso Brooke, e lei poté quasi vedere gli ingranaggi che giravano nel suo cervello. Jen cercò le parole prima che Noah ne trovasse di sue.

"Non è come sembra". Non era l'inizio migliore, perché sapeva che era esattamente come sembrava. Inoltre, dicendolo, aveva appena confermato le peggiori paure di Noah.

Cavolo, era pessima in queste cose.

"Che diavolo ci fa qui, nuda?" La voce di Noah si incrinò mentre parlava, poi si mise entrambe le mani nei capelli e si girò, rivolto verso le porte a vetri del patio. "Non posso né vederlo né sentirlo". Si girò di nuovo. "Che cazzo, Brooke? Mamma? Scopate, adesso? La mia mattinata può peggiorare? Da quanto tempo va avanti questa storia?"

Jen ansimò, lanciò a Brooke uno sguardo di panico, poi si rivolse a Noah. "Non volevamo che accadesse, è successo e basta. E non per molto. Voglio dire, qualche notte…"

"Siamo qui solo da poche notti! Avete scopato per tutto questo tempo alle mie spalle? Non posso crederci, cazzo. Prima Chad mi dice che è ancora sposato, ora mia madre e la mia migliore amica ci danno dentro. Cos'altro ha in serbo la giornata di oggi?"

"Noah, mi dispiace". Brooke trasalì, poi lanciò un'occhiata a Jen. "Ci dispiace. Non era una cosa programmata". Fece una pausa. "Potete girarvi, così posso alzarmi dal letto e mettermi qualcosa addosso? Non posso avere questa conversazione con voi due mentre sono nuda".

Noah le rivolse uno sguardo di pietra. "Non è niente che non abbia già visto, Brooke. E a quanto pare mia madre conosce bene ogni centimetro di te".

Ma si voltò comunque.

Jen fece lo stesso. Sembrava la cosa giusta da fare in quelle strane circostanze.

Mentre Brooke si rivestiva barcollando, nessuno parlò.

"Ok, sono vestita. Possiamo riprendere da dove ci siamo lasciati".

"Con te che ti scopi mia madre?" Noah incrociò le braccia sul petto e fissò fuori dalla finestra.

In una dimostrazione di coraggio, Brooke si avvicinò a lui e gli mise una mano sulla spalla. "Noah".

Scrollò la mano di Brooke e si voltò. "Non posso crederci. Dovresti essere la mia migliore amica e invece ti scopi mia madre!" Il tono salì sulla frase finale. "Come hai potuto? Ci sono dei limiti che non si superano, e mia madre è uno di questi". Alzò le braccia. "Mia madre è etero, tanto per cominciare. E io non mi scoperei mai tuo padre, anche se sapessimo chi diavolo è".

Jen trasalì.

Brooke sembrava fisicamente ferita e si morse il labbro.

Era un colpo basso e Jen avrebbe voluto che la sua rabbia fosse rivolta a lei piuttosto che a Brooke.

"Lascia mio padre fuori da questa storia". Il tono di Brooke era gelido.

"Come hai fatto tu con mia madre?"

Quello era il peggior incubo di Jen che diventava realtà. Quello che aveva sempre temuto. Voleva correre ad abbracciare Brooke, ma non poteva, perché Noah veniva prima di tutto.

Era sempre stato così, anche se aveva detto a Brooke che anche lei era una priorità. Una raffica di punti interrogativi le si posò sulla lingua. Li ingoiò e strinse le mani a pugno sui fianchi.

"Noah". Il tono di Jen era deciso. Sì, aveva il diritto di essere arrabbiato, ma non aveva il diritto di attaccare Brooke con tale veleno. Non lo aveva educato a trattare le persone in quel modo, anche se si trattava di circostanze strane.

"Cosa?"

"Stai attento alle parole e al tono".

"Non credo che tu sia nella posizione di farmi la predica stamattina".

"Brooke ha già detto che non abbiamo mai voluto che questo accadesse. Non te l'abbiamo detto perché avevi le tue cose a cui pensare. Non ci sembrava giusto".

"La vita non è giusta, cazzo, vero? Questo mi è stato reso abbondantemente chiaro nell'ultima ora". Si portò di nuovo le mani alla testa, poi ai fianchi, quindi si diresse verso la postazione delle bevande. Prese un bicchiere, inclinò la bottiglia, prese uno shot di tequila e lo bevve tutto d'un fiato. Seguì rapidamente un sussulto di tutto il corpo.

Brooke si avvicinò e prese il bicchiere dalle mani di Noah prima che potesse versarsene un altro. "Credo che qui ci sia più bisogno di caffè che di tequila, e non mi capita spesso di dirlo". Non si tirava indietro di fronte a nulla, anche dopo le dure parole di Noah. Jen la ammirava ancora di più.

Brooke lanciò un'occhiata a Jen. "Ci spostiamo nella stanza accanto, credo che a tutti noi farebbe bene un po' di spazio. Noi tre nella stessa camera non facciamo bene a nessuno".

Jen annuì. Non sapeva se fosse la cosa giusta da fare, ma era d'accordo con la valutazione finale di Brooke.

Li lasciò fare, sperando che riuscissero a parlare.

Capitolo 25

Brooke non sapeva bene da dove cominciare, ma sapeva che mettere distanza tra Noah e sua madre era fondamentale. Doveva parlargli da amica, fargli capire la sua versione, anche se non era molto interessato ad ascoltarla.

Prima però si sarebbe concentrata su di lui. Per questo, quando fecero il giro delle ville e uscirono nel patio, la prima cosa che fece fu abbracciarlo. All'inizio fece resistenza, come sapeva che avrebbe fatto, ma poi la memoria muscolare prese il sopravvento. La spalla di Brooke era quella su cui Noah piangeva sempre quando le cose non andavano bene con un uomo. Quello non era diverso dalle centinaia di volte che era successo in precedenza.

Una volta che Noah ebbe gridato e il suo corpo si fu rilassato, si sedettero. Quando alzò lo sguardo, non riuscì a leggere il suo volto, ma avrebbe iniziato a parlare, comunque si sentisse. Doveva prendere il controllo della situazione, cercare di farglielo capire.

No, non aveva mai avuto un padre, quindi non sapeva come sarebbe stato se Noah se lo fosse scopato. Ma anche se lui l'aveva ferita tirando fuori l'argomento, lei era pronta a non farci caso. Poteva immaginare come ci si sarebbe sentiti.

Non era il massimo.

Gli mise una mano sul ginocchio. Questo attirò la sua attenzione.

"Prima di parlare d'altro, voglio solo dire che mi dispiace". Fece una pausa, mentre lui recepiva le sue parole. "Non dirò che mi dispiace che sia successo, perché tua madre è una donna incredibile, ma non è mai stata mia intenzione. Abbiamo solo trascorso molto tempo insieme durante le vacanze e le cose si sono sviluppate da sole".

A quel punto chiuse gli occhi. "È colpa mia che ho incontrato Chad e ti ho lasciata da sola? È questo che stai dicendo?"

"Non è colpa di nessuno". Si alzò a sedere. "Queste cose a volte succedono e basta. Sono venuta in vacanza come tua finta fidanzata, senza l'intenzione di andare a letto con nessuno, tanto meno con tua madre. Così come tu sei venuto in vacanza come mio finto fidanzato, senza l'intenzione di andare a letto con qualcun altro. Ma sono cose che capitano".

Distolse lo sguardo, non poteva negare di aver fatto la stessa cosa. Passarono alcuni istanti prima che parlasse di nuovo. Sulla spiaggia, in lontananza, qualcuno gridò e qualcun altro rise. La risata sembrava molto lontana per loro in questo momento.

"Ma è etero, questo è quello che non capisco. Voglio dire, mi sono perso qualcosa? È già stata a letto con una donna? Me lo sta nascondendo, così come io le ho nascosto la mia sessualità per tanto tempo?"

Brooke scosse la testa. "Non credo. È una cosa nuova per entrambi. Se sia mai stata attratta dalle donne prima d'ora, dovrai chiederlo a lei". Fece una pausa. "Ma non sei tu a definire la sua sessualità, Noah".

Si prese un altro momento prima di alzare la testa. "Ma come è successo?"

"Vuoi davvero che ti risponda?"

Noah fece una smorfia come se avesse appena morso una mela e scoperto mezzo verme. "No".

"Infatti". Espirò. "Comunque, con tua madre non si tratta solo di sesso…"

"Per favore, smettila di nominare il sesso e mia madre nella stessa frase". Alzò una mano.

"È una donna adulta con bisogni e desideri, Noah".

Per tutta risposta, lui si alzò e cominciò a camminare nel patio, con le dita nelle orecchie.

Quello era il re del dramma che conosceva e amava. Aspettò che togliesse le dita prima di parlare di nuovo. "Hai finito?"

La guardò male, poi si sedette. "Ma davvero, ci sono un sacco di donne in questo resort. Non potevi scegliere nessun'altra? Nemmeno Amber? Megan?"

Brooke sbuffò. "Preferiresti che fossi andata a letto con la moglie di tuo padre o con tua sorella che sta per sposarsi piuttosto che con tua mamma single?"

"È etero, cazzo!", sibilò.

"Pensaci prima di aprire la bocca, ok? Dici di essere un ragazzo aperto e onesto ma, appena tua madre scende dal piedistallo su cui l'hai messa, non ti piace? A te va bene essere quello che vuoi, ma a lei no?" Brooke fece una pausa, valutando se pronunciare la frase successiva. La logica le diceva di non farlo, ma Noah l'aveva fatta arrabbiare. "E ti posso assicurare che tua madre è tutt'altro che etero, cazzo".

Sospirò, poi chiuse gli occhi. Almeno non saltava più in

piedi e non sibilava più. Lei colse l'occasione per girare la chiacchierata.

"Comunque, basta parlare di me. Parliamo di te e Chad. Che cosa è successo esattamente?"

Questa volta, quando aprì gli occhi, brillavano. Non aveva ancora smesso di guardarla male e Brooke aveva la sensazione che ci sarebbe voluto un po' di tempo.

"Stamattina abbiamo parlato del nostro futuro, di cosa sarebbe potuto accadere una volta tornati a Londra. Mi aveva già detto che aveva ancora delle cose da sistemare da una precedente relazione, ma mi ha detto che era finita e lo era già da un po', era solo una questione logistica. A quanto pare, la logistica includeva il divorzio e il trasferimento dalla casa che condividevano". Noah si coprì il viso con le mani. "Mi ha mentito per tutto il tempo in cui è stato qui. Tutti mi hanno mentito, a quanto pare".

Anche lui agli altri, ma Brooke tenne quel pensiero per sé. "Mi dispiace per Chad. Sembrava un ragazzo genuino".

"È quello che ho pensato anch'io. Ma avrei dovuto sapere che, se mi piace, deve esserci qualcosa che non va".

"Ma è separato dalla sua compagna?"

Noah annuì. "Dice che vivono vite molto diverse e che non si sono separati formalmente per questioni di soldi, niente di più".

"Forse sta dicendo la verità, molte persone non si trasferiscono da case condivise perché non possono permetterselo. Io convivo con Allie perché è l'unica cosa che posso permettermi. Non tutti hanno un flusso economico come te".

Prima di rispondere, rivolse a Brooke uno sguardo acido.

Era una conversazione che avevano fatto più di una volta: Noah non aveva mai vissuto nel mondo reale.

"Lo so, e non mi sarebbe dispiaciuto se me lo avesse detto. Ma omettere casualmente il fatto che sono ancora sposati? Questo è un problema più grande, cazzo. Anche se il divorzio sta andando avanti, chi sa se sta dicendo la verità o no? L'unico motivo per cui è stato costretto ad ammettere che vivevano ancora insieme è stato perché stavamo cercando di organizzare un weekend e io gli chiedevo perché non potevo semplicemente stare a casa sua, perché voleva prenotare un hotel. La sua prima risposta è stata che era "più romantico". Ma capivo che c'era qualcos'altro che non diceva".

Brooke gli strinse il ginocchio. "Almeno alla fine te l'ha detto, questo dimostra una sorta di onestà. Inoltre, potrebbe essere come molti dei nostri amici. Pronto a iniziare una nuova relazione, anche se quella precedente non è stata del tutto rimossa dalla sua vita. Ti consiglio di parlargli".

"Non voglio più sentire le sue bugie". Si accartocciò in avanti. "E non voglio nemmeno partecipare ai festeggiamenti di oggi intorno alla piscina".

"Benvenuto nel club". Brooke aveva accantonato l'idea. Forse lei e Jen potevano fingere di avere un'emicrania? Noah sarebbe esploso. Sembrava che per tutti loro si prospettasse una giornata scomoda.

Alzò la testa.

"Devi mettere dei cetrioli sugli occhi, o bustine di tè fredde. O qualsiasi altra cosa possa eliminare il rossore prima di giocare alla famiglia felice in piscina".

"Cancellare le ultime 24 ore dal mio cervello potrebbe funzionare".

Gli lanciò un'occhiata tagliente, poi si sedette sulla sedia. Lei non voleva assolutamente cancellare le ultime 24 ore. Le era piaciuta soprattutto l'ultima metà, trascorsa da sola con Jen. Si erano conosciute meglio. Si erano fatte domande vere, anche se le risposte non erano ancora ovvie. Forse la nebbia si sarebbe diradata con il passare del giorno. Brooke poteva solo sperare, ma voleva risolvere ogni tensione con Noah prima di ogni altra cosa. Per quanto umanamente possibile.

"Posso aggiungere qualcosa a quello che ho già detto prima?"

Chiuse gli occhi. "Se proprio devi".

"Non ci aspettavamo che succedesse, ma è successo. Ora ci sono dei sentimenti in gioco, proprio come con te e Chad. E sì, so che non è l'ideale e che ci sono dei problemi, ma tua madre mi piace molto. Anche a lei piaccio, anche se la cosa la spaventa un po'. So che non è quello che vuoi sentire, ma d'ora in poi voglio essere onesta con te. Niente più bugie".

Aprì gli occhi. "Non lo dirai a nessuno oggi, vero? Non sono pronto, anche se tu lo sei".

Brooke fece marcia indietro. "Cazzo, no. È una cosa troppo nuova e troppo fragile. Non credo che esporlo al mondo aiuti nessuno, anche se odio tutta la segretezza. In più, non voglio rubare la scena a Megan e Duke. È ancora la loro vacanza di nozze. Nessun altro dovrebbe fare annunci".

Noah si leccò le labbra e si sedette in avanti prima di rispondere. "Pensi davvero che possa nascere qualcosa da tutto questo? Perché sarò sincero, non sono sicuro di poterlo affrontare".

Voleva confidarsi con lui, come aveva fatto tante altre volte, ma in quel momento era fuori dai limiti. "Lo sapremo col tempo". Fece una pausa. "Pensi davvero che sia finita tra te e Chad?"

Scrollò le spalle. "Chi lo sa? Provo davvero qualcosa per lui, ma ci siamo conosciuti solo dieci giorni fa. Posso continuare la mia vita senza di lui, proprio come te senza mia madre. Credo che la domanda sia: vogliamo farlo?"

Brooke conosceva già la risposta.

Capitolo 26

"Sei uscita presto ieri sera. Ho guardato se Romeo era ancora lì dopo che non ti ho trovata, ma c'era. Ho pensato che forse voi due potreste andare d'accordo, dopo avervi visti chiacchierare". Giovanni agitò il suo Aperol Spritz con la cannuccia, poi ne bevve un sorso.

Romeo aveva chiesto a Jen di ballare, ma lei aveva rifiutato. Non voleva aggiungere altri messaggi contrastanti a quel viaggio particolare. "Non sono interessata ad avere una relazione con nessuno in questo momento". Non era una bugia quando si trattava di Romeo.

"Peccato, è un bravo ragazzo, solo che è stato sfortunato in amore. Si merita una pausa con una brava persona come te".

Lei socchiuse gli occhi. "Non c'è bisogno di adularmi, Gio. Abbiamo quasi finito qui, e poi non dovrai più vedermi fino alla prossima volta".

Si accigliò. "Non ho mai pensato a te in modo negativo. Mi hai dato un figlio meraviglioso e te ne sarò sempre grato". Guardò verso il bar, dove Brooke stava chiacchierando con Amber. "Sono anche grato che Noah mi abbia presentato Brooke, anche se non stanno insieme. Hai passato un po' di tempo con lei in queste vacanze, vero? Le offrirò un lavoro. Pensi che sia una buona idea?"

Jen mantenne un'espressione neutra. "È vero, è meravigliosa. Ho solo cose positive da dire". Non aveva intenzione di dare a Gio un resoconto completo ed esteso, sarebbe potuto rimanere un po' scioccato.

"È anche una brava attrice. Avrei giurato che sarebbe stata la mia nuova nuora".

Se la carriera di Brooke nelle roulotte fosse fallita, forse sarebbe dovuta salire sul palco. "Ha ingannato anche me, se ti fa sentire meglio". Ma ora l'effetto che aveva su Jen non poteva essere classificato. Aveva visto la vera Brooke. La Brooke sexy. La Brooke vulnerabile. Le piacevano tutte le versioni.

Gio scrollò le spalle. "Non è il caso". Fece una pausa, catturando lo sguardo di Jen. "Noah sta bene? Oggi non c'è Chad e sembra un po' giù di morale".

"Chad è impegnato con la sua famiglia". Guardò verso Noah che si trovava al buffet del pranzo. "Scontento" era la parola giusta per descrivere la sua faccia triste. "Sta bene, forse ha i postumi di una sbornia".

Gio alzò il bicchiere. "Un po' di alcol e un tuffo in mare mi hanno risolto il problema". Sorrise. "È stato un bel viaggio, non trovi? È stato bello passare un po' di tempo insieme e riunirsi tutti". Gonfiò il petto. "Mi sento come il Padrino o qualcosa del genere. Il perno di tutta la storia della famiglia".

"Hai sempre avuto un senso esagerato della tua importanza". Ma sorrise mentre lo diceva.

Sorrise. "Sai cosa intendo". Agitò la mano. "Guardati intorno. Tre dei miei figli e la famiglia allargata, e poi amici e persino finti partner. Però ha funzionato, no? So che alcuni sono venuti per la vacanza gratis, ma spero che siano tornati a casa con ricordi felici di momenti speciali".

"Stai attento, o tutti diranno che non sei più l'uomo d'affari spietato di una volta. Diranno che ti sei rammollito".

Questo lo fece ridere. "Tutti sanno che ho dei punti deboli". Si accarezzò il ventre leggermente sporgente. "Ora sono più morbido di quando sono arrivato. Tornerò in palestra lunedì, o la mia giovane moglie potrebbe scaricarmi per un modello più giovane".

"Secondo me stai bene. Sembra piuttosto innamorata di te".

"Cosa ci trovi una giovane donna come lei in un uomo di mezza età come me, non lo saprò mai. Ma non voglio dirlo in giro, nel caso in cui dovesse scappare". Alzò le sopracciglia. "E non dire il mio enorme saldo bancario. Lasciami sognare".

Jen gli diede una gomitata. "C'è una buona possibilità che ti ami davvero". Proprio come lei, in un modo strano. Il loro incontro era stato breve, ma aveva dato vita a un'amicizia a lungo termine che non si era aspettata.

"Qual è il divario di età, se posso chiedere?"

Lanciò un'occhiata alla moglie. "Diciannove anni. Ma ha una testa vecchia su quelle spalle giovani, sai? Non chiedermi come, ma funziona".

Improvvisamente, Jen amò Amber un po' di più. Azzardò un'occhiata verso Brooke e incrociò il suo sguardo.

Brooke le rivolse un piccolo sorriso.

Il cuore di Jen batteva forte.

Forse anche il loro divario di età poteva funzionare?

"Stavamo proprio parlando di te, raggio di sole!" Gio diede una pacca sulla spalla a Noah con un po' troppo gusto mentre camminava verso di loro. "Mi chiedevo solo dove fosse oggi il tuo amico".

Noah trasalì, ma gli rivolse un debole sorriso. "Non è potuto venire, ma manda le sue scuse".

"Hai portato la tua splendida madre e la tua finta fidanzata, quindi questo compensa".

Metterle nella stessa frase non era proprio necessario, no?

Il volto di Noah si inasprì, proprio mentre Amber e Brooke si univano al loro cerchio.

Una vite nel petto di Jen girò e strinse finché non riuscì quasi a respirare. Brooke era vestita con il suo bikini rosa acceso, il copricostume bianco trasparente non faceva nulla per raffreddare Jen. All'inizio della vacanza avrebbe potuto pensare che stesse bene e ammirarne il colore. Ora, invece, voleva strapparglielo con i denti e leccare ogni sua parte.

Strinse i denti e cercò di non far trapelare nessuna delle sue reazioni.

"A proposito di donne bellissime". Gio baciò la guancia di Amber.

Cavolo, Jen era invidiosa del fatto che lui potesse farlo.

"Ti sei goduta il viaggio, Brooke? Stavo dicendo a Jen che è andato benissimo. Tutti si sono trovati bene. Voglio dire, tu e Amber, e anche tu e Jen. Non vi eravate mai incontrate prima, vero?"

Il volto di Brooke divenne cinereo mentre scuoteva la testa. "No, mai".

"Ma sembrate andare molto d'accordo". Bevve un altro sorso del suo Spritz. "A proposito, non ve l'ho mai chiesto. Com'è andata la cena romantica a due? Noah ha confessato ieri e mi ha detto che non è andato, ma voi due sì". Annuì a Jen e poi a Brooke. "Io e Amber andremo più tardi, ne è valsa la pena o non dovremmo disturbarci?" Si avvicinò a Jen. "Dimmi, c'era un'aria romantica?"

Pronunciò l'ultima frase con un sorriso sfrontato e un filo di voce. *Accidenti*, aveva l'abitudine di dire sempre le cose sbagliate.

Gio aveva organizzato e pagato la cena romantica tra Jen e Brooke, quella che le aveva portate a fare sesso per la prima volta. Sì, c'era decisamente un'aria di romanticismo e lussuria. Qualunque cosa avessero messo nel carpaccio e nei gamberi, voleva dire a Gio che lui e Amber avrebbero assolutamente dovuto ordinarli.

Invece, la sua mente si svuotò mentre il sangue le scorreva nelle vene. Azzardò un'occhiata a Noah.

Aveva un viso come il tuono della notte precedente, le guance scure e gli occhi umidi.

"Ne è valsa la pena", rispose Jen quando si rese conto di dover dire qualcosa.

Noah annaspò.

Il volto di Brooke si spaccò in un sorriso maniacale mentre si dondolava dolcemente da un piede all'altro.

Jen fece del suo meglio per non concentrarsi sulla scollatura di Brooke, ma quando spostò lo sguardo, si posò sulla scollatura di Amber. Da quando ammirava le scollature? Da quel momento, a quanto pare.

Lo spostò di nuovo, questa volta sul viso di Gio. Meglio.

"Voglio dire, il cibo era ottimo e ci hanno anche fatto una serenata". Parlava a Gio, e solo a lui. Non poteva guardare altrove, nel caso in cui lei o altri avessero avuto un crollo.

"Chi l'ha fatta?" Chiese Amber, completamente ignara della tensione che si stava creando nel cerchio.

"Un violinista". Non erano rimaste abbastanza a lungo per sentirla, ma gliene era stata promessa una. "E il tramonto dalla spiaggia da solo vale la pena".

"Cazzo, devo andare" Disse Noah. Stava di nuovo per esplodere. Ormai era diventata un'abitudine.

Gio si accigliò. "Dove devi andare?" Mise una mano sul braccio del figlio.

Noah fece spallucce. "Ovunque, ma non qui". Si girò immediatamente, poi sembrò smarrito. Dopo qualche secondo di agonia, si avviò verso la piscina e uscì dal salone.

Jen non poteva lasciare le cose così. Lanciò un'occhiata a Brooke, il cui volto ora era al 100% nel panico. Jen aveva lasciato che Brooke cercasse di risolvere le cose quella mattina.

Nel pomeriggio avrebbe dovuto riprovarci lei.

* * *

"Noah!"

Jen stava facendo quello che il suo personal trainer avrebbe definito speed walking. Forse addirittura nordic speed walking, senza i bastoncini. Non era facile con le infradito, ma non aveva intenzione di perdere Noah. Anche se lui non la stava aspettando.

"Noah!" Era ancora sua madre, anche se era arrabbiato con lei. Con una buona ragione.

Questa volta si fermò e si girò, con gli occhiali da sole abbassati sugli occhi. "Cosa vuoi, mamma? Credevo di aver chiarito che ho bisogno di un po' di spazio. Ma me ne sono dimenticato: non stai pensando a me in questa vacanza, vero?"

Si fermò quando si avvicinò a lui. "Non ho pensato ad

altro che a te dal giorno in cui sei nato. E sei ancora la mia priorità numero uno, anche se devi crescere un po'".

La guardò male, poi si tolse gli occhiali. Gli occhi erano di nuovo rossi. Si portò un dito al petto. "Io? Ipocrita, detto da te".

Doveva controllare la sua rabbia – non voleva dire nulla che potesse turbarlo ancora di più – ma era giustamente infastidita dal fatto che lui non cercasse nemmeno di vedere la cosa dalla sua prospettiva. Forse si aspettava troppo.

"Va tutto bene, Jen?"

Jen chiuse gli occhi. L'ultima cosa di cui aveva bisogno era un pubblico, ma a quanto pare ne aveva uno. Si girò e trovò Gio, seguito da vicino da una Brooke con la faccia dispiaciuta e da un'Amber incuriosita. Vacanze per legare la famiglia. Non era sicura che questo fosse nel programma plastificato.

"Torna in piscina, Gio. È una cosa tra me e Noah".

"O forse papà dovrebbe sentire cosa succede alle spalle di tutti".

"Noah". Non andò oltre il tono che aveva sempre usato quando aspettava che lui facesse quello che gli era stato detto. Non era sicura che funzionasse ancora ora che lui era più alto di un metro e ottanta e un adulto, ma era disposta a tirare fuori ogni leva che aveva. La notizia di lei e Brooke non sarebbe trapelata in quel momento, non era pronta per questo.

"Di cosa sta parlando, Jen?"

"Torna in piscina, Gio". Ora stava usando il tono da ex. Si voltò di nuovo verso Noah. "Andiamo da qualche parte a parlare. So che sei ferito per Chad, ma sono sicura che riuscirete a risolvere la questione".

"Cosa è successo con Chad? Non ci sono già problemi in paradiso?" Chiese Gio.

Noah si piegò e mise le mani sulle cosce. "Tu non sai niente, papà, ok?" Alzò lo sguardo. "Pensavi che io e Brooke stessimo insieme, porca miseria".

"Perché è quello che mi hai detto. Perché dovrei pensare il contrario?" L'accento settentrionale di Giovanni era forte in quella frase, il che significava che si stava irritando. Sembrava strano visto che indossava un costume da bagno nero e dei sandali. "Qualcuno vuole dirmi cosa sta succedendo?"

"Vuoi saperlo, papà? Vuoi davvero sapere la verità? Potrebbe mandare in frantumi la tua illusione di famiglia felice".

"Noah, non farlo". Era Brooke.

"Sei preoccupata per il tuo nuovo lavoro, Brooke? Dovresti esserlo. Cosa penserà papà quando scoprirà che siete andati a letto con la stessa donna?"

Era un bene che lo scheletro di Jen fosse fatto di materiale resistente, perché in quel momento avrebbe voluto sciogliersi. Sapeva che Noah stava soffrendo, ma quello era uno schiaffo in faccia a entrambe.

"Di che cosa stai parlando?" Gio fece una pausa, elaborando il concetto nella sua testa. "Brooke è andata a letto con Amber?"

"No!", risposero insieme sia Brooke che Noah.

"Ma che diavolo?" Chiese Amber, a ragione.

"E allora di cosa cavolo stai parlando?" Giovanni sbottò. "Non scherzare con le parole quando non significano nulla, Noah!"

Noah si alzò in piedi e mise le mani sui fianchi. "Intendo che oggi ho scoperto due cose fondamentali sulle persone a me più vicine. Primo, Chad, l'uomo di cui mi sono innamorato, è ancora sposato. Secondo, mamma e Brooke hanno passato tutta la vacanza a scopare alle spalle di tutti".

Per una volta, Gio rimase senza parole.

Alla sua sinistra, Brooke sussultò, seguita rapidamente da Amber.

Quanto a Jen, aveva dimenticato cosa significasse respirare. Esistere. Tutto dentro di lei si fermò e ci fu un momento in cui il mondo intero sembrò crollare. Poi, lentamente, riprese vita. Ma quando tornò a funzionare, tutti guardavano Noah, che sembrava potesse sentirsi male da un momento all'altro.

Non aveva ancora finito di parlare. "Ma ho bisogno che sappiate entrambi che non posso sopportarlo. Mia madre e la mia migliore amica. Se volete continuare quando torniamo a casa, fate pure, ma non aspettatevi che io sia nella vostra vita a guardarvi mentre lo fate. Spero che siate molto felici insieme, ma non sarò lì a vederlo. Ora, se volete scusarmi, ho una valigia da preparare e un appuntamento con una bottiglia di rum".

Capitolo 27

Messico: Undicesimo Giorno

Mentre l'aereo decollava, Brooke afferrò il bracciolo con una mano, sorseggiò il suo champagne con l'altra e contemplò l'assoluta confusione che aveva creato in quel viaggio. Quando erano partiti, aveva sorseggiato il suo champagne con trepidazione. Stava facendo lo stesso sulla via del ritorno, ma per motivi molto diversi. Aveva sperato per il meglio, ma aveva ottenuto il solito finale. Era di nuovo sola. La sua relazione nascente non aveva funzionato. Nessun lieto fine per lei.

Ma aveva capito perfettamente perché Jen aveva fatto quello che aveva fatto. Doveva mettere suo figlio al primo posto, sedersi accanto a lui e non a lei.

Brooke avrebbe potuto prendere il posto accanto a Jen, come era in programma, ma il volo non era troppo affollato. Aveva potuto sedersi altrove senza dover respirare la stessa aria immediata di Jen e Noah, e lo aveva fatto. Brooke era sempre stata forte nella sua vita, aveva dovuto esserlo, ma c'era un numero limitato di volte in cui poteva sopportare di essere rifiutata e di tenersi tutto dentro. Aveva cominciato con i suoi genitori, Jen era solo l'ultimo rifiuto di una lunga serie.

La cosa che bruciava di più era che non avesse avuto il coraggio di dirglielo in faccia.

Un messaggio WhatsApp, ecco cosa le aveva inviato.

Non posso continuare se Noah non è in grado di gestirlo. Deve venire prima lui.

E poi, due minuti dopo:

Voglio mettere te al primo posto, ma non posso rischiare di perdere mio figlio. Non sarebbe giusto per me o per te avere questa pressione. Mi dispiace tanto.

Poche frasi brevi e incisive che andavano al cuore della questione. Jen avrebbe sempre messo Noah al primo posto, non aveva mai mentito su questo. Brooke poteva solo sognare di avere una madre che facesse lo stesso.

Ma era anche chiaro che Jen non provava quello che Brooke provava per lei. Che tra loro non c'era qualcosa di più, era solo un'avventura in vacanza da cui poteva allontanarsi. Brooke aveva davvero pensato che fosse diverso, che il loro legame e i loro sentimenti non potessero essere ignorati. Ma se si trattava di scegliere tra lei e Noah, lui avrebbe sempre vinto quella gara, a meno che Jen non la desiderasse così tanto da essere pronta a lottare. La risposta era chiarissima.

Noah si era allontanato da Chad, anche dopo che lui si era presentato in camera la sera prima. Tale madre, tale figlio.

Ma, a proposito di madri, aveva ricevuto un messaggio al momento giusto anche dalla sua. In un impeto di disperazione,

Brooke l'aveva chiamata e lei l'aveva ascoltata e le aveva dato un consiglio.

"Aspetta. È una mossa importante per lei e non può rischiare di perdere suo figlio". Poi Claudia fece una pausa. "Vedendo Gavin con i suoi figli, so che ho rischiato di perderti più volte, e sono solo fortunata che tu sia ancora qui. Sei fedele all'inverosimile, e probabilmente è l'influenza di tua nonna. Ti sono eternamente grata, spero che potremo vederci quando tornerò. Con chiunque tu starai, sarà fortunata ad averti".

Due settimane prima, se qualcuno le avesse detto che si sarebbe innamorata della mamma di Noah e che Claudia sarebbe stata la sua spalla su cui piangere, gli avrebbe riso in faccia. Tuttavia, di recente aveva imparato che la vita riservava strani colpi di scena. Avrebbe aspettato e visto se Claudia avrebbe mantenuto la promessa. Per tutta la vita aveva promesso troppo e mantenuto poco; Brooke non ci avrebbe sperato più di tanto. Ma aveva ascoltato e si era interessata, questa era una novità. Forse, al suo ritorno, Brooke avrebbe avuto qualcuno accanto a sé. Forse non Jen, ma magari Claudia.

Avrebbe cercato di guardare gli aspetti positivi: una cosa che quella vacanza le aveva insegnato era che era desiderabile. E che poteva essere assunta dalla persona giusta. Dietro di lei, Gio e Amber ridevano e chiacchieravano. Stavano benissimo insieme. Era bello vedere che era possibile, soprattutto quando si trattava di coppie con differenze di età. L'età non era una barriera, lo erano le persone nella relazione.

Ding! Il segnale di allacciare la cintura di sicurezza si spense.

Brooke si soffiò il naso, ma gli occhi le si inumidirono. *Non ora!* Aveva retto così bene ai controlli e all'imbarco. Fece alcuni respiri profondi. Poteva farcela. Il carrello delle bevande arrivò e una breve chiacchierata con l'hostess molto gay le risollevò il morale. Noah si voltò e incrociò il suo sguardo. Le fece un mezzo sorriso, poi si girò. Lei non aveva idea di cosa significasse.

Doveva provare a guardare un film? Ma prima che potesse prendere quella decisione, Amber si sedette accanto a lei.

"Ehi". Fece a Brooke un sorriso amichevole. Era quasi sufficiente per farla piangere. Se all'inizio aveva avuto una paura mal riposta di essere un'estranea, sull'aereo di ritorno si sentiva un paria totale. "Voglio solo che tu sappia, nel caso ti stessi preoccupando, che Gio e io non abbiamo detto a nessuno di te e Jen".

Brooke tirò un sospiro di sollievo. Avrebbe potuto baciare Amber. "Grazie". Non aveva mai pensato a una parola più importante.

"Certo". Amber si avvicinò e le strinse la mano. "So che le cose sono strane in questo momento, ma voglio che tu sappia che ho parlato con Giovanni. Il lavoro è ancora lì, se lo vuoi. Nonostante tutto il resto. E poi, tieni duro. Andrà meglio. Se hai bisogno di parlare, chiamami. Io ho subito la disapprovazione della famiglia, ma tu non hai fatto nulla di male". Strinse di nuovo. "Andrà meglio. Comunque, sto andando al bagno, ma se hai bisogno di compagnia più tardi, siamo proprio dietro di te".

Brooke si calmò. Solo quel voto di fiducia faceva la differenza. A pensarci bene, Amber doveva aver vissuto una situazione simile con i figli di Gio, ma alla fine si erano tutti ripresi. Amber era un faro di speranza in un luogo molto buio.

Brooke stava armeggiando con i comandi del televisore – perché quegli aggeggi non funzionavano mai? – quando qualcun altro si sedette all'estremità della fila opposta. Quando Brooke alzò lo sguardo, il suo cuore si fermò.

Jen. Sembrava esausta, come se non avesse chiuso occhio la notte prima.

Brooke conosceva la sensazione, soprattutto visto che aveva dovuto dormire sul bordo del letto, con Noah dall'altro lato. Preparare la valigia quella mattina in silenzio era stato molto scomodo. Grazie al cielo il volo di ritorno non aveva fatto ritardo.

"Ciao". La voce di Jen era gracchiante.

"Ciao". Porca miseria, perché Brooke era gentile? Avrebbe dovuto girarsi verso il finestrino e ignorarla.

"Volevo vedere come stavi".

Brooke mantenne un'espressione neutra. "Benissimo".

Jen abbassò lo sguardo e premette insieme il pollice e l'indice. "Io..." Quando alzò lo sguardo, incrociò quello di Brooke.

Per una frazione di secondo, fu come se tutto fosse di nuovo a posto. Come se le ultime 24 ore non fossero accadute. Poi si ricordò che *erano* accadute.

"Volevo solo venire a dirti che mi dispiace. Di persona, questa volta". Lo disse a bassa voce e Brooke dovette concentrarsi per sentirla. "Sono stata malissimo quando mi sono svegliata stamattina, per come te l'ho detto. È stata una cosa impulsiva. Nella mia testa, volevo dirtelo subito, deluderti dolcemente".

"Non è stato gentile". Straziante, piuttosto. L'esatto contrario della gentilezza, in effetti.

"Lo so, lo so. Sarei dovuta venire da te e parlarti faccia a faccia. È stato stupido, posso solo dire che mi sono fatta prendere dal panico. Ma se Noah non è d'accordo, non posso perderlo".

Brooke ne era dolorosamente consapevole.

"Dov'è ora?"

Jen scrutò le file. "Sta guardando un film".

"Dove pensa che tu sia?"

Risucchiò la guancia. "In bagno".

Brooke inspirò, non sapeva cosa avrebbe dovuto dire. Non aveva intenzione di convincere Jen. Non era giusto e non voleva farlo. Jen l'aveva persa, ma le sue azioni dicevano che le andava bene così. Brooke invece aveva perso uno dei suoi migliori amici, oltre che una donna con cui aveva previsto un futuro. Jen sarebbe tornata alla sua vita come se nulla fosse cambiato, mentre la vita di Brooke era distrutta. Però non aveva intenzione di lasciare che Jen lo vedesse.

"Devi farlo".

Jen annuì, poi si morse il labbro. "Mi sono divertita molto con te. Non me ne pentirò mai, è stato davvero favoloso".

Brooke tossì. Un divertimento. Certo, era solo questo. "Già. Una storia d'amore in vacanza. Come nei film, giusto?"

"Meglio dei film".

Questa volta Brooke non abbassò lo sguardo. Si fissarono, catturate l'una nell'aura dell'altra, e tutto ciò che Brooke voleva fare era avvicinarsi, mettere le dita intorno alla base del collo di Jen e tirarla a sé per un bacio dolce e forte. Era la cosa più naturale da fare. Il modo in cui i loro corpi si stavano dirigendo l'uno verso l'altro in quel momento glielo diceva. Ma non poteva, perché Jen aveva posto il veto. Baciarla, fare di nuovo sesso con lei, era fuori discussione. Era quasi come se gli ultimi undici giorni fossero stati solo un sogno febbrile.

Ma poi Jen ruppe l'incantesimo. Si alzò. "Ci vediamo all'atterraggio".

Brooke annuì.

E poi le avrebbe detto addio per sempre.

Capitolo 28

"È un'ottima scelta. Il blu navy è molto popolare in questo momento, e se la compra oggi, posso farle un prezzo vantaggioso. I saldi sono terminati ufficialmente due settimane fa, ma posso fare un'eccezione".

La donna guardò Jen. Le sue sopracciglia erano perfettamente curate, le ricordavano quelle di Brooke. Per la mezz'ora successiva però, il tempo di concludere la vendita, doveva allontanare Brooke dalla sua mente. Avrebbe fatto firmare la donna e solo allora si sarebbe concessa di crogiolarsi nell'infelicità che la consumava da quando era tornata dal Messico.

Era diverso da qualsiasi altra cosa avesse sperimentato prima. Quando era rimasta incinta, aveva affrontato la cosa nel modo in cui affrontava la maggior parte delle situazioni: si era allacciata le cinture e l'aveva presa di petto. Quando aveva divorziato, aveva fatto lo stesso. Ma quello? Quello era un livello completamente nuovo di smarrimento. Erano passate quattro settimane dal suo ritorno e non dormiva né mangiava bene. Continuava a fissare le foto di Brooke sui social media. Per fortuna, non aveva postato granché da quando era tornata. Jen non riusciva a sopportare che avesse incontrato qualcun altro. Continuava anche a sentire canzoni tristi e "Lady In Red".

Rhian era pronta a gettarla dalla finestra.

"Per favore, risolvi la questione. Non riesco a sopportare la tua faccia depressa!", le aveva detto il giorno prima. "E come fai a vendere qualcosa con questa energia da 'Nothing Compares To You' che trasudi, non lo capisco. Sinéad – che Dio l'abbia in gloria – non vorrebbe che la sua musica fosse la colonna sonora della tua infelicità".

"È proprio a questo che serve la canzone", aveva ribattuto Jen.

Nessuno era paragonabile a Brooke. Stava iniziando a capirlo.

"Sinéad parlava della necessità di affrontare la propria salute mentale, non di galleggiarci dentro, senza direzione". Rhian l'aveva abbracciata. "Lo dico con tutto l'amore che provo per te. Cambia il disco, parla con Noah. Preferibilmente anche con Brooke".

* * *

Quella sera, tornando a casa, Jen passò davanti al Wimpy locale, come faceva ogni giorno. Immaginò una Brooke di otto anni seduta con la nonna, Mildred. Jen scommetteva che era una bambina carinissima, che era diventata un'adulta straordinaria. Brooke voleva dei figli suoi? Non ne avevano nemmeno parlato. Non che fosse un problema di Jen, perché non stavano insieme. Il suo cuore si afflosciò sul pavimento.

Nella vetrina di Boots c'era un espositore di crema solare Ambre Solaire. Pensò alle mani decise di Brooke sulla sua pelle, una delle prime volte che l'aveva toccata. Era ancora impresso nel suo cervello. Quando tornò a casa sua, si mise davanti al frigorifero. Sopra c'era la calamita con la tequila che le aveva regalato Brooke, un ricordo del loro viaggio. Brooke aveva buttato via la sua? Jen non l'avrebbe biasimata.

Strinse le labbra, respinse i suoi sentimenti, si cambiò e decise di non cucinare, come aveva fatto ogni sera negli ultimi tempi. Si nutriva di cose che iniziavano con la lettera "C". Cereali, Cocopops, cracker. Poi, Corona (un altro trigger). Jen prese la birra e si sedette in giardino. Non affacciava sull'oceano, ma era il suo spazio tranquillo, il luogo in cui poteva elaborare i suoi pensieri. Solo che ultimamente aveva troppi pensieri, e tutti puntavano in una direzione: Brooke.

Guardò di nuovo casa sua. L'anno prima aveva abbattuto tutte le pareti superflue del piano di sotto, facendone un'unica grande cucina-soggiorno-sala da pranzo. Le piaceva molto, così come piaceva a Noah. Entrambi preferivano la libertà e lo spazio. Con Brooke non li aveva avuti.

Se avesse abbattuto tutti i suoi muri emotivi, il risultato sarebbe stato diverso? Forse. Ma Noah veniva prima di tutto, come sempre. Così Jen aveva costruito un nuovo muro, anche se non ne era una fan. Un muro necessario. Un muro portante. Se lo avesse abbattuto, la sua famiglia sarebbe caduta? Non poteva rischiare. Si strinse le braccia intorno al busto. Le venne la pelle d'oca su tutto il corpo. Prese la birra e la bevve. Fissò il cielo di inizio estate.

Pensava di potercela fare, di poter allacciare le cinture e andare avanti come al solito. Ma quello che era successo in Messico aveva sbloccato qualcosa di profondo dentro di lei, una verità che non aveva mai conosciuto. Era una persona diversa. Proprio come Gio aveva detto a Noah: ovviamente lo vedeva in modo diverso dopo il suo coming out, perché *era* diverso. Era questo il punto.

Jen era andata a letto con una donna, non c'era modo di tornare indietro. Non solo era andata a letto con una donna, ma si era innamorata di lei per la persona che era. Ma l'aveva allontanata perché aveva paura. Negli anni si era resa conto che non aveva bisogno di avere qualcuno al suo fianco, però lei era diversa. *Voleva* attivamente Brooke al suo fianco. Il suo mondo era cambiato.

Il telefono squillò. Jen lo prese, era un messaggio di Noah. Si era informato su come stava e l'aveva persino portata fuori a cena la settimana precedente. Sembrava infelice per Chad come lei per Brooke, ma avevano evitato di parlare di entrambi. Fino ad ora.

Chad si è fatto sentire. Ha trovato un appartamento, sta facendo pressione sul suo avvocato per accelerare il divorzio. Mi manca così tanto. Potrei incontrarlo, che ne pensi?

Jen sospirò. Lui aveva sempre parlato con lei, a parte quando si trattava della sua sessualità, ma in un certo senso lo capiva, ora che aveva a che fare con la sua. Era una cosa profondamente personale da affrontare. Doveva essere gestita con cura. Bisognava risolverla da soli prima di farla conoscere al resto del mondo, ma Jen era abbastanza sicura di sapere cosa voleva.

Rispose a Noah con un clic.

Penso che dovresti seguire il tuo istinto.

La sua casa ristrutturata era ora un enorme spazio dove

poteva trascorrere del tempo con i suoi cari, ma le persone che amava non c'erano. Noah viveva la sua vita a Londra. Anche Brooke viveva lì. Rhian era impegnata con la sua famiglia. A cosa servivano gli open space se non invitava gente?

Forse era arrivato il momento di tirare fuori la mazza e iniziare una nuova ristrutturazione.

Questa volta, una nel suo cuore.

Capitolo 29

"Non posso parlare adesso". Brooke si affrettò a percorrere la strada principale piena di gas di scarico verso il luogo dove avrebbe incontrato Giovanni. I suoi uffici principali erano a Southampton, ma lui si trovava a Londra per lavoro, quindi avevano concordato un orario per vedersi. Si tolse il telefono dall'orecchio per controllare l'ora. Doveva essere lì entro dieci minuti. Da quando era tornata dal Messico e aveva raccontato a Claudia quello che era successo, lei si era trasformata in Super-Mamma da un giorno all'altro. O meglio, Super-Claudia. Brooke non aveva ancora il permesso di chiamarla mamma.

"Lo so, hai il colloquio di lavoro con il padre di Noah. Ho chiamato solo per augurarti buona fortuna, non che ne avrai bisogno. Andrai alla grande".

Era ancora tutto così nuovo che, ogni volta che Claudia la chiamava e diceva cose del genere, Brooke doveva tenere il telefono lontano dall'orecchio e controllare che fosse vero.

"Grazie. Speriamo sia solo una formalità. È così che Gio l'ha fatto sembrare al telefono".

"Volevo anche farti sapere che mi fa molto piacere che tu venga al matrimonio. Se le cose migliorano per quanto riguarda

Jen, dovresti portare anche lei. Se è importante per te, lo è anche per me".

Cosa le dava da mangiare Gavin? Qualunque cosa fosse, Brooke gli era grata. Claudia era andata a trovarla a Londra da quando era tornata e Brooke era andata a Worcester per conoscere anche Gavin. Sembrava un tipo serio, persino entusiasta di vivere in un camper, anche se aveva una casa in muratura in cui vivevano ancora i suoi figli adulti. Anche Claudia avrebbe vissuto lì, presto? Secondo lei no, ma forse Gavin stava pensando a lungo termine.

"Fammi sapere come va. E se non ci vediamo prima, ci vedremo al matrimonio tra un mese. Volevo chiederti anche: sarai una dei nostri testimoni? Il figlio maggiore di Gavin sarà il suo".

Vent'anni passati a tenerla a distanza per arrivare a questo. Aveva sognato per anni che Claudia si comportasse così, e ora lo faceva. Si aspettava che Brooke si muovesse alla sua stessa velocità, ma le ci sarebbe voluto un po' di tempo per raggiungerla.

"Certo". Controllò di nuovo il telefono, poi il nome della via in alto. Era arrivata. "Devo andare".

* * *

"Sei felice? Va bene così? Non sembra". Gio si sedette in avanti, con le braccia sulla scrivania. Vederlo in giacca e cravatta dietro una scrivania e non a bordo piscina era ancora strano.

Brooke scosse la testa. "È incredibile. Grazie". Un'offerta di lavoro con un aumento di stipendio del 25% e un'automobile erano cose da sogno.

Avrebbe dovuto essere felice, addirittura estasiata.

Almeno il 50% di lei lo era.

"Scusa se ci ho messo tanto, ma sono stato via. Poi ho avuto da fare con Amber". Si illuminò quando la nominò. Sì, Gio e Amber erano ancora la coppia perfetta. Brooke era contenta che qualcuno fosse felice e innamorato.

Lei era infelice e innamorata.

Purtroppo.

"È perfetto". Brooke forzò un sorriso. "E sono davvero entusiasta di iniziare la prossima settimana. Davvero. Le cose sono solo un po' complicate nella mia vita personale in questo momento. Niente a che vedere con te o con il lavoro". Aveva ancora il cuore spezzato, ma non era dispiaciuta che fosse successo. Sì, era finita male, ma i giorni che avevano trascorso risplendevano in un glorioso technicolor. Non l'avrebbe mai rimpianto.

Gio storse la bocca. "Dimmi se sto esagerando – perché so che ho l'abitudine di farlo, come mi dicono continuamente mia moglie e i miei figli – , ma mi piace avere dipendenti felici. E hai appena firmato il contratto, quindi, a rigore, ora sei una mia dipendente, giusto?"

Lei annuì. "Esatto".

Si rilassò sulla sedia e strinse le mani davanti al petto. "Ho cenato con Noah questa settimana".

Non aveva visto Noah da quando era tornata. Aveva provato a mandargli un messaggio, ma lui era stato freddo e le aveva risposto con una sola parola. Allie l'aveva incoraggiata ad andare a casa sua, ma Brooke non poteva accettare l'eventualità che lui non la facesse entrare. Aveva avuto abbastanza rifiuti negli ultimi tempi.

"Lasciami dire che il suo volto e il suo atteggiamento generale erano notevolmente simili al tuo. Mal d'amore, direi. Forse anche di amicizia. Sono nel campo giusto?"

Diceva troppo nei momenti sbagliati, ma questa volta aveva ragione. "Sì".

Gio si chinò e toccò l'interfono. "Puoi farlo entrare, per favore?"

Brooke si accigliò. Chi stava chiamando Gio? C'era qualcun altro su cui doveva fare colpo prima di ottenere il lavoro? Pensava che fosse un affare concluso.

La porta si aprì. Quando si girò, Noah entrò nella stanza.

La sua faccia le diceva che non sapeva di trovarla lì.

Le guance di Brooke si accesero quando si voltò verso Gio. Quel lavoro non sarebbe stato come tutti gli altri, vero?

"Papà", esordì Noah.

"Accomodati, prego". Indicò la sedia accanto a Brooke. La bocca di Noah si contrasse esattamente come quella di suo padre, ma si sedette.

Lui, come Brooke, sapeva quando veniva preso in giro. E anche quando era il caso di sedersi e stare zitti.

"Grazie per essere venuto, Noah".

Sospirò. "Grazie per avermi invitato, papà". Il sarcasmo in quella risposta era diffuso e denso.

"Ti ricordi di Brooke? Una buona amica che ha finto di essere la tua ragazza per un'intera vacanza. Ha incantato tutti. Ora lavora per me. È una brava persona, sei d'accordo?"

Noah strinse le labbra. "Sì, è vero". Guardò a destra.

Nelle ultime settimane aveva avuto molte conversazioni imbarazzanti. Poteva aggiungere questa alla sua collezione.

"Brooke, vuoi ancora bene a mio figlio?"

Brooke annuì.

"Allora, per favore, risolvete la questione prima di lasciare questa stanza. Accettate di essere di nuovo amici e che entrambi avreste potuto affrontare le cose in modo diverso in Messico. Ora che siete tornati, ho intenzione di vedervi di più. Non voglio facce tristi. Sistemate tutto quello che vi serve. Nessuno uscirà da questa stanza finché non vedrò dei sorrisi".

Gio si alzò. "Potete ringraziare Amber per questa idea, non date la colpa a me. Dopo il matrimonio, sto cercando di tenermi fuori dalla vita sentimentale dei miei figli, ma Amber mi ha detto che dovevo farlo. Per Brooke, per te", indicò Noah, "e per Jen". Girò intorno alla scrivania. "Bene, porto mia moglie a pranzo. Risolvete la questione oggi. Sì?"

Strinse la spalla di Noah mentre passava, e poi la porta si chiuse.

Brooke espirò, poi si succhiò il labbro. "Tuo padre è sicuramente un personaggio".

"Assolutamente".

"Comunque, ho bisogno di una sigaretta".

"Ti sfido ad accenderla nell'ufficio del tuo nuovo capo". Noah le sorrise.

"Mi ha appena aumentato lo stipendio, quindi non ho intenzione di farlo arrabbiare".

Noah spostò le gambe, poi si tolse dei pelucchi immaginari dai pantaloni. "Sembri stanca. E triste. Non ha tutti i torti".

"Grazie". Non c'era bisogno di dirglielo. "Anche tu".

Batté il dito sul bracciolo della sedia. "Chad si è fatto sentire. Si è trasferito e ci incontreremo questa settimana".

Brooke si alzò a sedere. "È incredibile". Allungò la mano, poi si fermò.

Lui le fissò le dita, poi le prese tra le sue. "Puoi ancora toccarmi".

"Hai ignorato i miei messaggi".

"Lo so, avevo solo bisogno di un po' di tempo. Però questa settimana ho capito che non sto facendo del bene a nessuno, compreso me stesso. Ero fermamente convinto che tra me e Chad fosse finita, ma in Messico è successo qualcosa che non riesco a spiegare". Si mise una mano sul cuore. "Voglio vedere se possiamo andare oltre. Anche Chad lo vuole. Non si è arreso con me, mi ha anche fatto notare le mie stronzate".

Brooke sbatté le palpebre. "Bravo, Chad".

"Mi ha anche parlato di te e della mamma. Anche Amber, quando l'ho vista. Le piacete molto, pensa che meritiate una possibilità". Fece un respiro profondo. "E poi è intervenuto anche papà. Non credere a una parola di quello che dice sul non voler interferire". Noah sgranò gli occhi. "Mio padre, con cui ero preoccupato di fare coming out, che si schiera a favore di mia madre e di una donna". Rise. "Non lo conoscevo affatto".

"Davvero". Su questo erano entrambi d'accordo. "Ho ancora un posto libero per un padre. Se posso, prendo Gio".

"Ora è il tuo capo e tuo padre".

Lei sorrise. "Allora, cosa mi vuoi dire?"

Espirò, si raddrizzò e si girò verso di lei. "Sto dicendo che sei la mia migliore amica e che non voglio perderti. Che mi dispiace di aver buttato via i miei giocattoli dal passeggino e di essermi comportato da ragazzino. Sei stata infelice come me da quando siamo tornati dalle vacanze?"

"Non è stata una vacanza, ma una prova di resistenza".

Sorrise. "Con un po' di polvere di stelle romantica in cima?"

Questo la fece sorridere un po' di più. "Sicuramente". Ma ora osava di nuovo sognare.

"Ho visto la mamma la settimana scorsa".

Il cuore le lacerò il petto. "Come stava?" Voleva saperlo, ma d'altra parte a che scopo? Non potevano stare insieme. Non era possibile.

"Triste. Confusa. Cercava di far finta di niente". Scosse la testa. "Niente di tutto questo è facile per me. Tu sei ancora la mia migliore amica, lei è ancora mia madre, ma so di non potervi ostacolare. Mamma ha avuto un'epifania, una strana presa di coscienza. Non posso impedirlo". La indicò. "Hai appena ottenuto un ottimo lavoro, ma sei ancora triste. Quello che sto dicendo in modo molto confuso è che se hai bisogno di una nuova cucina, dovresti andare a comprarla. La migliore del negozio".

Era un'analogia così goffa che riuscì solo a ridere. "Una cucina nuova? Posso sceglierne una classica, però?"

"A patto che non ci si scherzi sopra. È classica per un motivo".

"Possiamo smetterla adesso?"

"Ti prego". Questa volta le rivolse un sorriso sincero. "Ma in tutta serietà, la mamma è al negozio. Mi sta aspettando, ci vado adesso. Vuoi venire con me?"

Brooke gonfiò le guance. "Dici sul serio?" Non avrebbe mai pensato che avrebbe pronunciato quelle parole.

Annuì. "Davvero". Noah si alzò in piedi. "Ma una cosa: se le fai del male, dovrai fare i conti con me".

Si mise di fronte a lui. "Davvero ti va bene?" Non riusciva ancora a crederci.

Annuì. "Sono grande ora, come mi ha detto Amber".

Brooke lo avvolse in un abbraccio e lo tirò a sé. "Mi sei mancato", gli disse sul petto. Si segnò anche di mandare dei fiori ad Amber. Non l'avrebbe mai ringraziata abbastanza.

Le baciò la sommità del capo. "Anche tu mi sei mancata". Si tirò indietro. "Ora, andiamo a prendere la tua ragazza?"

Lei trasalì, poi lo guardò negli occhi. "Come ti senti a dirlo?"

"Non è così strano come immaginavo".

Capitolo 30

Jen diede un'occhiata al telefono. Mancava un'ora e mezza al momento in cui Noah sarebbe dovuto passare a prenderla per una cena anticipata. Novanta minuti prima che lei gli dicesse che doveva seguire la sua strada. Per fortuna era stata una giornata tranquilla, cosa che di solito non le piaceva, ma che aveva permesso a Jen di provare il suo discorso. Di migliorare il suo contrattacco a qualsiasi argomentazione lui potesse avere. Voleva fargli capire che se la voleva come mamma, doveva accettarla per quello che stava diventando.

"Stai ancora ripetendo nella tua testa?" Rhian tirò fuori due tazze di caffè e le mise sull'isola al centro dello showroom.

"Penso di averlo imparato", rispose Jen.

"Se non lo accetta, digli che non sei troppo vecchia per prenderlo per un orecchio".

Jen sapeva che era più complesso quando la situazione era capovolta, soprattutto visto che era coinvolta Brooke. Ma se conosceva Noah come pensava, Jen sperava in un esito positivo.

"Non dirgli nulla". Non aveva bisogno che Rhian esprimesse la sua opinione.

"Ti pare". L'amica le rivolse un sorriso ironico.

"Comunque, io prendo i clienti delle 16.30, così hai più tempo per provare mentre io sono impegnata con loro".

"Quale cucina hanno scelto alla fine?"

"La più costosa, convinti dalla sottoscritta".

Jen scosse la testa. "Nessuno immagina che sei una donna d'affari dal cuore freddo con quell'aspetto solare, vero?"

"Sono come Villanelle di *Killing Eve*", rispose Rhian. "Con meno spargimenti di sangue".

La porta del negozio si aprì ed entrò Noah. Jen guardò il telefono e si accigliò. "Pensavo che saresti venuto alle 17.30. Non che non sia felice di vederti". Fece il giro dell'isola e lo abbracciò.

"Sono uscito dal lavoro un po' prima e ho deciso di venire direttamente qui". La tenne a distanza, poi le lanciò un'occhiata da sopra la spalla. "Ciao, Rhian".

"Ciao, ragazzino".

Scrutò la testa di Jen. "Hai tagliato i capelli più corti". Lui annuì. "Mi piace".

Quando Jen aveva deciso di parlare con lui e di ricominciare da capo, aveva anche deciso di rifarsi il look. Un taglio pixie. Era piuttosto soddisfatta di come era venuto. Si accarezzò i lati dei capelli. "Grazie".

"Hai tempo per un caffè?"

Jen scosse la testa. "Rhian ha una riunione tra mezz'ora e io devo gestire il negozio".

"Andate". Rhian si avvicinò a loro. "Posso farcela. Non sembra esserci molta gente oggi".

Jen strinse le labbra. "Ma potrebbe esserci molto da fare. Non mi piace lasciarti a corto di personale".

"Hai sentito Rhian. Può farcela". Rispose Noah.

"Sei sicura?"

"Sicurissima". Rhian annuì.

Jen prese la borsa e salirono in macchina. Lui armeggiò con l'aria condizionata, poi con gli specchietti, prima di rivolgerle un sorriso tirato.

Iniziò a guidare nella direzione opposta rispetto alla loro caffetteria preferita. Qualcosa non quadrava. "Dove stiamo andando? Mi stai rapendo?" Doveva riuscire a parlare prima che arrivassero al luogo in cui stavano andando.

Lui le lanciò un'occhiata. "Più o meno. Ma per una buona causa". Accese la radio. Sinéad O'Connor.

Jen lo spense. "Non oggi, mi rende troppo triste". Poi si sedette più dritta. Almeno, se faceva il discorso mentre lui guidava, potevano evitare il contatto visivo. Probabilmente era meglio. Sperava solo che non si schiantasse con la macchina.

Si schiarì la gola. "Devo dirti una cosa". Si vide riflessa nello specchio dell'aletta parasole. Sembrava nervosa. Lo sollevò. "Qualcosa che avrei dovuto dire fin dall'inizio". Fece un respiro profondo. "Ma prima di farlo, voglio dirti che ti voglio bene, e che ti vorrò sempre bene. Spero che tu lo sappia".

Si fermarono a un incrocio.

Si voltò verso di lui.

Lui la fissò intensamente, poi annuì. "Lo so". Poi riportò lo sguardo sulla strada.

"Bene", continuò lei. "Ma devi anche sapere che sono cambiata. Che fossi gay o meno prima di incontrare Brooke non è importante, ma conoscerla ha aperto qualcosa dentro di me. Mi ha fatto pensare che c'è un'altra vita che non stavo conducendo. Una che potrebbe rendermi più felice di quanto non sia mai stata prima".

Strinse le mani, aveva i palmi umidi. Il discorso preparato in precedenza era fuori dalla finestra, ora le parole venivano dal cuore.

"E sì, capisco che non è l'ideale stare con una delle tue migliori amiche. So anche che potrei averla ferita troppo, che potrebbe non voler avere più niente a che fare con me dopo il modo in cui l'ho trattata. Ma devo provarci. Per me. E se scopro che Brooke non vuole parlare con me, devi accettare il fatto che non posso tornare indietro. Sono comunque cambiata e devi accettare che io esca con le donne".

Il cuore le batteva veloce nel petto, ma non era più nervosa. Al contrario, dopo aver rivelato tutto, si sentiva leggera come una piuma. Libera.

Girò la testa. "Non puoi dettare la mia vita, Noah. Ho il diritto di essere quella che sono e tu devi accettarmi alle mie condizioni, non alle tue".

Guidarono per qualche secondo finché non raggiunsero il lungomare, il mare si estendeva davanti a loro. Jen era molto consapevole del suo respiro, della tensione allo stomaco, del silenzio straziante.

"Perché siamo sul lungomare? Non ci sono bar buoni qui".

Sorrise mentre si fermava in un parcheggio. "Lo so. Ma magari c'è qualcos'altro che potrebbe piacerti". Si girò verso di lei.

"Non hai intenzione di dire nulla?" Stava diventando impaziente, e anche un po' infastidita. "Ti ho appena aperto il mio cuore e tu non hai detto nulla".

Lui si slacciò la cintura di sicurezza e saltò fuori, poi le aprì la portiera. "Vieni con me, per favore".

Jen si accigliò, non riusciva a capire cosa stesse succedendo. Lui non sembrava arrabbiato o sconvolto, ed era un bene, ma avrebbe voluto una risposta a ciò che aveva appena detto.

Il vento le scompigliava i capelli mentre attraversavano la strada sul lungomare, schivando una Golf blu. Con meno capelli, sentiva di più il fresco. Si stava ancora abituando.

Girarono a sinistra e si diressero verso il bar Waves. Il bar era al massimo passabile, ma poi, tutto il corpo di Jen ebbe un sussulto quando si rese conto di cosa fosse quel "qualcos'altro".

Brooke. In piedi fuori dal Waves, guardava a destra e a sinistra sul lungomare. Le mani infilate nelle tasche della giacca nera, il bel viso che non lasciava trapelare nulla.

Jen aveva detto a Brooke che la sua bellezza naturale sarebbe stata perfetta nelle Highlands scozzesi. Sembrava ancora più perfetta lì, sul lungomare di Jen. Smise di camminare.

"Hai portato Brooke?"

Annuì. "Sì". Allungò il braccio. "Hai intenzione di venire con me o di restare qui?"

Jen percorse gli ultimi passi fino a trovarsi faccia a faccia con Brooke, la donna che aveva lasciato un segno indelebile nel suo cuore e di cui non era riuscita a liberarsi.

Era così bello vederla ed era ancora più splendida di quanto Jen ricordasse. I suoi occhiali da sole le fecero accelerare il cuore: ricordava di averli tolti molte volte prima di baciarla in Messico. Doveva tenere a freno i suoi sentimenti mentre Noah era lì, ma aspetta, aveva lui organizzato tutto questo? La mente di Jen era un'accozzaglia di pensieri frammentati.

Noah mise un braccio intorno alla spalla di Jen. "Mamma,

ti presento Brooke. Penso che voi due potreste andare d'accordo, se ne aveste la possibilità". Gli angoli dei suoi occhi si stropicciarono mentre sorrideva.

"Brooke, ti presento Jen". Fece un respiro profondo. "Ho pensato che questo fosse un buon punto di partenza. Siamo in spiaggia, cosa che entrambe amate. C'è il caffè". Indicò il bar. "Andate a sinistra e potrete giocare a minigolf e ricreare il Messico".

"No, grazie", disse Brooke.

Tutti risero, squarciando il momento. Era esattamente ciò di cui avevano bisogno.

"Andare verso destra e alla fine arriverete al villaggio in miniatura, che Brooke vuole vedere da sempre perché è piccolo e lei ama le cose piccole". Alzò un dito. "Ma credo che dobbiate recuperare un po' di tempo. Vi ho prenotato una cena alle 19.00, solo voi due. Ho dato a Brooke i dettagli".

Si portò una mano al petto e guardò prima Brooke e poi Jen. "Mamma, sono pienamente d'accordo con tutto quello che hai detto in macchina. Tu devi vivere per te e io devo essere un figlio migliore. Ci lavorerò su, perché te lo meriti. Mi dispiace di essere stato un bambino viziato. Spero che tu possa perdonarmi. E, soprattutto, spero che possiate risolvere la situazione".

Jen guardò lui, poi Brooke. Le sue viscere si contorsero in modo delizioso. Quello era il risultato migliore possibile, un risultato che aveva sperato e che era stata determinata a raggiungere. Il fatto che Noah lo avesse accettato e avesse portato Brooke da lei lo rendeva ancora più speciale. Lo attirò a sé per un abbraccio. "Grazie".

Per tutta risposta lui l'abbracciò più forte.

Poi Brooke si avvicinò. "Grazie, testa di cazzo".

Lui rise, la riabbracciò, poi le fissò entrambe. "Buona fortuna. E, come dice RuPaul, non fate cazzate". Poi strinse le mani di entrambe e tornò verso la macchina.

Jen si rivolse a Brooke. "Non posso credere che tu sia qui".

"Nemmeno io". Brooke si leccò le labbra. "Mi piace il tuo nuovo taglio".

"Grazie. Ho deciso, dopo un mese di infelicità, che volevo un nuovo inizio". Si indicò la testa. "Questa era la prima parte. Tu saresti stata la seconda, ma Noah mi ha preceduta". Fece un cenno verso il mare. Il sole era ancora alto nel cielo e gruppi di adolescenti erano seduti sulla sabbia. L'aria profumava di ciambelle calde e patatine. "Vogliamo sederci? Non è proprio il Messico, ma ci va vicino".

"Ho solo bei ricordi di quando ero sulla spiaggia con te".

Si sedettero, il cemento era fresco attraverso i pantaloni azzurri di Jen. Le loro cosce non si toccavano, ma Jen poteva sentire il calore del corpo di Brooke. Era preoccupata per quel momento, temeva che le cose sarebbero state imbarazzanti tra loro, che non avrebbe saputo cosa dire o che Brooke avrebbe potuto rinfacciarle tutto quello che era successo. Nulla di tutto ciò accadde.

Sembrava un incontro rilassato, giusto. Brooke si incastrava perfettamente nel mondo di Jen, come se fosse dovuto accadere fin dall'inizio.

La cosa più importante era che anche Brooke sembrava felice di essere lì.

"È davvero bello vederti", disse Jen. "Mi chiedevo se ti avrei mai rivista".

"Non sei l'unica".

"Come sei arrivata qui?" Chiese Jen. "Noah ti ha detto dove stavi andando o ha rapito anche te?"

Brooke spiegò il suo pomeriggio, compresa l'offerta di lavoro, insieme al ruolo di Giovanni e Amber.

Jen dovette sorridere. "Credo che la prossima volta che vedremo Amber dovremo offrirle una birra". Si girò. "A proposito, ti trovo benissimo".

"Ora so che stai mentendo, perché ho un aspetto di merda. Non ho mangiato né dormito bene". Brooke sorrise, poi allungò la mano e prese le dita di Jen tra le sue.

Delicate bollicine si sprigionarono dentro di lei. "Credimi, sei bellissima. Lo sei sempre".

Il rossore invase le guance di Brooke. Sorrise timidamente, poi gettò lo sguardo verso il mare.

Jen volle subito baciarla di nuovo, ma non era sicura di poterlo fare. Era stata lei a rovinare tutto. Era lei che doveva istigare il loro secondo primo bacio?

"Prima che tu dica altro, voglio scusarmi per tutto quello che è successo. Quando abbiamo lasciato il Messico, era tutto un casino, compreso Noah. Per questo motivo non ero lucida".

"Per così dire".

"Già". Jen fece un mezzo sorriso. "Poi siamo tornati a casa, sono rientrata al lavoro e ho cercato di tornare alla normalità, ma non ci sono riuscita. Mi ci è voluto tutto questo tempo per capire che qualcosa doveva cambiare. Pensavo di incontrare Noah stasera per dirgli che doveva imparare ad accettarlo, perché volevo ricontattarti e vedere se c'era ancora una possibilità. Ma poi mi ha sorpresa e ti ha portata qui". Scosse di nuovo la testa. "Non riesco ancora a credere che tu sia qui. Nella mia città".

Brooke si guardò intorno. "Mi piace questo posto. Mi è sempre piaciuto il mare, come sai. C'è un Wimpy, ma soprattutto ci sei tu".

La speranza divampò nella sua testa mentre si girava per guardare meglio Brooke. "Possiamo ricominciare? So che molte cose devono cambiare e che abbiamo tanto da risolvere, ma non posso andare avanti senza di te. Mi hai cambiato la vita e voglio che continui a cambiarla. Voglio che sia rispettato quello che ci siamo dette quando eravamo in viaggio, che sembra un milione di anni fa".

"Un milione e mezzo".

"Più o meno".

Brooke la fissò. "Lo pensi davvero? Senza esitazioni?"

A Jen era mancato lo sguardo elettrico di Brooke che la teneva ferma. Annuì. Lo voleva più di quanto avesse mai desiderato qualcosa. Non le importava degli ostacoli che aveva delineato in Messico, non erano più rilevanti. Ciò che contava era la sua felicità. La *loro* felicità. Poteva funzionare solo se ci avessero davvero provato, senza un programma laminato che le guidasse.

"Nessuna esitazione. Ogni volta che passo davanti alla calamita della tequila sul frigo, mi viene da piangere. Ogni volta che bevo una Corona, mi crolla lo stomaco. C'è qualcosa che manca nella mia vita, e sei tu".

Un accenno di sorriso squarciò il volto di Brooke. "Ti va bene che io abbia 29 anni?"

"Rhian mi dice che dovrei gioire come farebbe un uomo".

"Non si sbaglia. Sii più come Gio". Brooke aggrottò un sopracciglio. "Pensi che Noah intendesse davvero quello che ha detto?"

"Credo di sì. E poi, come mi ha detto una volta una persona saggia, devo mettere me stessa al primo posto. Anzi, devo mettere *te* al primo posto". Mise una mano sulla guancia morbida di Brooke.

Brooke ci si appoggiò contro.

"Prometto di metterti al primo posto d'ora in poi, ok?" Disse Jen. "Questa volta dico sul serio".

Lo sguardo di Brooke si addolcì. "Mi piace sentirtelo dire". Fece una pausa. "Un'altra cosa: verresti al matrimonio di mia madre con me?"

Jen sbatté le palpebre. "Il matrimonio di tua madre? Mi piacerebbe conoscere la misteriosa Claudia".

"La nuova Claudia 2.0, migliorata e certificata da Gavin. Ti ha invitata lei. Sarebbe bello averti al mio fianco".

"Non c'è un posto in cui preferirei stare".

Il sorriso di Brooke passò da appena accennato a un sorriso pieno e accecante. "Questo è il momento in cui ci baciamo?"

"Spero proprio di sì". Jen prese il viso di Brooke con entrambe le mani, mentre una bomba di felicità le scoppiava nel cuore. "Nel caso non lo sapessi già, ti amo, Brooke Wilder. E, a quanto pare, non posso vivere senza di te".

"Siamo in due", rispose Brooke.

Epilogo

Nove Mesi Dopo

"Tanti auguri a Brooo-oooke! Tanti auguri a te!" Mentre il canto si spegneva, Noah e Jen apparvero davanti a lei portando una torta Victoria Sponge che trasudava crema e marmellata. Aveva due enormi candele incastrate nella parte superiore, una a forma di tre e l'altra di zero. Aveva raggiunto la pietra miliare, ma che differenza c'era tra quel compleanno e 12 mesi prima… L'anno precedente, in quello stesso periodo, la sua vita sembrava molto diversa. Ora aveva una splendida fidanzata, un nuovo lavoro e un rapporto migliore con la propria madre. Non voleva sfidare la sorte, ma non aveva molto di cui lamentarsi. La vita era bella.

"Esprimi un desiderio!" Jen le sorrise sopra le candele.

Brooke chiuse bene gli occhi e ne espresse uno, anche se dubitava che si sarebbe avverato. Spense le candeline e cercò di non pensare a tutti i germi che aveva appena soffiato sulla torta.

Jen posò la torta davanti a lei, poi si avvicinò e la baciò. "Buon compleanno, donna splendida".

Brooke si sciolse. I baci di Jen erano ancora freschi come lo erano stati la prima volta. Ora poteva averli ogni giorno, da quando si era trasferita ufficialmente a casa di lei due mesi prima. La convivenza stava funzionando come un sogno: la sera prima Noah e Chad erano andati a cena da loro e si erano fermati a dormire per poter essere presenti alla sua festa. Quel giorno erano andati a pranzo in un pub e avevano fatto una gita al villaggio delle miniature e un giro di minigolf prima della festa serale. A parte il minigolf, era quasi la giornata perfetta di Brooke. Mancava un pezzo del puzzle, ma non poteva avere tutto.

Amber arrivò con una fetta di torta e una pila di piatti.

"Lo faccio sempre io, altrimenti la torta non viene mai tagliata e nessuno è contento, giusto?" Si sedette accanto a Brooke e si mise al lavoro per affettare. "A proposito, ti è piaciuto il nostro regalo? Temevo che fosse un po' troppo vecchio stile, ma Gio mi ha assicurato che ti sarebbe piaciuto".

"Mi è piaciuto molto! È stato molto generoso". Aveva ricevuto un biglietto d'auguri, un po' di champagne e due weekend di lusso a sua scelta da trascorrere in uno dei tre lussuosi campeggi per roulotte che aveva aiutato a organizzare. Includevano le migliori roulotte, vista sul mare, vasche idromassaggio, pasti preparati da uno chef di alto livello, oltre a champagne e cioccolatini all'arrivo. Si stavano rivelando più popolari di quanto lei e Gio potessero immaginare.

Amber scosse la testa. "Sciocchezze. Quello che hai fatto per l'azienda da quando sei arrivata è stato immenso, Gio vuole che tu sappia quanto sei apprezzata. Speriamo di avertelo fatto capire".

"Non vedo l'ora di andare", aggiunse Jen, appoggiando i gomiti sul tavolo. "Vasche idromassaggio e champagne? Ditemi quando e ci sarò".

"Anche noi", disse Noah, massaggiando le spalle della mamma mentre si trovava dietro di lei.

Jen si rilassò e alzò la testa verso l'alto. "Dovrai parlare con tuo padre e vedere se ti darà una roulotte".

Noah sgranò gli occhi. "Gliel'ho chiesto, ma non ha risposto in modo chiaro".

"Dovresti fargli pressione davanti ad altre persone". Amber si leccò un po' di panna fresca dal dito mentre impiattava altra torta. "Dov'è?" Spostò la testa a destra, poi si accigliò. "È laggiù, a chiacchierare con qualcuno che non conosco". Si leccò di nuovo il dito. "Chi è?"

Brooke seguì il dito fino ad arrivare a Gio e poi… il suo cuore si fermò. Spalancò gli occhi e trasalì. Non poteva essere, vero? Il calore le percorse tutto il corpo.

Jen si chinò sul tavolo e mise una mano sul suo braccio. "È venuta davvero".

Brooke fece per parlare, ma aveva la bocca asciutta. Un mese prima aveva mandato un messaggio a Claudia per dirle che avrebbe organizzato una piccola festa in un pub locale per il suo trentesimo compleanno. Claudia le aveva risposto dicendo che ci avrebbe provato, ma che forse era impegnata. Ora era in piedi con Gio, con suo marito accanto a lei, tutta sorridente.

"Mi ha scritto che ti aveva detto che ci avrebbe provato, ma voleva che fosse una sorpresa". Jen scosse la testa. "Spero che questo sia ciò che desideravi".

Brooke sbatté le palpebre, le lacrime minacciavano di uscire. "È l'unica cosa che ho sempre desiderato".

Quando alzò di nuovo lo sguardo, sua madre si diresse verso di lei, con un sorriso esitante sul volto. Raggiunse il suo tavolo e Brooke le andò incontro.

Nei suoi sogni ad occhi aperti, in quel momento si abbracciavano. Nella vita reale stavano in piedi in modo impacciato, la mamma teneva in mano un sacchetto di regali. Per alcune cose ci sarebbe voluto un po' più di tempo. La buona notizia è che ne avevano in abbondanza.

"Buon compleanno!" La mamma fece un passo avanti e la baciò sulla guancia. Ciò provocò una scossa elettrica ed entrambe sobbalzarono, spaventate.

Claudia abbassò lo sguardo sul suo cappotto. "Il negozio di beneficenza ha detto che era di lana, ma ho i miei dubbi". Alzò lo sguardo verso Brooke. "La mia intenzione era di sorprenderti, non di darti uno shock". Fece una pausa, con aria incerta.

La presenza di Claudia *era* uno shock.

"Voglio solo dirti che sono molto felice di essere qui oggi. Grazie per avermi invitata, ancora e ancora". Claudia tese la borsa.

"Grazie per essere finalmente venuta".

Le mani di Brooke tremavano mentre estraeva il primo dei due regali contenuti nella borsa. I primi regali di compleanno che aveva ricevuto da sua madre da quando aveva compiuto 18 anni.

Scartò quello più grande, trasalì e si portò una mano al petto. Guardò Claudia, poi scosse la testa. Un cocktail di emozioni le scorreva nelle vene. Era una foto incorniciata di Brooke, Claudia e sua nonna al villaggio delle miniature nel Devon. Brooke doveva avere circa nove anni, era stata l'ultima vacanza che avevano fatto prima che sua nonna morisse. Brooke ricordava ancora il caldo di quella giornata e quanto fosse perfetta.

"Non so nemmeno cosa dire".

"Ti piace?"

Claudia non sembrava sicura. Brooke le lanciò un'occhiata. "Mi piace assolutamente. Grazie". E poi, sfidando la tradizione, tirò Claudia in un abbraccio. Fu breve, ma fu il primo passo. Sua madre sembrava ancora sollevata quando finì.

"Non credo che ci sia un regalo più bello". Le dita di Brooke tremavano ancora mentre scartava il secondo regalo. Quando lo tirò fuori dalla scatola, ebbe un sussulto. "È l'orologio della nonna". Fece scorrere un dito sulla sua superficie. Era quasi come toccare la nonna.

"L'ho trovato mentre rovistavo tra le sue cose. L'ho fatto revisionare, avrebbe voluto che lo avessi tu".

Brooke non sapeva cosa dire o come dirlo. "È il miglior regalo che abbia mai ricevuto". Ci aveva impiegato più di dieci anni per consegnarlo, ma Claudia aveva colto nel segno.

"Posso offrirti da bere, Claudia?" Chiese Jen.

Fu allora che Brooke si ricordò che c'erano anche altre persone alla festa, non solo lei e sua madre.

"Grazie, Gavin mi sta prendendo un bicchiere".

"Una fetta di torta?" Amber offrì a Claudia un piatto.

Lei lo prese con gratitudine.

* * *

Brooke aveva lasciato a Noah l'organizzazione della festa e lui aveva insistito per il karaoke. Gli aveva detto seccamente di no quando l'aveva proposto, ma, visto che era Noah, l'aveva ignorata. Le faceva sanguinare le orecchie, ma doveva ammettere che era divertente.

Finora Gio e Amber avevano eseguito "I Got You Babe" tra gli applausi. Noah e Chad avevano fatto ridere tutti cantando "Don't Go Breaking My Heart". Gavin si era alzato e aveva cantato una versione molto sbarazzina di "That Don't Impress Me Much" di Shania. Allie e Gwyneth si erano esibite sul palco con "Islands In The Stream".

Brooke scappò fuori per fumare di nascosto. Aveva quasi rinunciato, ma ne teneva sempre qualcuna nella borsa per serate come quella. Dopo l'arrivo di Claudia, era contenta di averlo fatto. Brooke aveva quasi finito quando la porta del pub si aprì e apparve Noah.

"Come facevo a sapere che ti avrei trovata qui?" Si avvicinò e si mise accanto a lei.

"Perché mi conosci?"

"Questo lo so". Inclinò la testa. "Contenta?"

Annuì. "Molto". Non dovette nemmeno pensarci. La felicità era una strana sensazione che le si annidava nell'intestino ogni giorno. Era ancora nuova.

"Trenta, cavolo. Ormai sei vecchia e queer".

"Chiudi il becco, testa di cazzo". Lei alzò lo sguardo verso il freddo cielo di marzo, poi gli rivolse un sorriso. "Ricordi l'anno scorso, quando eravamo fuori da quel bar di Soho e mi hai chiesto di essere la tua finta ragazza?"

"Come posso dimenticarlo?"

"Sono felice che tu l'abbia fatto. Mi hai portata all'amore della mia vita".

"Sono contento anch'io". Fece una pausa. "Anche se sei andata a letto con mia madre".

Sorrise. Per i primi mesi le cose erano state un po' stentate, ma ora Noah era molto coinvolto.

"Comunque, spegni la sigaretta. Mia madre mi ha incaricato di venire a prenderti, sta cantando e ti vuole lì".

Brooke fece una smorfia. "Ha minacciato di fare Dua Lipa o Kylie".

Le prese la mano. "Però è la tua donna, e parte dell'accordo prevede che tu debba applaudire e acclamare qualsiasi cosa canti. Anche se sappiamo entrambi che è stonata come una campana".

Quando tornarono al pub, i suoi amici e la sua famiglia (era ancora strano) la riaccolsero. Brooke li zittì e cercò di mettersi in secondo piano. Impossibile, soprattutto quando Jen salì sul palco.

"Grazie a tutti per essere venuti stasera e per aver reso questo compleanno molto speciale per una persona molto speciale. Soprattutto a Claudia e Gavin per aver fatto il viaggio".

Applausi dalla folla.

Claudia lanciò un bacio a Brooke.

Si schiarì la gola. Cazzo, non aveva intenzione di piangere. Soffocò le emozioni e si mise a sorridere. Grazie ad anni di pratica, era diventata molto brava.

"Voglio cantare una canzone speciale per Brooke, che ha cambiato completamente la mia vita nell'ultimo anno". Jen incrociò lo sguardo di Brooke.

Il cuore di Brooke cominciò a battere forte. Un prurito si diffuse sul cuoio capelluto e sul collo.

"Sarai felice di sapere che non si tratta di Kylie o Dua Lipa. Piuttosto, è questa". Fece un cenno al DJ e risuonarono le prime battute di "Lady In Red".

Brooke non sapeva dove guardare o come reagire. Quella canzone era essenzialmente scadente, ma era *la loro*. Non era sicura di volerla condividere con tutti gli altri.

Sul palco, Jen strinse il microfono. Noah strinse forte la mano di Brooke.

Entrambi trattennero il respiro. Le battute iniziali finirono e fu il momento di cantare.

Solo che non arrivarono parole. Al contrario, la musica si spense. Jen si girò verso la stanza mentre si levavano mormorii.

"Se qualcuno mi ha mai sentita cantare, sarà lieto di sapere che non avrei mai provato a farlo stasera".

Noah le lasciò la mano. Brooke si permise di respirare di nuovo liberamente.

"Ma mi serve il microfono". Catturò lo sguardo di Brooke e le fece cenno con un dito. "Puoi salire sul palco, per favore, festeggiata?"

Tutti applaudirono quando Brooke si avvicinò. Claudia le diede una pacca sulla spalla mentre passava. Se Jen voleva fare un duetto, l'avrebbe uccisa. Quando salì sul palco, Jen le prese la mano e la baciò.

Grandi applausi dal pubblico. Brooke si sentiva come se stesse camminando su una corda tesa, senza rete di sicurezza. Che cosa stava succedendo?

"Volevo che la mia splendida ragazza salisse sul palco stasera per augurarle buon compleanno e per dirle quanto questa sala la ami".

Altri applausi.

"Ma nessuno in questa stanza la ama più di me. Ve lo garantisco".

Brooke si leccò le labbra. Dove stava andando a parare?

"Da quando ci siamo incontrate in Messico undici mesi fa – grazie ancora, Gio! – la mia vita non è più stata la stessa.

Pensavo che io e l'amore non fossimo compatibili e me ne ero fatta una ragione. Ma l'incontro con Brooke ha cambiato tutto in un modo incredibile e favoloso. So che ama le cose in miniatura: oggi siamo andati in un villaggio di modellini e non ho mai visto una persona così entusiasta".

Altre risate dalla folla.

"E non fatela parlare di camper".

"È per questo che mi piace!" Gio scherzò.

Jen storse la bocca. "E sebbene io adori il suo amore per le piccole cose, c'è una cosa che non rientra in quella categoria, ed è il nostro amore. Il nostro amore è tutt'altro che piccolo e mi sorprende ogni singolo giorno. Il nostro amore è grande con la G maiuscola. È un amore stupido, folle, enorme". Jen mise la mano in tasca.

Brooke la guardò con gli occhi sbarrati.

Jen allungò la mano, prese la sua e si mise in ginocchio.

Quei brividi che sentiva sulla nuca le ricoprirono improvvisamente il corpo intero. Santo cielo. Brooke non se l'aspettava proprio.

Stava succedendo davvero, cazzo.

A lei.

In quel momento.

Aveva già la bocca spalancata prima che le parole uscissero dalle labbra di Jen.

"Brooke Wilder, grande amore della mia vita". Lasciò cadere la mano di Brooke e aprì la scatola con l'anello. "Vuoi sposarmi?"

Brooke fissò Jen e pensò a quanto era stata felice da quando l'aveva conosciuta, a come insieme avevano sconfitto tutto ciò che si era presentato. Voleva continuare a farlo per sempre?

Assolutamente sì. Iniziò ad annuire, poi tirò su Jen finché il suo viso non fu all'altezza del proprio.

"Certo che voglio sposarti", rispose Brooke.

E poi la baciò.

— FINE —

Vi è piaciuto questo libro?

Se la risposta è affermativa, vi invito a lasciarmi una recensione ovunque l'abbiate acquistato. Bastano una o due righe e potrebbero fare la differenza per qualcun altro che si sta chiedendo se dare o meno una possibilità a me e alla mia scrittura. Fate un salto dove avete comprato questo libro – Amazon, Apple Books, Kobo, Google, B&N o qualsiasi altro punto vendita digitale – e dite cosa ne pensate.

Grazie, siete i migliori!

Con amore,
Clare x